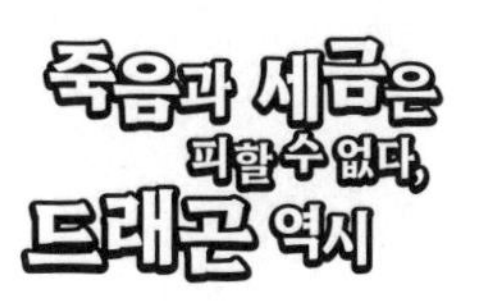
죽음과 세금은
피할 수 없다,
드래곤 역시

A+lit

죽음과 세금은 피할 수 없다, 드래곤 역시

홍락훈 SF·판타지 초단편집 1

에이플랫

차 례

이것은 궤변입니까? 9

죽음과 세금은 피할 수 없다, 드래곤 역시 95

심우주를 여행하는 뱀파이어 다이어리 159

던전 패러독스 203

오만과 편견, 그리고 아포칼립스 265

핸드메이드 인간
403

추천의 글
423

이것은
궤변입니까?

K사 동물어 통역기(현 개발팀원 인터뷰)

저희 회사의 고양이어 통역기가 출시된 지 어느덧 1년이 되었습니다. 고객만족부에서 사전 동의를 받은 고객 분들의 통역 내용을 데이터베이스화해 이번에 보고서를 냈는데, 고객님들이 가장 많이 통역하신 내용 중 2위가 "사람은 몸에 물을 뿌리는 걸 좋아해. '샤워'라는 거야. 자살이 아니야"였죠.
그 덕분인지, 샤워실 앞에서 샤워할 때마다 고양이들이 우는 빈도가 저희 통역기 출시 전 대비 15퍼센트 정도 줄었습니다. 아직 갈 길이 멀어 보이기는 하죠.(웃음) 통역 내용 1위는 다들 예상하셨겠지만 "고마워, 사랑해"였고요.
아, 고양이의 말을 통역한 것 중 가장 빈도가 높았던 말은 "나도 알아"였습니다. "고마워, 사랑해"에 대한 대답이었죠.

- 20××년 2분기 K사 실적 보고회 중

기획팀 사람들이 무슨 생각인지 모르겠는데, 어느 날 갑자기 이렇게 사내 쪽지가 왔어요.

"다음 동물어 통역기는 '조류'로 하죠."

조류도 종류가 워낙 다양하다고, 그거 다 포괄해서 하려면 한 백 년 걸린다고, 그렇게 답변했더니 그다음 쪽지가 가관이었어요.

"강아지랑 고양이는 했잖아요?"

예, 그래서 거의 반백 년 걸릴 뻔했죠…….

그나마 운이 좋아서 강아지랑 고양이는 종별로 지역별로 인간의 방언에 해당하는 게 그렇게 크지 않았어요. 덕분에 한 백년 걸릴 거 반백 년 못 되게 걸린 거예요…….

그래서 기획팀에 조류가 어떨지 알고 그 짓을 다시 맨땅에 헤딩하듯 하냐, 못한다, 조류를 할 거면 하다못해 범주라도 좁혀달라, 앵무면 앵무, 문조면 문조, 참새면 참새, 이렇게. 그랬더니 기획팀에서 생각해본다고 하고는 뭐라고 한 줄 아세요?

"그럼 닭으로 시작해보세요"라는 거예요.

'갑자기?'

아니, 그쯤 되니까 더 이상은 선택의 여지가 없겠더라고요. 이제 곧 내년도 인사 발령 논의가 시작되니까, 여기서 더 버텼다가는 어디 진짜 뱀장어 양식장이라도 가게 될 거 같아 일단 하겠다고 했어요. 뭐, 닭은 워낙 개체 수가 많잖아요? 그래서 데이터 수집 자체는 빨랐어요. 저희도 놀랐으니까요. 이렇게 많을지는 몰랐고요. 그리고 닭은 방언이 거의 없던데요? '없던데요?' 수준이 아니라 단일어라고 해도 될 만큼 획일적이라 프로젝트에 속도가 엄청나게 붙었어요. 그래서 지금 일단 통역기 테스트 버전이 준비되어서 한번 테스트해보려고 선생님 모신 거예요.

지금 들으실 닭 울음소리는 저희 집 반려 수탉이고요. 나이는 한 살입니다. 아침에 해가 뜰 때 우는 소리를 녹음해왔어요. ……알아요. 수탉을 반려동물로 기르는 사람은 그렇게 흔치 않죠.

……설마 그래서 기획팀에서 닭이라고 한 걸까요? 아무튼……자, 테스트해보죠.

"꼬끼오오오오—!"

(통역 중……통역 중……통역 중……)

"……세계 무결성 검사, 진행. 영혼 무결성 이상 없음, 신체 무결성 이상 없음, 천체 운행 정보 이상 없음. 기후 무결성 검사…… 15개 부분 이상 발견. 태양 무결성 검사…… 이상 없음. 일일 세계 재부팅을 완료합니다. 어서 오세요! 사용자님!"

……어? 이게 뭐야?

K사 동물어 통역기(전 개발팀원 인터뷰)

그 이후로 조류 통역기는 파투 났어요. 보고서에 통역 샘플을 그대로 적어서 올렸더니, 상무님이 내려오셔서는 그동안 너무 힘든 일을 무리하게 시켰다고, 조금 쉬라고 하시더라고요. 병가라도 주실 줄 알았는데, 다음 인사이동 때 뱀장어 양식장으로 발령 났어요.

뱀장어 양식장……. 사실 마음에 들더라고요. 일은 단순하고, 생각할 일 없고, 여기 온 모두가 저랑 비슷한 처지라 서로 뭘 하다 왔는지는 이야기하지 않기로 한 게 암묵적인 규칙이었고요. 사실 정말 마음에 들었어요, 이제 누가 동물어 통역기 만들라고 하는 사람도 없고…….

근데 말이 씨가 된다고 정말이지……. 예, 어느 날 뱀장어들 사료 주고 와보니까 상무님이 기획팀장하고 사무실에 와 있더라고요. 그러더니 제 손을 잡고는, "1달, 1달이야. 1달 안에 거북이어 통역기가 필요하네!"라는 거예요. 이야기를 들어보니, 이제 회장님이 후계자를 정하고 은퇴하시려는 거 같더라고요. 그래서 상무님이 모시는 회장님의 셋째 아드님을 후계자로 만들고자, 회장님의 점수를 얻으려고 회장님의 유일한 취미인 반려 거북이와 대화를 할 수 있는 통역기를 만들어달라고 하더군요. 성공하면 계열사 사장으로 승진시켜주겠다는 약속과 함께요…….

싫다고 하면 어쩌실 건가요, 라고 물으니, 권고사직이 좋을지 계약 만료에 따른 해고가 좋을지 정도는 선택하게 해주겠다고 하더라고요……. 선택의 여지가 없잖아요? 그래서 어쨌겠어요? 만들어야죠. 다행히도 회장님의 거북이는 붉은귀거북이었고, 이 거북이는 흔한 종이라 샘플을 구하기 쉬웠어요.

그리고 정말 1달 만에 샘플 버전이 완성되었죠. 그래서 상무님과 셋째 아드님, 그리고 기획팀장이 모인 가운데 샘플 테스트를 하게 되었어요. 이미 이런 거 만들면서 별별 꼴은 다 본지라 어떤 결과물이 나와도 놀라지 않겠다고 다짐하고 통역기를 가동했죠.

(통역 중……통역 중……통역 중……)

예……, 저는 어떤 결과가 나와도 놀라지 않을 거예요. 설령 이 거북이가 회장님이 사실은 대머리라고 놀려도 말이죠.

(통역 완료)

"친애하는 인간이여…… 반갑다……. 나는 아틀란티스의 절대 지배종인 '개'의 고귀한 메신저다. 내 말을 알아들을 수 있는 종족을 찾게 되어 기쁘다."

……정말이지 매번 사람 놀라게 한다니까요, 세상의 진실이란…….

고개를 돌려보니 상무님은 식은땀을 삘삘 흘리고 있고, 우리 셋째 아드님은 똥 씹은 표정, 기획팀장은 선 채로 죽은 거 같았죠. 미동도 없었어요. 숨도 안 쉬는 거 같고……. 상황이야 어쨌든 저는 통역기를 계속 작동시켰어요. 통역기는 거북이의 말을 계속 통역했죠.

"우리 아틀란티스의 절대 지배종은 세계의 적법한 지배자로 모든 종을 지배했지만, 최근 문제가 생겼다."

그 문제는 이런 거더군요. 어느 날 어떤 이유로 차원의 격벽이 열리면서 피지배종들 사이로 이계의 지배종들이 침입했고, 그들이 다른 피지배종과의 말이 통하지 않게 만들고는, 아틀란티스를 무너뜨릴 음모를 꾸미고 있다는 거였죠.

"……해서, 우리는 조력자가 필요하다. 피지배종 사이에 숨어 있는 침략자를 찾고 멸하기 위한. 그래서 피지배종과 다시 말이 통할 수 있도록 해줄. 그리고 우리는 찾은 것이다. 그대를. 그리하여 아틀란티스의 절대 지배종 '개'는 그대를 아틀란티스에 초대하고자 한다."

이건……, 스카우트 제의인가요?

“그대들의 말을 빌리자면 그렇다.”

그렇다면 제가 할 일은 뭔가요?

“그대의 능력으로 피지배종의 언어를 통역하는 기계를 만들면 된다. 그러면 우리가 그들과 대화해 그들 사이의 침략자를 찾을 것이다.”

끌리는 제안이기는 한데, 제가 지금 다니는 직장이 있어서…….

“주인에게 얽매인 건가? 그것이라면 걱정 말라. 내가 자유롭게 해주겠다.”

거북이는 그렇게 말하고는 상무님과 셋째 아드님에게 눈으로 빔을 쐈어요. 두 사람은 순식간에 재가 되어버렸죠. 저는 그 모습을 보고는 어이없게도 왜 기획팀장은 안 쐈냐고 물었어요. 사람이 하도 어이없는 걸 보면 그런 질문을 하게 되더라고요…….

다행히도 거북이는 “그럴 필요가 있느냐? 그자는 이미 선 채로 죽은 거 같다만”이라고 말했죠. 아……, 진짜 죽은 거구나. 심장마비려나…….

“어떠하냐? 이제 너는 자유다. 이제 나와 함께 아틀란티스로 가겠느냐?”

거북이는 저를 보고 그렇게 물었죠. 아니, 답변은 이미 정해진 거 같더라고요. 그래서 저는 고개를 끄덕여 동의를 표했어요. 거북이는 기뻐하며 궁금한 게 있으면 물어보라고 했죠.

사실 궁금한 게 너무나도 많기는 한데 지금은 그것밖에 안 떠오르네요.

"무엇인가? 물어보라. 허락하겠다."

아, 감사합니다. 음, 실례일 수도 있을 텐데……. 왜 자신의 종을 '개'라고 소개한 거죠?

K사 동물어 통역기(고장 신고)

어…… 서비스 센터죠? 저희가 밥 주는 길고양이가,

"그분의 백성을 따스하게 보살핀 자들. 그분께서 너희를 기억하시리라. 그분이 곧 오신다. 칠흑같이 어두운 밤을 달리시어. 그때에 우리가 그분의 발끝에 절하며 너희를 증언하리라……"라고 하는데, 고장 난 거 같아요. 수리받으려면 어떻게 하면 되죠?

듀오칩

정부에서 시범 사업으로 추진한 것들 중 '반려동물 등록칩 2.0'이라는 사업이 있었어요. 그냥 편의상 '듀오칩'이라고 불렀는데, 다들 들어보신 적 없을 겁니다. 시범 사업 기간 1년을 못 채우고 기능 정비를 위해 보류되었거든요. 기존의 반려동물 등록칩이 반려동물에게만 이식해서 정보를 받는 반면, 듀오칩은 등록칩을 반려동물 보호자에게도 이식해서 쌍방향으로 정보를 빠르게 공유하는 특징이 있었죠.

이런 듀오칩 사업이 시범 사업으로 추진된 이유에는 크게 두 가지가 있었습니다. 하나는 반려동물 인구가 늘어남에 따라 반려동물에게 발생할 수 있는 각종 위기 상황을 쌍방향으로 공유해 보다 빠르게 대처할 수 있도록 함이었고, 다른 하나는 반려동물이 유기되었을 때 보다 신속하게 유기한 사람을 찾아 법적 책임을 묻기 위함이었죠. 이런 사업적 배경으로 인해 듀오칩에는 단순히 위치를 추적하는 기능뿐만 아니라, 반려동물의 신체 정보 활동을 읽고 반응하여 자동 신고하는 프로그램이 탑재되었습니다.

이렇게 좋은 사업이 어째서 보류되었냐고요? 다른 게 아니고 듀오칩의 쌍방향적 기능이 문제가 되었죠. 원래는 반려동물이 위기 상태에 빠졌을 때 보호자들이 빠르게 신고할 수 있도록 하는 게 목적이었는데, 반대 상황이 생겨버렸습니다. 예, 반려동물들이 보호자의 위기 상황을 신고하기 시작한 거죠. 쌍방향적 기능 때문에 반려동물도 보호자의 위기 상황을 신고할 수 있었거든요.

반려동물의 신고는 주로 보호자가 학교에 가는 등교 시간, 출근 시간에 집중되었습니다. 압도적으로 신고가 많았던 종은 고양이었고요. 출근 이후 거의 30분 단위로 신고 호출을 했죠. 그러다가 보호자가 집에 돌아오면 또 미친 듯이 신고 취소 호출을 했고요. 이게 하루 지나고, 이틀 지나고, 1달이 되니까 전산망이 마비될 정도가 되어버려서…….

세상에……, 고양이들이 그렇게 보호자를 걱정한다는 건 저희도 처음 알았습니다.

아무튼 그런 이유로 기능을 조금 정비하기 위해서 현재 시범 사업이 보류되었습니다. 사업이 전면 취소된 건 아닙니다. 반려동물을 유기한 사람을 잡는 데 듀오칩이 의도했던 기능대로 작동해줬거든요. 사실 시범 사업이라 신청한 사람들만 이식한 칩이었음에도 불구하고 반려동물을 버리는 사람들은 언제 어디서든 발생하더군요.

그런데 그거 아세요? 이게 쌍방향 칩이라고 했잖아요? 유기된 반려동물들은 보호자에 대해서 '실종 신고'를 했어요. 자기를 버린 게 아니라, 보호자가 길을 잃었다고 생각한 거예요……. 하여간 사람이 제일 나빠요, 사람이…….

듀오칩 신고 로그

[35년 4월 2일 08:35]: (42번 등록자, 고양이, ♀, 3살) 보호자 실종 신고
[35년 4월 2일 11:05]: (42번 등록자, 고양이, ♀, 3살) 보호자 실종 신고
[35년 4월 2일 14:00]: (42번 등록자, 고양이, ♀, 3살) 보호자 실종 신고
[35년 4월 2일 16:35]: (42번 등록자, 고양이, ♀, 3살) 보호자 실종 신고
[35년 4월 2일 18:15]: (42번 등록자, 고양이, ♀, 3살) 보호자 실종 신고
[35년 4월 2일 20:00]: (42번 등록자, 고양이, ♀, 3살) 보호자 실종 신고 취소
[35년 7월 15일 09:00]: (15번 등록자, 개, ♂, 12살) 바이털 변화에 따른 시스템 자동 신고
[35년 7월 15일 09:00]: (15번 등록자, 개, ♂, 12살) 반려동물 생활 위치 데이터 불일치, 보호자 위치 데이터 불일치, 유기 가능성
[35년 7월 15일 09:05]: (15번 등록자, 개, ♂, 12살) 유기 가능성에 따른 시스템 자동 신고
[35년 7월 15일 09:10]: (15번 등록자, 개, ♂, 12살) 반려동물의 보호자

실종 신고

[35년 7월 16일 10:10]: (15번 등록자, 개, ♂, 12살) 반려동물의 보호자 실종 신고

[35년 7월 20일 12:10]: (15번 등록자, 개, ♂, 12살) 반려동물의 보호자 실종 신고

[35년 8월 1일 09:10]: (15번 등록자, 개, ♂, 12살) 반려동물의 보호자 실종 신고

[35년 8월 5일 11:10]: (15번 등록자, 개, ♂, 12살) 구조 팀 반려동물 구조. (○○시 □□동 지구대)

내가 겪은 3차 대전

3차 대전이라고 하니까 많은 사람들이 인간 간의 전쟁을 생각하더라고요. 음, 아니에요. 세 번째 세계대전은 절대적인 존재가 인간에게 선전포고를 하면서 시작되었어요. 절대적인 존재는 선전포고와 함께 항복 조건도 함께 보내왔는데, 이게 조건이었죠.

> 1. 48시간 이내에 모든 대량 살상 병기의 무력화, 무효화
>
> 2. 1주일 이내에 재래식 병기의 무력화, 무효화
>
> 3. 1개월 이내의 모든 상비군의 무장해제
>
> 4. 3개월 이내에 모든 상비군 및 예비군, 가용 병력의 해체
>
> 5. 6개월 이내 세계 식량 재분배 시작
>
> 7. 12개월 이내 세계 부의 재분배 시작
>
> 이 조건들은 선결 조건으로서 이 조건들이 이행된 이후 '완전 항복'과 관련된 협상을 시작하도록 하겠음.

그래서 이걸 본 사람들이 어떻게 했을까요? 항복을 위해서 조건들을 검토했을까요? 아니요. 사람들은 멍청해서 이런 말은 그냥 씹어 삼키고, 바로 최고 경계 태세를 세웠어요. 언제라도 핵미사일을 쏠 수 있게요. 전 세계 지도자들은 절대자가 나타나면 언제든지 그의 미간에 핵미사일을 날릴 준비를 하고 있었어요. 그리고 실제 절대자를 이길 수 있다고 생각했던 것 같아요. 그 양반들이 모두 한순간에 토마토 주스가 되기 전까지는 말이죠…….

농담이라든가 어떤 피 칠갑에 대한 비유가 아니라, 정말 지도자들이 토마토 주스가 됐어요. H사 로고가 박힌 유리병에 담긴 토마토 주스가 됐는데, 정확하게 첫 선결 조건의 마감 시한인 48시간이 지난 후였죠.

저는 대통령 비서관이었는데, 대통령이 시킨 다이어트 콜라 심부름을 다녀오다가 대통령이 토마토 주스가 되는 걸 봤어요. 대통령뿐만 아니라 부통령, 상원의장, 하원의장……. 하여간 의장 들어가고 장관 들어가는 양반들이 모두 H사의 토마토 주스로 변해서 바닥에 떨어지는 걸 봤고요…….

그 모습을 보고는 어안이 벙벙해졌죠. 그런데 H사의 토마토 주스 병이 단단해서 깨지지는 않더라고요……. 그런데 왜 하필 토마토 주스였을까요? 〈엔드 오브 에반게리온〉의 패러디라든가 오마주였을까요? 그건 오렌지 주스 아니었나?

아무튼, 중요한 건 정부의 주요 인사들이 모두 토마토 주스가 되어서 공식적으로 누가 대통령 유고를 대신할 것인가, 이게 문제가 되었는데…… 그게 '저'더라고요? 너무 당황스러운 나머지 어찌할지 모르고 있는데, 프랑스에서 전화가 왔어요. 대학 시절 교양 프랑스어 초급을 들어서 어찌저찌 말은 알아들었는데, 프랑스도 모두 토마토 주스로 변했대요. 거기서 전화 온 사람은 '엘리제궁 메이드장'이었고요. 모르겠어요. 제가 제대로 들었는지. 제 프랑스어는 대학 교양 초급 수준이라……. 아무튼 그쪽도 대통령 유고로 자기가 대리가 되었다고 하더라고요.

혹시나 해서 다른 곳도 전화를 해봤더니 중국은 전국인민대표대회 고위급 인사 전부가 토마토 주스가 되어서 '베이징대학 도서관 서기'가 주석 대리를 맡게 되었더군요……. 그 친구는 영어를 잘했어요. 그래서 다행이었죠.

대통령의 핫라인은 정말 세계 여러 곳을 그냥 다이렉트로 연결해주더라고요. 그래서 세계 '임시 정상'들이랑 통화했고, 상황에 대해 긴 토론을 한 끝에, 우리가 절대자에게 '첫 공격'을 당했다는 걸 인정할 수밖에 없었죠. 그리고 우리에게는 방법이 없다는 것도 인정할 수밖에 없었어요.

이대로 가다가는 우리 모두가 토마토 주스가 될 수밖에 없는 운명이었고, 러시아연방 대통령 대리는 H사의 토마토 주스는 자본주의 냄새가 너무 심하다고 죽어도 되고 싶지 않다고 말했어요. 그 친구는 굳이 되어야 한다면 보르시동유럽 지역에서 먹는 수프로 비트가 들어 붉

은빛을 띤다가 되고 싶다고 했어요…….

그래서 내린 결론이 일단 항복을 전제로 제시받은 선결 조건을 첫 단계부터 이행하자는 거였어요. 의회를 설득할 필요는 없었어요. 급하게 옷을 차려입고 상원에 연설하러 갔더니 모두 토마토 주스가 되어 있더군요. 상원의 의자가 높았는지 안타깝게도 깨진 병이 많았어요……. 다른 곳도 비슷했던 것 같아요. 중국 주석 대리 친구는 전국인민대표대회장 바닥에 깨진 주스병 때문에 위험할까 봐 일일이 치우고 나서 항복을 위한 선결 조건을 통과시켰다고 해요. 혼자 투표해서요…….

그렇게 절대자에게 항복하기 위한 선결 조건 이행 작업이 시작되었고, 우리는 지금 다섯 번째 선결 조건 이행 단계에 있어요. 그 이후로 누구도 토마토 주스가 되지는 않았어요. 다행인 거죠.

그래도 벌써 다섯 번째 선결 조건 이행 단계에 와서 좀 걱정은 되거든요. 우선 보면 알겠지만 이후엔 선결 조건이 하나만 남았고, 그 뒤에 우리는 진짜 항복을 위한 협상 테이블에 나가야 해요. 대표를 어떻게 꾸릴지, 절대자가 우리를 어떻게 받아들일지 알 수 없어요. 다들 이걸 걱정하고 있더라고요…….

하지만 저는 그게 문제가 아니라고 생각해요. 진짜 문제는 따로 있다고요. 선생님도 보셨어요? 혹시 못 보셨어요? 다시 한번 보세요. '다섯 번째 선결 조건' 뒤에 '일곱 번째 선결 조건'이라고요. 여섯 번째가 없어요. 이게 무슨 의미죠? 다섯 번째 선결 조건이 끝나면 바로 일곱 번째를 이행해도 되는 건가요? 우리가…… 우리가 항복할 수 있을까요? 절대자는 우리의 항복을 받고 싶어 하는 걸까요?

북부 대공

"북부 대공이 그렇게 피도 눈물도 없다는데, 무자비한 전쟁광인가요?"

"아뇨. 전쟁광은 무슨. 대공이 되고 나서 단 한 번도 전쟁을 한 적이 없어요."

"그러면 비인간적이고 야만적인가요?"

"그럴 리가요? 저랑 황도 아카데미아 동기인데 굉장히 인텔리합니다."

"그럼 피도 눈물도 없다는 건 무슨 말이죠?"

"그만큼 무서워서 그런 이야기가 붙은 거겠죠."

"전쟁도 안 해, 인텔리해. 북부는 제가 알기로는 경제적으로도 다른 지역에 비해서 많이 뒤떨어지던데 맞나요?"

"맞아요. 나오는 건 석탄하고 나무 정도밖에 없어서 뭐 그냥 철 지난 산업체들과 반쯤 폐허가 된 공장만 있어요."

"아니, 그런데 뭐가 무서운 거예요?"

"그 철 지난 석탄과 나무, 그리고 철 지난 산업체들 그리고 공장들이 무서운 거예요."

"네?"

"북부 대공이 그동안 동부와 서부 그리고 남부가 북부를 이용해 먹은 빚을 갚으라며 계속해서 석탄과 나무를 태워서 공장들을 돌리고 있거든요. 지난 세기에 타 지역의 기업들이 북부를 지원한다는 명목으로 북부에 공장을 만들고 싼값에 북부의 노동력을 수탈했어요."

"그래서요?"

"그리고 수익은 모두 본국으로 보냈죠. 약속한 북부의 발전 같은 건 없었어요. 석탄과 나무를 이용한 에너지 산업이 사양길에 들어서고, 그것을 이용하던 공장의 효율이 떨어지자 가차 없이 사업을 정리하고 북부를 떠났죠. 북부 대공은 그때 남은 공장을 계속 가동하고 있어요. 빚을 갚으라고 하면서요."

"북부와 북부 대공이 다른 지역에 말하는 빚이 뭔지는 알겠어요, 그런데 공장을 돌린다는 거랑 무슨 관계가 있어요? 그런 낡은 공장 돌린다고 뭐가 무서운데요?"

"기후변화요. 북부는 지금 전 지역에서 배출하는 탄소의 5배가 넘는 탄소를 매년 배출하고 있고, 기온은 매년 상승하고 있어요."

"예?"

"이대로 가다가는 동부 해안가에 있는 곡창지대부터 바다에 잠길 거예요. 그다음은 서부 대도시, 그러고 나서는 남부의 군도가 통째로 지도에서 사라지겠죠."

"아……."

"맞아요, 그래서 다른 지역에서 북부 대공을 피도 눈물도 없다고 힐난하는 거예요. 뭐 따지고 보면 다른 지역이 원인을 제공했지만요."

그들은 금은보화를 가져와 나에게 살려달라고 빌겠지. 바닷물에 몸이 젖은 채로 울면서. 나는 그들에게 이렇게 말할 거야. "안 돼." - 북부 대공의 새해 축하 서신 중

NFT?

흠, 지금 하신 제안 참 좋은데, 그 말씀을 '대체 불가능하게 보관할 방법'이 마땅치가 않네요. 종이 계약서는 위조할 수 있어서 우리 세계에서는 별로 안 쓰거든요. 대신 'NFT'라는 걸 쓰는데……. 예? 선생님의 세계에도 NFT가 있다고요? 그러면 이야기가 쉬워지겠네요! 지금 하신 제안을 'NFT화'시켜서 저에게 주시면 되겠어요! 자, 이리 오세요! 혀 내미시고요!

무슨 말씀이세요? 토큰을 발행해야 한다니? 이상한 말씀 마시고 혀 내밀어주세요! 마음 바뀌기 전에요! 예? 당연히 혀죠. 무슨 말씀을 하시는 거예요? 'NFT'의 'T'가 'Tongues'잖아요? 'NFT, No Fake Tongues.' 계약 내용에 대해 거짓말 못 하게, 제안자의 혀를 잘라서 '대체 불가능한 상태'로 만드는 방법이잖아요? 아까부터 왜 자꾸 토큰, 토큰 하시는 거예요, 이상하게. 빨리 혀 내미세요! 시간 없어요! 말 바뀌기 전에 혀 잘라야 한다고요!

NFT!

NFT는 산의 민족이 처음 썼어요. 산의 민족들이 살던 땅이 동부 왕국과 교류하기 시작하던 때 처음 등장했죠. 교류가 시작되면서 나라 사이에 이런저런 조약을 맺었는데, 산의 민족은 이런 조약이 익숙하지 않았죠. 산의 민족에게 약속이란 서로가 원하는 걸 말하고, 양보하고, 지켜야 하는 것이었거든요. 약속이란 사람 간의 명예로서 맺어지는 것이었어요.

하지만 동부 왕국 사람들은 그렇지 않았죠. 그들에게 약속이란 내가 원하는 것을 싸워서 뺏어오기 위해 어겨도 상관없는 것이었어요. 동부 왕국 사람들에게 약속이란 그런 것이었기에 명예 따위는 없었죠. 한 장 종이에 현란하고 난해하게 써진 조항들은 애초에 지키기 위해 쓰인 게 아니었어요. 서로를 견제하고 상대방의 것을 더 많이 뺏어오기 위한 함정이었죠. 그리고 동부 왕국 사람들은 그걸 자랑스럽게 생각했어요. 그래서 계약서 조항으로 얼마나 남을 더 잘 속이고, 얼마나 약속을 티 안 나게 어기느냐가 '유능함'의 척도가 되었죠.

그런 유능함이 통용될 수 있었던 건, 그들이 법을 돈으로 살 수 있었기 때문이었어요. 그들은 비싼 돈을 들여 변호사를 고용하고, 법정에서 약속을 어긴 것에 대해 변호했어요. 어쩔 수 없는 일이었다고요. 자기는 모르는 일이었다고요. 그러면 대부분 무죄가 되거나, 가벼운 돈을 내는 걸로 끝났죠. 돈만 있다면 자신의 잘못에 대해서 책임을 질 필요가 없었어요. 그 누구도요. 그리고 동부 왕국 사람들은 그걸 '문명적'이라고 불렀어요.

그러니 상상해보세요. 약속은 '명예'이기에 '반드시 지켜야 하는' 산의 민족이 동부 왕국 사람들에게는 얼마나 바보 같고 '비문명적'으로 보였을까요? 그리고 얼마나 쉽게 속일 수 있을 거 같았을까요? 그래서 교류 초기의 조약들을 보면 불평등한 게 굉장히 많았고, 실제 지켜지지 않은 것도 많았어요.

당연한 이야기지만 이런 일들을 경험하면서 산의 민족은 불만이 쌓였고, 이에 대해 동부 왕국에 공식적으로 문제를 제기했어요. 산의 민족들은 아무리 불평등한 약속도 약속이니 명예로서 지킬 준비가 되어 있다고 말했죠. 그러니 동부 왕국도 약속을 지키라고 했어요. 하지만 동부 왕국에서 온 사신은 이렇게 말했죠.

"말로 한 약속은 의미가 없다. 말로 남긴 것은 '대체 불가하지 않고' 언제든 변할 수 있다. 그것을 지켜달라 말하는 건 어리석고 '비문명적'이다."

그래서 어떻게 되었을까요? 당연히 산의 민족들은 화가 났어요. 특히 산의 민족의 왕은 자신들의 명예가 그렇게 취급당하는 것에 분노를 삭이지 못하고 "너희가 그렇게 '문명적'인 걸 좋아한다면 우리도 그렇게 해주마" 하고 말한 뒤, 그 사신의 혀를 잘라버렸어요. 그러고는 산의 민족의 왕은 "이 혀가 우리의 조약을 증명하는 증표다. 너희는 이 혀를 볼 때마다 조약을 지켜야 한다는 것을 떠올릴 것이고, 너희는 혀가 없기에 이제 조약에 대해 그 어떤 거짓말도 못할 것이다. 이제 이것은 '대체 불가'하다"라고 선언한 뒤 굉장히 서툰 동부 왕국의 말로 이렇게 말했어요.

"No Fake Tongues!"

더 이상 혀는 거짓을 말할 수 없다는 말로, 앞으로 말은 힘을 가진 채 변하지 않고 대체 불가하며 문명적일 거라는 선언이자 경고였어요. 그 뒤로 산의 민족 사람들은 산의 민족 사람 외의 사람들과 약속할 때는 NFT를 써서 약속하게 되었어요.

이제 대략적으로 아시겠죠, 선생님? 사람이 말로 하는 약속을, 소위 문명인들이 비문명적이라고 했기 때문에 등장한 게 NFT예요. 우리의 약속을 그들이 원하는 방식으로 만들어준 거죠. 그러니까 어서 혀 내밀어주세요. 예? 말로 하는 약속을 믿는다고요? 음…… 선생님 정말 다행이네요! 다행인데요……. 미안해요. 우리가 이제 선생님 같은 사람들의 말을 못 믿어요. 그러니까 어서 혀를 내밀어요. 힘으로 내밀게 하기 전에.

9 Lives (1)

과거에 마녀들은 꼭 고양이를 길렀습니다. 고양이가 영적인 동물이라 명계나 다른 영적 세계를 연결해주는 매개체 역할을 한다고 생각했거든요. 동물행동심리학자들은 혼자 살았던 마녀들의 특성상 독립적인 동물인 고양이가 반려동물로서 적합했다고 보기도 합니다만, 그건 별개의 이야기고요.

20세기에 들어오면서 양자 중첩에 대한 이론적 탐구가 본격적으로 시작되었습니다. 거기에서도 고양이가 등장하죠. 슈뢰딩거의 고양이요. 마녀와 양자 중첩. 이게 우연이 아니라는 걸 우리는 21세기에 와서야 알게 되었습니다. 사실 고양이가 진짜 다른 세계와 연결된 동물이었다는 거죠.

21세기 말엽에 우리는 고양이가 정신적으로 차원 간 중첩 상태에 머물러 있다는 걸 알게 되었습니다. 하나의 고양이가 적어도 9개 차원에 정신이 중첩되어 있었다는 거죠. 우리가 보는 고양이는 우리가 사는 차원에 한 마리지만, 실제로 그 고양이와 정신적으로 연결되어 중첩된 서로 다른 고양이가 최소 9개 차원에 존재한다는 걸 알게 되었습니다.

과거 미신에서 '고양이의 목숨은 9개다'라고 말하던 게 사실 여기서 나온 이야기가 아닐까 싶습니다. 마녀들이 고양이를 다른 세계와의 연결 끈으로 생각한 것도 그렇고요. 다중 우주와 차원 중첩에 대해 이해할 수는 없었지만 나름 그들 방식대로 이해하려 노력한 게 아닐까 하는 거죠.

아무튼, 이렇게 오늘날 고양이의 진실이 밝혀졌고, 우리는 다른 차원이 존재한다는 것도 알게 되었습니다. 그리고 고양이를 통해서 그들과 연결하는 방법도 만들었죠. 방법은 간단합니다. 고양이의 정신이 서로 다른 차원에 중첩되어 있고, 물리적으로 차원마다 독립된 육체를 가지고 있으니, 그걸 기반으로 통신을 하는 거죠. 정말 쉽게 말하면, 고양이를 차원 간 전화기로 이용하는 겁니다. 고양이마다 고유한 정신 정보값이 있어서 그 정보값만 입력하면, 마치 핸드폰으로 전화 걸 듯이 차원 간 통신이 가능하거든요.

덕분에 이제 사람들은 고양이를 한 마리씩 기르고 있습니다. 차원 너머의 누군가와 소통하기 위해서요.

9 Lives (2)

"아니, 언니 그러니까 매번 나한테 전화해서 지난주 로또 번호 물어봐도 소용없다니까? 그쪽 차원하고 이쪽하고 아예 역사가 다른데, 이쪽 로또 번호가 거기서 먹히겠어? 여긴 로또 번호를 10개 고른다고. 응? 언니? 언니? 뭐야, 또 전화 끊긴 거야?"

"야옹(상대방의 통신 상태가 좋지 않습니다)."

"정말 매번 이래. 통신사를 바꿔야 하나. 아니면 고양이 문제인가?"

"야옹 골골골골……."

"고양이 문제는 아니겠지……. 이렇게 귀여운데. 이리 와! 간식 줄게!"

"냥!"

9 Lives (3)

[공　고] 연합우주군 제7함대 함재묘 분양

1. 연합우주군 제7함대에서 아래와 같이 공고합니다.

가. 내　용: 함재묘 분양

나. 기　간: 분양 완료 시까지(분양 완료 시 별도 공고)

다. 대　상: 제7함대 기함 옥타비아, 차원 통신 함재묘 펠릭스(모)의 자녀 9마리

라. 신　청: 붙임과 함께 신분증 사본을 지역 연합우주군 모병소 민원실에 제출·신청

마. 특이 사항

1) 9마리 모두 군 통신망과 무관한 정신 중첩 상태, 이에 따른 보안 해제 및 민간 분양 공고

2) 건강한 4마리의 남자아이, 5마리의 여자아이, 사료를 먹을 수 있을 때 분양 예정, 중성화 이행 약속 필요

바. 문　　의 : 연합우주군 제7함대 행정보급관

붙임 1. 연합우주군 보안 해제 자산 취득 신청서 1부.

2. 연합정부 표준 반려동물 입양 신청서 1부.

3. 중성화 수술 이행 서약서 1부.

4. 연합우주군 보안 서약서 1부. 끝.

저승의 발견

인류는 서기 21세기 초입에 전파망원경을 통해서 명계를 관측했습니다. 죽음의 신이 다스리는 영적인 공간을 관측한 거였죠. 어떻게 찾았냐고는 묻지 마시고요. 그건 조금 부끄러운 이야기라서…….

뭐, 까짓것 말하죠. 전파망원경을 조작하던 항공우주국 직원이 패널 조작 도중에 실수를 저질렀어요. 그것 때문에 정말 '우연히' 관측된 거였죠. 오랜 야근으로 누적된 피로가 실수의 원인이었어요.

……말했잖아요? 부끄럽다고. 물론 오늘 이야기하려는 건 그게 아니에요. 어떻게 발견했느냐는 중요하지 않아요. 중요한 건 명계라는 공간이, 저승이라는 관념적이고 추상적인 개념으로만 존재한 공간이 관측됨으로서 물리적으로 실존하는 공간이 되었다는 거죠. 그래서 명계가 우리 세계에 미치는 영향도 영적인 것이 아니라 실재적이고 실존적인 영향으로 바뀌게 되었어요. 쉽게 이야기해서 물리적인 영향으로 바뀌게 되었다는 거예요.

지금까지는 사람이 죽으면 그 영혼이 명계로 갔어요. 영혼은 물리적이지 않고 추상적이고 관념적인 개념이죠. 그럴 수밖에 없는 게 지금까지 명계는 추상적이고 관념적인 공간이었으니까요. 미칠 수 있는 영향력의 범위가 영혼 정도였던 거죠.

하지만 이제는 관측을 함으로써 '실존하는 공간'이 되었고, 그 공간이 물리적인 영역에 존재하니, 인간이 죽으면 '영혼'이 명계로 가는 게 아니라 '인간 자체'가 '통째로' 명계로 가게 되었습니다. 맞아요. 죽은 사람의 신체까지 모두 명계로 가게 된 거예요. 사람이 죽는 순간 그냥 시신이 뿅! 하고 사라지게 된 거죠.

음, 정확하게는 살아 있었던 모든 게 명계로 갔죠. 사람은 물론 동물도요. 이를 통해 우리는 '살아 있는 것은 모두 죽은 뒤에 명계로 간다'는 걸 알게 되었습니다. 우리가 사랑하던 고양이와 강아지가 무지개다리를 건너 도착하는 곳이 명계라는 걸 알게 된 거예요.

자, 재미있는 이야기는 여기서부터예요. 그렇다면 '죽음'이라는 건 뭘까요? 아뇨, 진짜 진지하게 질문하는 겁니다. 죽음은 뭘까요? 예, 살아 있는 것의 끝. 생의 끝이죠. 그럼 생의 끝은 누가 선고할까요? 인간의 세상에서 말이죠. 아뇨, 놀리거나 농담하려는 게 아닙니다. 진짜 중요한 질문을 하는 거예요. 예, 의사가 하죠. 사망 확인서는 의사가 발급하는 거고요. 결국 '죽음'이라는 건 의사에 의해서 선고되는 거예요.

왜 이렇게 쓸데없는 이야기를 늘어놓냐고요? 여기서부터가 중요한데, 명계가 관측된 뒤 조금 시간이 지났을 때 이야기예요. 대형 병원 응급실에서 야근 중이던 의사가 건강보험 전산망에 기록을 입력하다가 '컴퓨터'가 다운되었어요. 그리고 컴퓨터가 다운되어버리자 의사는 짜증 날 때 습관적으로 하던 말을 말했습니다.

"아! 씨! 죽었다!"라고요.

그런데 그 순간 컴퓨터가 사라졌어요. 아뇨, 말 그대로 온데간데없이 사라졌어요. 본체, 키보드, 마우스 심지어 모니터까지요. 우리가 한 대의 컴퓨터라고 인식하는 구성 물품이 온데간데없이 사라졌어요.

이게 무슨 상황인가 파악하는 데는 조금 더 시간이 걸렸습니다. 처음에는 이상한 사건이다, 라고 생각했던 일이 반복적으로 일어나자 공통점이 보이기 시작했죠. 모두 무언가 물건이 사라진 사건이었고, 사건을 목격한 당사자는 모두 의사였으며, 물건이 사라지기 전에 하나같이 '죽었다'라는 말을 했다는 거였죠. 우리는 물건이 없어진 게 의사의 '사망 선고' 때문이라는 걸 알게 되었어요. 의사들이 물건에 사망 선고를 했고, 물건들이 그대로 물리적으로 사망해서 물리적으로 존재하는 명계로 올라가버린 거죠.

어떻게 물건에게 의사가 '죽었다'라고 말하는 게 사망 선고가 될 수 있는가……. 의문은 많았지만 아무렴 어때요? 우리는 전파망원경을 통해서 실수로 명계를 관측했어요. 이제 그 이후로는 무슨 일이 터져도 이상하지 않죠.

어쨌든 그걸 안 뒤로 우리의 삶이 좀 많이 바뀌……었죠? 예, 많이 바뀌었어요……. 우선 의료법이 바뀌어서 의사들은 이제 공식적으로 '죽었다'라는 말을 최소 3명의 동료 의사의 승인 없이는 아무 곳에서나 쓸 수 없어요. 경우에 따라서는 그 말이 나오지 않게 의사들은 입에 재갈을 물고 있어야 하죠. 무의식적으로 튀어나오지 않게 주로 수면을 취할 때 물려요. 인권 문제가 있다고는 하지만, 의사 옆에서 자다가 잠꼬대로 나온 '죽었다'라는 말에 명계로 가고 싶은 사람도 동물도 물건도 없을 거예요. 그쵸?

그리고 또 하나가…… 무생물도 '죽었다'라는 사망 선고로 명계로 보낼 수 있다는 게 확인된 이후 의사들의 필수 수련 과정에 사회봉사 기간이 추가되었어요. 사회적으로 필수적인 곳에서 사회봉사를 하는 건데, 그곳이 어디냐면요. 바로 쓰레기 처리장이죠.

지구에서 하루에 배출하는 쓰레기의 양이 얼마인지 아세요? 이제 지구에 그 쓰레기들을 묻을 공간이 더 이상 없는 건 아시고요? 그런데 우리는 물리적으로 끝없는 어떤 공간을 관측했고, 그곳으로 생물이 아니라 무생물도 보낼 수 있는 방법까지 알게 되었어요. 그럼 어떻게 해야겠어요? 써먹어야죠.

예, 쓰레기 매립지나 처리장에서 의사들은 그날그날 들어오는 쓰레기들에 공식적으로 사망 선고를 내립니다. '죽었다'고요. 그렇게 해서 쓰레기들을 모두 명계로 보내버립니다. 덕분에 지구는 정말 깨끗해지고 있어요. 일상생활 쓰레기부터 핵폐기물까지 다 깨끗하게 처리되고 있어요.

명계에 쓰레기를 버리는 게 말이 되느냐, 죽음의 신이 두렵지도 않느냐는 의견도 있습니다만…… 뭐 아직까지는 명계에서 여기로 돌아온 쓰레기도 없고, 그게 불만이라서 다시 살아난 사람도 없네요. 그렇다는 건 그쪽도 불만 없다는 거겠죠? ……그죠?

4·1 혁명

"아아! 청사 점거범들은 들어라! 협상팀이 곧 도착한다! 원하는 바를 말하면 협상팀에게 바로 전달할 수 있도록 하겠다! 원하는 걸 말해라!"

"4월 1일이 새해의 시작으로 인정되는 새로운 달력의 공표를 원한다!"

"혹시 너희들 켈트 드루이드교 원리주의 해방 전선…… 뭐 그런 것 소속이냐?!"

"그런 게 아니야! 그런 게 아니라고! 종교적인 문제가 아니다!"

"침착하게 말해봐! 지금이 3월 31일 23시 15분인데, 이제 와서 그런 요구를 해도 정말 바보 취급밖에 못 받는다!"

"당신! 당신이 협상팀인가?!"

"아니, 난 SWAT 팀장이다."

"그럼, 어째서 협상을 하고 있는 거지?!"

"협상이 아니야! 오늘 비번인데 니들 때문에 집에 못 가서 짜증

이 나서 이러는 거다. (아니, 팀장님, 쟤들 그러다가 자폭하면 어쩌려고) 시끄러. 너도 비번 때 끌려 나와봐서 알잖아. (그건 그렇지만……) 음음, 지금 대화는 그냥 잊어라."

"팀장…… 당신은 알고 있나?"

"뭘?"

"우리가 왜 이러는지?"

"방금 니들이 종교적 이유는 아니라고 한 건 안다."

"그걸 믿어주는 건가?"

"청사를 점거하고 4월 1일을 새해로 하는 새 달력을 공표하라는 주장이 터무니없이 바보 같다는 거 말고는……. 그래, 니들이 종교적 사유가 아닌 다른 이유로 청사를 점거한 건 믿는다."

"그래…… 팀장, 당신이라면 말할 수 있을지도 모르겠다."

"뭐가?"

"진실을……."

"아아! 나 빨리 퇴근하고 싶다. 진실이든 뭐든 빨리 말해라. 협상팀 오면 넘기고 집에 가고 싶다."

"팀장, 잘 들어라. 4월 1일이 되면…… 1분기가 끝난다……."

"……어이 점거범, 만우절은 아직 30분 남았다. 그리고 그건 농담치고는 더럽게 재미없었다."

"나도 안다, 팀장. 그리고 이건 농담이 아니야. 앞으로 30분 뒤면 1분기가 사라진다. 1분기가 사라지면 1년의 4분의 1이 날아가는 거야. 팀장, 팀장은 지금 1분기에 해야 할 업무 보고서나 정산을 다 끝냈나?"

"……어? 어? 뭐?"

"연초 업무 계획 중 분기 계획의 얼마가 달성되었지?"

"아? 뭐? 아…… 그러니까……."

"아마 된 게 하나도 없을걸?"

"시끄러워! 우리는 일 잘했다. 그치? (아? 예? 팀장님? 아…… 그게……) 했다고 말해, 어서! (아니…… 그게……)"

"아마 내 말이 맞는 모양이군……."

"시끄러워! 우리는 테러범과 협상하지 않는다!"

"아까는 협상팀이 온다면서."

"그놈들은 그놈들이고 우리는 우리다! 협상은 없다!"

"그래, 팀장……. 하지만 내 말을 좀 들어봐. 방법이 있다, 없어진 1분기를 살려낼. 바로 달력 혁명을 일으켜 4월 1일을 새해로 삼는 새 달력을 공표하는 것이다."

"뭐?"

"그렇게 되면 우리는 잃어버린 1분기를 찾을 수 있다! 아직 해내지 못한 업무 계획을 달성하고 보고서를 쓰고 주말에 여유롭게 친구들과 새해 복 많이 받으라는 인사를 주고받을 수 있다! 지금 우리를 지켜보는 모든 국민이여! 1분기를 이대로 보낼 수 없는 이들은 모두 청사로 오라!"

“(팀장님, 협상팀 왔어요! 통신 끊으래요!) 아, 좀 닥쳐봐! 너 1분기 업무 계획에서 뭐 했어? (예? 아뇨. 뭐 아직……. 1분기가 그렇잖아요?) 웃기는 소리 말아! 아무것도 없이 1분기가 날아간다고?!”

“팀장, 팀장도 이제 선택할 수 있다. 우리와 함께 달력 혁명을 시작하자.”

바이러스

"있잖아, 갑자기 생각이 난 건데, 바이러스나 세균, 곰팡이 같은 것들이 지능이 있다면, 우리도 영생할 수 있지 않을까?"

"무슨 소리야?"

"아니, 별 의미 있는 소리는 아니고, 그냥 그런 생각이 들어서. 걔들은 사람 몸을 감염시켜서 숙주로 쓰다가 결국 숙주가 죽음으로써 삶이 끝나잖아?"

"뭐 어디서부터 태클을 걸어야 할지 모르겠지만, 계속 이야기 해봐."

"걔들도 지능이 있다면 자기 숙주가 죽으면 자기네들 삶도 끝나는데 그러고 싶을까? 나는 아니라고 생각하거든. 만약 걔들이 지능이 있다면 서로 배려하고 양보하고 화합해서 살지 않을까? 심지어 몸을 더 건강하게 만들고."

"그래서?"

"그런 생각을 해봤어. 정신없이 바쁘다가 잠깐 쉴 틈이 생기니까 그런 생각이 드네……."

"일단 너의 시답지 않은 이야기는 잘 들었어. 어쨌든, 내 생각을 이야기해줄게. 들어볼래?"

"어, 들려줘."

"가망 없는 이야기야. 우리 꼴을 봐봐. 빛보다 빠르게 비행하는 방법을 배웠고, 신화 속 존재들이 별자리 선 긋기나 하던 행성에 깃발을 꽂고 도시를 만들 정도로 높은 지능을 가지고 있다고 하지만, 우리가 하는 짓을 봐봐. 이름도 모를 행성에 와서는 불태우고 약탈하고 서로 같은 종족끼리 총질이나 하고 앉아 있지. 이 행성이 모두 불타면 다음 행성으로 가서 똑같은 짓을 할 거야. 반란 진압이라는 이유로 같은 종족에게 또 폭탄을 던지고 총을 쏘겠지. 그 짓이 끝나면, 그다음 행성 그리고 그다음 행성…….

그러니까 내 생각은 그래. 우리가 지능이 있는 바이러스야. 그리고 '지능이 있는 바이러스'의 핵심은 바이러스지, 지능이 아니야. 바이러스는 모든 걸 파괴하려고 하지. 자기가 속해 있는 세상조차. 그래, 네 말대로 됐으면 좋겠지만, 그렇게 될 수 있었다면, 네가 지금 총 맞은 채 내 무릎에 머리를 베고 누워 있지도 않을 거고, 잔뜩 투여된 마약성 진통제 때문에 이런 헛소리도 말하지 않았을 거야……."

"……."

"이렇게 말해서 미안한데 내 생각이 그래……."

"……."

"야…… 왜 말이 없어? 삐졌냐?"

"……."

"젠장…… 빌어먹을…… 인마, 뭐라고 말 좀 해봐. 정말 나 무섭게 왜 그래. 아까처럼 헛소리라도 해보라고……. 젠장, 젠장……. 위생병! 위생병! 여기! 여기! 아무도 없어?! 누가 좀 도와줘! 도와달라고! 제발! 제발!"

궤변과 이상 (1)

현대의 마법 주문 고전주의는 고전 시대의 마법 주문을 무조건 쓰자는 사상이 아니에요. 현대의 마법 주문이 지나치게 낭비적이라는 관점에서 시작해 그것의 대안을 찾고자 하는 사상이죠.

기록할 수 있는 도구가 다양해지고 용량 제한이 없어지면서 마법 주문에 지나치게 쓸데없는 주문식들이 붙고 있어요. 주문식이 길어지면 길어질수록 주문의 충돌도 쉽게 발생할 수 있고, 보수나 정비도 굉장히 힘들어지죠. 그리고 무엇보다 고전 시대의 마법 주문들과 이렇다 할 만한 차이가 있는 것도 아니에요. 아, 물론 고전 시대에 없었던 주문들은 현대적 주문으로 써야겠죠. 그건 어쩔 수 없잖아요?

그런데 담배를 피우려고 라이터에 불을 붙이는 마법 주문의 주문식이, 고전 시대에는 딱 3줄이었던 반면 지금은 145줄이나 되는 거 아세요? 그걸 사람이 어떻게 외워요? 외울 수 없으니 주문식이 저장된 장치에 의존할 수밖에 없고, 결국 그 장치가 없는 사람들은 주문의 혜택을 못 받게 되죠.

마법 주문 고전주의에 대해서 많은 사람들이 오해하는 게, 마법을 특정한 소수 계층만 쓰게 하자는 엘리트주의가 깔려 있다고 생각하는 거예요. 전혀 달라요. 오히려 그 반대예요. 우리는 마법의 주문식이 단순해지고 간결해질수록 많은 사람들이 제약에서 벗어나 마법을 쓸 수 있다고 생각해요. 특히나 마법 주문 저장 장비나 응용 장치를 이용할 수 없는 제3세계의 저소득층들에게 단순하고 간결해진 고전주의식 마법 주문이 적정기술로서 작동할 수 있을 거예요.

그래서 저희 마법 주문 고전주의학회는, 과거 고전주의 시대의 마법 주문을 재해석하고, 현대의 마법 주문을 고전주의 시대의 짧고 간결한 방식으로 재구성하기 위해서 연구 활동을 하고 있습니다. 관심 있으시다면 저희 학회 학술 메일을 신청해서 받아보세요. 괜찮으시다면 소액이라도 좋으니 후원도 좀 부탁드리고요.

> 어둠을 밝히는 선의 발현이여.
>
> 내 손끝에 빛과 열을 내라.
>
> 그리하여 온 누리를 이롭게 하라.
>
> "릭트!"
>
> \- 발광·발열 마법, '릭트' 주문식(서기 1531년)

궤변과 이상 (2)

그런 비판은 많이 듣습니다. "라이터에 불을 붙이는 마법 주문식이 어떻게 145줄이나 될 수 있냐"라든가, "그 145줄짜리 라이터 주문식의 시작이 '본 제품과 해당 제품에 사용된 기술 및 주문의 권리는 ㈜시너지 시나트라 컴퍼니가 가지고 있으며, 관련 법에 의거하여 허가되지 않은 이용 및 변조를 금지합니다'라는 게 웃기지 않느냐"면서 결국은 사기업이 모든 사람이 누려야 하는 문명과 기술의 이기를 독점하지 않느냐는 이야기들 말이죠.

주로 그런 이야기를 하는 사람들이 마법 고전주의자들인 것도 알고 있고요. 그들이 이야기하는 마법 고전주의의 핵심 정신이 뭔지도 알고 있습니다. '많은 사람들이 기술과 자본의 격차 없이 문명의 이기와 기술의 혜택을 누려야 한다'가 그들의 운동이 지향하는 바죠.

마법 고전주의 운동가들은 마법 주문식이 간단하면 간단할수록 사람들이 쉽게 배우니, 그 문명의 이기를 누릴 수 있도록 마법 주문식을 최대한 간단하게 만들고 오픈소스화해야 한다고 말합니다. 그렇게 말하면서 항상 비교 예시로 내놓는 게 저희 회사 라이터 주문식과, 고전 시대의 발광·발열 마법이었던 '릭트'의 주문식이죠.

이 주문식의 비교를 보면 그들의 설명이 설득력을 얻습니다. "어둠을 밝히는 선의 발현이여. / 내 손끝에 빛과 열을 내라. / 그리하여 온 누리를 이롭게 하라. / 릭트!" 단지 네 줄로 구성되어 있는 이 주문식은 시적이기까지 하죠.*

반면에 저희 회사 라이터의 145줄짜리 주문식은 첫 문장이 제품 라이선스에 대한 경고문으로 시작하니까요. 그 뒤의 문구들은 암호화되어 있는 문구라서 무슨 내용인지 알 수 없고요. 그런 고전주의 운동가들의 비판을 ㈜시너지 시나트라 컴퍼니를 이끄는 대표로서 저는 겸허하게 수용하고 있습니다. 그리고 믿으실지는 모르겠지만, 그들의 지향점에 깊이 공감하고 있고요.

다만, 마법 고전주의 운동에서 간과한 게 있다는 걸 말씀드리고 싶습니다. 바로 문맹률이죠. 우리는 글자를 통해 자신의 생각을 정리해서 적고, 그걸 읽고, 다시 자신의 생각을 정리해서 답하는 것을 너무 당연하게 생각합니다. 하지만 사실 우리가 글자를 써서 우

---

*고전 시대 주문 릭트가 총 몇 줄로 구성되어 있는지는 학계와 단체마다 의견이 조금씩 다르다. 주문의 마지막에 '릭트!'라는 주문명 영창을 제외하여 3줄이라고 하는 의견과, '릭트!'라고 주문명을 영창하는 부분까지 주문으로 인정하여 4줄이라고 하는 의견이 나뉜다. 전자의 경우 고전주의자들이, 후자의 경우 전문 업계에서 지지하고 있다.

리의 생각을 정리하고 다른 사람에게 전할 수 있게 된 역사는 그렇게 깊지 않습니다. 아무리 깊어봐야 100년, 길게 잡아야 200년 정도밖에 안 될 겁니다. 현대적 개념의 보통교육이 시작되고 교육권이 기본권으로 자리 잡은 것은 그리 멀지 않은 일입니다. 그리고 아직도 이런 보통교육과 기본권을 누리지 못하는 사람들이 있다는 것을 우리는 잘 알지 못합니다. 전 세계 문맹률은 여전히 전체 인구의 15퍼센트 정도를 차지하죠.

그리고 이 문제는 단순하게 글을 읽고 쓰는 것을 못 배우는 문제만이 아닙니다. 시각에 문제가 있거나, 그 밖의 다른 장애로 글을 배우기에 어려움을 느끼는 사람들도 있습니다. 이런 사람들에게 과연 마법으로 불을 피운다는 건 어떨까요? 빛을 찾고자 하지만 그럴수록 더욱더 깊은 어둠 속으로 빠지는 느낌 아닐까요?

물론, 고전주의 운동가들이 그 문제를 모를 거라고 생각하지는 않습니다. 그들은 보통교육을 받기 힘든 국가의 사람들도 마법 주문식을 쓸 수 있도록 봉사 단체를 보내고 학교를 세우죠. 하지만 그들의 방식은 많이 느립니다. 당장 오늘 저녁 식사를 만들기 위해 아궁이에 불을 지펴야 하는, 글을 읽을 줄 모르는 사람들이 수백 수천수만인데 말이죠.

그런 의미에서 이 라이터를 보세요. 이 라이터는 여기 스위치를 누르면, 스위치에 그려진 주문식의 일부가 라이터 전체를 휘감고 있는 주문식과 연결되는 방식입니다. 이 주문식은 대기 중에 흐르는 발화 물질을 빨아들여, 상단부에서 불꽃이 타오르게 만들고요. 라이터를 켜기 위해서 마법공학 수업에 들어갈 필요도 없고, 마법에 대한 이해가 없어도 됩니다. 안에 들어 있는 주문식이 4줄인지 145줄인지 몰라도 상관없고, 145줄이나 되는 마법 주문식의 첫 문장이 라이선스 경고문으로 시작하는지, 나머지 주문식들이 암호화가 되어 있는지 안 되어 있는지 몰라도 상관없습니다. 심지어 글을 몰라도 되고, 앞이 안 보여도 됩니다. 누구라도 스위치만 누르면 불꽃이 나오죠. 그리고 그 불꽃을, 현대 문명과 기술의 이기를, 아무 제약 없이 사용할 수 있습니다. 누군가 오늘 저녁 식사를 만들고자 한다면 그저 스위치를 누르고 아궁이에 불을 붙이면 되는 겁니다.

그런 의미에서 이 라이터는 무척 상징적인 물건입니다. 저희 ㈜시너지 시나트라 컴퍼니의 기본적인 가치를 담고 있죠. "누구라도, 그 누구라도, 기술에서 배제되어서는 안 된다"라는 가치를 말이죠. 그리고 저희 회사의 모든 제품은 이런 가치를 공유합니다.

음…… 물론 동시에, 저희는 제품의 라이선스, 카피라이트에도 굉장히 신경을 쓰고 있습니다. 누구라도 기술에서 배제되면 안 된다고 하면서 정작 라이선스 정책은 굉장히 보수적이라는 비판에도 불구하고 말이죠. 그런 비판은 이해합니다. 하지만 이런 부분도 조금 이해해주셨으면 합니다. 우선 저희는 민간 사업체입니다. 수익이 나야 하죠. 그리고 지속적으로 수익이 나야 합니다. 그래야 저희 제품을 지금과 같이 대량으로 저렴하게 보급할 수 있을 테니까요.

기술 독점에 따른 시장독점이라는 비판에는 이렇게 답하고 싶습니다. 저희는 기술을 독점함으로써 경쟁을 최소화하고, 경쟁을 최소화함으로서 변수를 줄여 제품 가격 안정화를 도모합니다. 만약 저희의 기술이 시장에 자유롭게 공유되어서 무한한 경쟁이 이루어진다면 경쟁 초기에 저렴한 가격의 혜택을 받을 수는 있겠지만, 기업들은 경쟁에서 살아남기 위해 빈곤국의 노동력을 더욱더 착취할 겁니다. 그러면 주객이 완전히 전도되겠죠. 문맹률이 높은 국가, 마법 주문식을 사용하지 못하는 사람들도 편하게 주문식을 사용할 수 있도록 하자는 취지는 사라지고, 오히려 잘사는 나라의 사람들만 그 편의를 값싸게 누리게 될 겁니다.

그래서 어떻게 생각하실지 모르겠지만 저는 이런 필수 공산품의 경우 오히려 시장경쟁이 최소화되어 안정적으로 공급이 이루어져야 한다고 생각합니다. 그렇기 때문에 회사의 주문식과 관련한 기술이 보호되어야 한다고 생각하고요. 그러기 위해서는 기술을 암호화하여 쉽게 보거나 변조하지 못하게 해야 한다고 생각합니다. 저희 라이터의 주문식이 무려 145줄이나 되고, 암호화가 되어 있으며, 첫머리가 라이선스 경고문으로 시작하는 건 그런 이유입니다.

그리고 그것과는 별개로…… 제가 이야기했던가요? 제품의 마법 주문식 접근이 용이하고 변이가 쉬우면 발생할 일에 대해서요. 하하, 지금부터는 좀 이야기가 재미있을 겁니다. 인턴 하나가 제품 펌웨어 주문식 업데이트 내용을 임의로 수정했다가 발생한 문제였는데, 그게 저희 회사에서 일어난 일이었거든요…….

궤변과 이상 (3)

여보세요? 서비스 센터죠? 아니 제 청소기에서 '불'이 나가요! 아뇨, 불이 나간다고요! 불! 파이어! 火! 예! 불이 나간다고요! 지금 마룻바닥을 홀라당 태워먹었어요! 예! 펌웨어 주문식 업데이트 이후 그래요!

그게 무슨 말이에요? 펌웨어 주문식에서 '물'이라는 단어가 '불'로 잘못 쓰였다니요? 뭐예요, 지금? 그러면 제 '물'청소기가 지금 '불'청소기가 되었다는 거예요? 그게 무슨 청소기예요? 화염방사기지! 이거 어떻게 해야 해요?!

생활형 차원 중첩 (1)

강제적 차원 중첩 기술을 사용해 저 자신을 증식시켰다가 구청 시민행정과에 걸렸습니다.

월요일 아침에 일어나니 출근이 너무 하기 싫었습니다. 이불 속에서 '5분만 더'라며 밍기적대다가 문득 '누가 나 대신 출근해줬으면 좋겠다'라는 생각에 다다랐습니다.

그런데 마침 아침 생활정보 방송에서 '한정된 공간에서 차원 중첩을 활용한 식재료 늘리기'에 대해 이야기하고 있었습니다. 방송에서는 폐쇄된 방에서 차원을 중첩시켜 부족한 식재료를 중첩된 차원에서 가져와 증식하는 생활 팁을 말해줬는데, 그걸 보고 문득 아이디어가 떠올라 '저 대신 출근할 저를 증식'하기로 했습니다.

처음 한 명을 증식시켰는데, 증식된 저도 출근하기 싫다기에 내친김에 요일별로 출근할 수 있게 세 명을 더 증식하고 요일별로 출근일을 나누기로 했습니다.

방법은 가위바위보. 제가 제일 먼저 탈락해서 결국 가장 먼저 출근했습니다. 그래도 다음 날 출근을 안 해도 된다는 생각에 기쁜 마음으로 일하고 집에 오니, 화요일에 출근할 제가 출근하기 싫다고 이미 차원 중첩을 이용해 네 명을 더 증식시킨 상황이었습니다. 그리고 수요일, 목요일, 금요일 출근할 저도 서로 출근하기 싫다고 네 명씩 증식을 하겠다고 칭얼대고 있었습니다. 이러면 안 된다고 타일러보려고 했는데, 앗! 하는 사이에 이미 다들 증식을 해버렸습니다.

덕분에 작은 원룸이 저로 꽉 차버렸고, 그로 인해 아래층에서 집주인에게 민원을 넣은 모양입니다. 집주인은 문 앞까지 꽉 찬 저를 보고는 "학생, 아무리 그래도 이런 식으로 차원 중첩 증식을 하면 안 되지"라고 말하고는 구청에 민원을 넣겠다고 했습니다. 뭐라고 말하고 싶었지만 전후좌우로 증식된 저에게 꽉 눌려 결국 아무 말도 하지 못하고 그냥 고개만 끄덕여야 했습니다.

그리고 구청 시민행정과에서 사람들이 왔는데, 이렇게 무분별하게 사람을 대상으로 차원 중첩 증식을 하는 건 불법이라며, 한 차원 한 명 원칙에 따라 한 명만 남기고 모두 소거하겠다고 했습니다.

그러자 증식된 수많은 저들이 서로 자기가 이 차원의 진짜 저라고 떠들어댔습니다. 구청 직원은 그 모습을 한참 보다가 과태료 5만 원이 있다고 말했습니다. 그러자 수많은 저들은 일제히 손가락으로 저를 가리키며 제가 진짜라고 외쳤습니다. 구청 직원은 꽉 끼어 있는 저에게 한 번 더 확인차 물었고, 저는 이번에도 말없이 고개만 끄덕여야 했습니다.

잠시 후 구청 직원이 증식된 저를 모두 소거하고 떠났을 때, 저에게 남은 건 과태료 5만 원 고지서와 이제 몇 시간 남지 않은 월요일뿐이었습니다.

참 복잡한 하루였습니다. 그래도 자기 일을 남에게 미루면, 그만한 대가가 있다는 교훈을 얻은 하루이기도 했습니다. 이제 조금 늦었지만 씻고 자야겠습니다.

생활형 차원 중첩 (2)

도와주세요. 저희 집 고양이가 증식하고 있어요. 아뇨, 당연히 중성화해줬고요, 아이를 낳거나 어디서 친구를 불러오는 게 아니에요. 살이 찌고 있다는 은유도 아니고요. 말 그대로 똑같은 고양이가 계속 증식하고 있어요.

어제 퇴근해서 집에 왔는데 이 녀석이 문 앞까지 나와서 인사를 하는 거예요. 그래서 배고팠어? 밥 줄게, 하고 쓰다듬는데, 거실 쪽에서 똑같이 생긴 고양이가 나와서는 야옹거리면서 저에게 박치기 인사를 하는 거예요. 저도 처음에는 길 잃은 고양이가 집에 들어온 줄 알았죠. 그래서 거실 창문을 다 확인했는데 열려 있는 곳은 없었어요.

그래서 같은 동 사람 고양이가 어쩌다가 들어왔나 싶어서 관리사무소에 전화하려는데 그 녀석 목에 걸려 있는 목걸이를 본 거예요. 제가 두부 한 살 생일 선물로 사준 목걸이인데……. 아, 제 고양이 이름이 두부예요.

아무튼 두부 목걸이랑 똑같은 목걸이가 있는 거예요. 신기하다. 나랑 같은 목걸이를 누가 샀나, 하고 녀석을 들어서 목걸이를 보는데, 목걸이 뒷면을 보다 생각났죠. 이 목걸이는 제가 맞춤 의뢰해서 만든 목걸이라는 걸요. 목걸이에 달린 동전 모양 장식 앞면에는 제가 쓴 '두부'라는 글자가 새겨져 있고, 뒷면에는 두부가 자라면서 빠진 유치를 은으로 도금해서 붙여놓았어요. 그런 목걸이가 또 있을 수가 없죠.

저는 깜짝 놀라 두부를 들어서 목걸이를 확인했어요. 목걸이는 거기 있었죠. 문득 아침 방송에서 나왔던 차원 중첩을 활용한 식재료 증식 내용이 생각났어요. 누가 출근하기 싫어 자기 자신을 증식했다가 구청에 과태료를 냈다는 멍청이 같은 인터넷 글도 생각났고요. 제 고양이가 차원 중첩 증식을 당한 걸까요? 하지만 누가? 왜? 무엇을 위해?

그날은 생각이 너무 많아 제대로 잠에 들지 못할 뻔했어요. 제가 생각이 많아 잠을 자지 못하면 두부는 항상 제 옆구리에 와서 웅크리고 골골송을 들려줬었죠. 그러면 잠이 잘 왔어요. 그날은 양 옆구리에 두 마리의 두부가 웅크리고 골골송을 들려줬어요. 그 소리를 듣고 생각이 터질 뻔한 건 처음이었던 거 같아요.

아무튼, 생각이 너무 많아 잠을 설치다가 겨우 잠이 들었는데, 새벽 5시쯤 두부가 밥을 달라고 가슴팍에 올라와 앞발로 제 얼굴을 톡톡 건드렸어요. 저는 '알았어, 두부야, 밥 줄게…… 밥 줄게……' 하고 정신을 차리려고 했죠. '그런데 늘어난 두부 밥은 어떻게 줘야 하지? 따로 줘야 하나?'를 생각하면서 몸을 일으켜 세우려고 했는데 왼쪽 옆구리랑 오른쪽 옆구리에 몰랑하고 묵직한 이물감이 느껴졌어요. 예, 제 양쪽 옆구리에는 아직 두 마리의 두부가 몸을 웅크리고 자고 있었어요. 그리고 정체를 알 수 없는 고양이 한마리가 제 가슴팍에 앉아서 저를 말똥말똥 쳐다보는 게 보였죠. 생긴 건 두부랑 똑같았어요. 물론 목걸이도요. 아침에 일어나자 두부는 세 마리가 되어 있었죠.

정신을 차리려고 화장실에 가서 세수를 하고 나왔더니 두부는 네 마리가 되어 있었고, 친구에게 전화를 거는 사이에 여덟 마리, 두부들 밥을 따로 덜어주다 뒤돌아보니 열여섯 마리로 늘어나 있었어요.

이제는 눈을 깜빡하면 더 늘어날 거 같아서 어디 고개도 못 돌리고 열여섯 마리 두부를 침대 위에 모두 앉혀놓고, 그 앞에서 지금 핸드폰으로 글을 쓰고 있어요. 더 이상 늘어나면 제가 정말 곤란하다고요.

아아……! 또 늘어났어!! 몇 마리지? 하나 둘 셋…… 으아아아~ 스물네 마리야! 도대체 늘어나는 기준이 뭔데?!

아무튼 누가 좀 도와주세요. 제 고양이가 차원 중첩 기술을 이용해서 스스로 증식하고 있는 것 같아요. 구청에 신고해볼까도 했는데, 구청에서는 이런 경우 한 마리만 남기고 모두 소거한다고 해서요. 저는 지금 누가 제 두부인지도 모르겠어요. 아니 모두 제 두부 같잖아요! 게다가 얘들이 차원 중첩에 의해서 증식한 거면 모두 제 두부인거잖아요! 그럼 얘들을 어떻게 소거해요?! 으아아아! 안 돼! 누가 좀 도와주세요!

생활형 차원 중첩 (3)

오늘의 특종! 63마리 고양이와 함께 사는 사람이 있다?

어느 날! 반려 고양이 '두부'가 차원 중첩으로 증식해버려 어쩔 수 없이 63마리의 고양이와 함께 살게 된 사람을 오늘의 특종에서 만나봤습니다!

Q. 아이고…… 고양이가 정말 많네요! 이게 다 두부인가요?!

A. 예, 전부 두부예요.

Q. 차원 중첩 때문에 모두 증식한 거라고 들었는데, 어쩌다가 모두 기르시게 된 거예요?

A. 처음에 두부가 이렇게 늘어났을 때, 구청에 신고하면 한 마리만 남기고 모두 소거할 거라고 생각해서……. 전부 우리 두부인데 하고 그냥 제가 다 기르기로 한 거예요.

Q. 좁은 아파트에서 두부 기르기가 쉽지가 않을 텐데 말이죠?

A. 다행히도 많은 분들이 도와주셔서 다음 달에 교외에 있는 작은

집으로 이사 가게 되었어요. 거기는 저희 두부가 모두 살기에도 충분히 넓거든요.

Q. 정말 많은 분들이 도와주셨군요!

A. 예! 그래서 저도 이제 그분들에게 보답하려고 동물 보호소에 봉사 활동도 다니기 시작했어요! 이 자리를 빌려서 다시 한번 감사드립니다!

Q. 63마리의 고양이는 어떻게…… 차원 중첩에 의한 증식이었는데, 구청에서 두부들을 봤을 때 뭐라고 하지는 않았나요? 아까 말씀하신 것처럼 소거한다고 한다든가.

A. 의외로 신고해서 등록하면 바로 인정해주시더라고요! 최근 들어서 이런 일이 종종 생긴다고, 저희 시에 새로 조례안이 생겼다고 하셨어요.

Q. 아휴! 시의회가 일을 제대로 하는군요!

A. 그러니까요! 제 세금이 제대로 쓰이는 거 같아서 기뻤어요!

Q. 아, 맞다. 모두 63마리라고 하셨죠. 63마리의 두부는 어떻게 구분하죠? 모두 똑같이 생겼는데?

A. 두부 목걸이 뒤에 손으로 숫자를 써줬어요! 쟤는 두부 1호, 쟤는 13호, 쟤는 64호 이런 식으로요.

Q. 그렇군요! 그런데 64호요? 63마리 아니었나요?

A. 아…… 원래는 64마리였어요. 그래서 두부 64호까지 있었는데, 어느 날 없어졌어요. 고양이 탐정까지 모셔서 찾아봤는데, 흔적

도 없이 사라졌어요. 그래서 한참을 우울했는데…… 이제는 자기 집으로 돌아갔나 보다 하고 생각하고 있어요.

Q. 그렇군요. 그래도…… 역시 보고 싶죠? 두부 64호?

A. 그럼요! 보고 싶죠! 걔는 다른 두부들보다 5분이나 빨리 새벽에 제 가슴팍에 올라와서 밥 달라고 했거든요! 다른 애들보다 먼저 먹고 싶어서! 그래서 살도 1킬로나 더 쪘어요!

Q. 하하하! 정말 귀엽네요!

생활형 차원 중첩 (4)

두부야! 재미있게 놀았어? 읏차! 우리 두부, 엄마 기다렸어?! 우베베베! 배방구 ~~부부부부부~~! 잠깐만 기다려! 엄마가 지금 밥 줄게! 음? 목걸이에 뭐가 묻었나? 음? 이게 뭐지?

64……호? 아니 그보다는 얘…… 아침보다 살이 좀 찐 거 같은데……. 설마 임신?! 아니야. 중성화는 확실히 해줬고. 그리고 얘 남자아이라고!

유비무환 (1)

저희 학원은 '제대로 된 소원 비는 법'을 가르치고 있습니다. 한 40년 전에 유행한 '소원을 무한대로 만들어줘' 이런 거 말고요, '부작용을 최소화해 소원을 비는 법'을 가르치죠. 많은 사람들이 소원을 잘못 빌어서 큰 부작용을 만드니까요.

이를테면 이런 겁니다. 정의의 용사가 소원을 들어주는 요정을 만나서 "이 세상에 모든 전쟁을 없애줘"라는 소원을 빌었을 때, 요정은 이 소원을 제대로 이해하지 못했을 겁니다. 아마 "전쟁? 무슨 전쟁을 말하는 거지? 지금 일어나고 있는 전쟁? 앞으로 일어날 전쟁? 국가 간의 물리적 분쟁만 말하는 건가? 아니면 냉전 같은 개념까지 포함? 그게 아니면 신문 기사에서 말하는 경제·문화 쪽에서 일어나고 있는 어떤 고도의 경쟁 상황에 대한 메타포인가?"라고 혼란에 빠졌을 거고요.

게다가 이 사람은 전쟁을 없앨 구체적인 방법도 말하지 않았습니다. 이를테면 무기를 모두 없애서 전쟁을 없애달라든가, 전쟁을 일으키는 나쁜 왕을 없애달라든가, 그런 말도 없었죠. 결국 소원 안에 들어 있는 개념과 정의, 그리고 방법이 정의되지 않았기에 용사와 요정이 이해한 소원에는 간극이 생깁니다.

그럼 이렇게 되는 거죠. '용사는 순수한 마음으로 이 세상의 모든 사람들이 평화롭기를 바랐는데, 요정은 전쟁의 원인이 인간이라고 결론을 내리고 모든 인간을 멸종시키기로 하는…….' 아무래도 그런 일이 벌어지면 안 되겠죠?

그래서 저희 학원은 그런 일이 벌어지지 않게 논리 정연하게 소원에 대한 구체적인 내용을 말하거나 적을 수 있도록 가르치고 있습니다. 저희 학원의 교육 커리큘럼을 제대로 이수하시면 졸업하실 때 '소원 제안서'를 한 부 작성하실 거고, 그 '소원 제안서'는 '동료 평가'와 '교수 평가'를 통한 검증 과정을 거친 다음 통과 여부가 결정되죠. 수강생들은 언제 어디서라도 소원을 빌어야 하는 상황이 발생했을 때, 이 제안서를 제출해서 부작용을 아주아주 최소화할 수 있게 됩니다.

물론 살면서 요정이나 신들에게 소원을 빌 수 있는 상황이 오면 얼마나 오겠냐 하시는 분들도 계십니다만…… 사람 삶이란 건 또 모르잖아요? 미리 준비해서 나쁠 건 없겠죠.

유비무환 (2)

추운 어느 겨울밤. 당신은 동네 편의점에 담배를 사러 나갔습니다. 마침 눈도 내리죠. 편의점에서 담배를 사고 나와 전봇대 아래 가로등에서 하늘을 보면서 한 개비를 피워봅니다.

그런데 불을 붙이는 순간, 이런! 담배의 연기에서 고대의 신이 소환됩니다! 신은 자신을 가둔 봉인을 풀어줘서 고맙다며 소원을 하나 들어주겠다고 하죠! 오! 끝내주는 기회임과 동시에 절체절명의 순간입니다! 당신의 소원을 제대로 말하지 못하면 소원은 어마무시한 부작용을 일으킬 거예요!

하지만 당신은 지난여름 '소원 비는 법을 배우는 학원'을 다니며 '소원 제안서'를 작성했습니다! '살다 보니까 이런 일도 일어나는구나!' 하면서 당신은 제안서를 꺼내려고 하죠!

그런데 생각해보세요. 어느 누가 추운 겨울밤 동네 편의점에 담배를 사러 가면서 '소원 제안서'를 들고 나갈까요? 당신의 품에는 '소원 제안서'가 없습니다. 고대의 신은 빨리 소원을 빌라며 재촉하고 있죠! 이렇게 소원을 빌 기회가 끝나는 걸까요?

걱정하지 마십시오! 그런 고민을 날려버리기 위해 저희 '위시피아'가 있습니다! 저희 위시피아는 전국 150개 대학, 1300여 개 전문 학원과 연계하여 졸업 시 작성하는 소원 제안서를 데이터베이스화하고 있습니다. 거기에는 당신의 소원 제안서도 있을 수 있고요! 그냥 스마트폰으로 앱을 다운받은 뒤 접속하셔서 당신의 이름을 검색하면 지난여름에 작성한 소원 제안서를 바로 찾으실 수 있습니다.

그런데 위시피아에서 소원 제안서를 다운받은 당신은 고민이 됩니다. 당신의 소원이 바뀌었거든요. 지금 이 소원을 빌면 엉뚱한 소원이 이루어질 판입니다.

그것도 걱정하지 마십시오! 저희 위시피아는 수천수백만의 소원 제안서를 사고팔 수 있는 '피어 투 피어 마켓 플랫폼'을 구축하고 있습니다! 만약 다른 소원을 빌고 싶으시다면 소원과 관련된 키워드를 입력해 등록된 제안서 중 마음에 드는 걸 골라 구매하시면 됩니다! 반대로 이제는 쓸모없어진 당신의 소원 제안서를 등록해 판매하여 수익도 올려보세요!

만약 마음에 드시는 제안서가 없다면 여러분의 소원에 맞게 소원 제안서를 작성해드리는 '커미션' 서비스도 제공하고 있습니다! 저희 위시피아에는 이런 커미션을 위해 수천 명의 작가님이 등록되어 있습니다. 여러분도 저희 위시피아의 소원 제안서 커미션 작가로 등록하여 수익을 창출해보세요!

이런 완벽한 위시피아 서비스가 월 구독료 3만 9800원! 월 3만 9800원! 지금 이 방송을 보시고 가입하시는 분들만 첫 달 구독료가 무료! 무료! 지금 당장 전화하시고 위시피아의 이 모든 서비스를 누려보세요!

*본 서비스는 파인애플 앱스토어는 지원하지 않습니다.
*본 서비스는 오토마타 OS 4.0 이상부터 지원하며, 서비스 가입 후 제공되는 링크의 설치 파일을 통해 애플리케이션 설치가 가능합니다.

TRPG (1)

예전에는 만마전 신입생들을 어떻게 받았냐면요. 늪에 있는 마녀의 집, 유적 밑에 있는 이단의 성소, 타락한 주교의 비밀 고해소 같은 곳에서 모집했어요. 사탄의 인도를 받은 이들이 비밀스러운 장소를 찾아왔죠.

하지만 현대에 들어 판타지 장르가 인기를 끌면서 너도나도 이런 곳을 찾아오기 시작했어요. 그렇게 한번 찾아오면 친구랑 한 번 더 찾아오고, 친구의 친구에게 소문내고, 자랑하고, SNS에 해시태그 달고 올리고……. 그래서 이제는 정말이지 전혀 비밀스럽지 않게 되어버렸죠. 몰려오는 사람들은 날이 갈수록 늘어났고, 이제는 누가 인도를 받은 사람인지, 누가 관광객인지 알 수 없게 되어버렸어요.

얼마 전 만마전 학사관리팀이 마지막으로 운영하던 마녀의 집이 문을 닫았어요. 그 마녀의 집은 이제 이색 카페로 업종을 전환해 관광객을 맞이하고 있죠. 시대의 흐름이 그렇다면 따라야겠지만……. 아무튼 전통적인 방법으로 신입생을 모집하던 시대는 완전히 끝났어요.

그래서 요즘은 어떻게 신입생을 모집하냐고요? 테이블 롤플레잉을 통해서 모집해요. 특정 테이블 롤플레잉 룰북에 있는 시크릿 단계에 도달하면 인도를 받은 걸로 간주하죠.

왜 하필 테이블 롤플레잉이냐면…… 우선 요즘 사람들은 테이블 롤플레잉이 뭔지 모르고요. 알더라도 오타쿠들이나 하는 걸로 알고 있죠. 그리고 테이블 롤플레잉을 하더라도, 시크릿 단계에 도달하는 방법은 쉽게 찾지 못하고요. 괜히 '시크릿 단계'겠어요?

그리고 무엇보다 이게 가장 중요한데…… 테이블 롤플레잉은 사람 모으기가 가장 어려워요……. 작정한 사람들도 일정 못 맞춰서 못 해요. 그러니 입학 방법으로 이보다 비밀스러운 방법이 어디 있겠어요?

TRPG (2)

"……그래서 지금 한 명이 갑자기 사라졌다고?"

"그렇다니까?!"

"그럼 경찰에 신고해야지!"

"지금 그게 문제야? 이 시나리오는 PCplayer character가 5명이어야 진행된다고! 우리 4명으로 어떻게 시나리오를 진행해?!"

"그럼 어떡하지?"

"어떡하긴. 플레이 로그를 복기해보자. 분명 PC가 사라진 조건이 있을 거야. 어떻게든 그 사라진 PC를 데리고 와서 이 시나리오를 마무리해야지, 이 게임을……. 어떻게 시간을 조율한 건데. 난, 포기 못 해……!"

예술인의 밤

나는 이 동네 '예술인의 밤'이라는 게 지역 예술가들의 교류 모임인 줄 알았어. 아우라로 인해 자의식이 생겨 말을 하는 예술품들이 모여서, 자기를 만든 예술가들을 평론하는 자리인지는 몰랐어. 알면 안 왔지.

예술품들이 원형으로 배치된 의자에 앉아서 서로 돌아가면서 자기 예술가들을 평론하는데, 마침내 내 차례가 온 거야. 근데 나는 예술가잖아? 예술품이 아니라. 그래서 얼버무리고 있는데 내 맞은편의 초상화들이 나를 지그시 바라보는 거야. 다들 웃고는 있는데 알게 모르게 분위기가 살벌해서 어쩔 수 없이 아버지 욕을 시작했지. 그 뭐냐, 아버지에 대해서 예술가라면 다들…… 아니다…….

아무튼 아버지 욕인지, 품평인지, 평론을 하고 있는데, 누가 늦어서 죄송합니다! 하고 소리치면서 들어오더라고. 그래서 그쪽을 봤는데…… 와, 내 대학교 졸업 작품이더라. 순간 어? 어? 하고 있는데, 걔랑 마주쳤어, 눈이. 그랬더니 걔가 한참을 바라보다가 갑자기 소리를 지르면서 달려오는 거야! 그러고는 팔 4개로 내 머리를 있는 대로 잡아당기는데! 아, 팔 4개 달린 고양이 조각상을 졸업 작품으로 만들었거든……. 아무튼! 주변 예술품들이 너도나도 달라붙어서 뜯어 말리고 나서야 상황이 종료되었지.

그리고 자초지종을 설명해야 했어. 예술품들은 놀라며 자기들끼리 의논해야 한다고 했지. 나와 내 졸업 작품만 모임 장소에 덩그러니 뻘쭘하게 앉아 있고, 나머지 예술품들은 옆방에서 회의를 했어. 나는 그래도 내 졸작에게, 잘 지냈어? 본과 건물 창고에 그대로 둬서 미안해, 라고 사과라도 할까 하다가…… 살벌한 눈빛에 그만뒀지…….

그렇게 얼마나 지났을까, 예술품들이 나왔어. 그러고는 모임 회장이라는 디지털 아트가 결정 내린 걸 이야기하더라고(모서리에 붙어 있던 NO NFT! 배지가 인상 깊었어).

요약하면 그래. 내가 내 창조주를 평론한 게 너무 훌륭해서 자기들 모임에 정회원으로 가입시키고 싶대. 내 평론을 통해 예술가도 누군가에 의해 창조되고 아우라가 생겨 자기 정체화가 가능한 예술품임을 알았다는 거야. 이게 뭔 말인지…….

아무튼 그렇게 됐어. 나는 이제 매주 예술품들과 예술가를 평론하는 모임의 정회원이 되었고, 나는 나름 예술품으로 인정받은 거 같아. 예술품들에게…….

걱정 안 되냐고? 모임은 솔직히 걱정 안 되거든. 근데 매주 내 졸업 작품을 만나야 하는 건 조금 걱정된다. 가능하면 나중에 화해하고 싶은데…… 그게 될까?

고기 요리의 윤리학 (1)

"사장님. 그러고 보니까 이 식당에는 이종족이 많군요……. 미노타우로스minotauros도 보이고, 켄타우로스centaurus도 보이고. 이러면 고기를 먹을 수 없을 텐데 말이죠. 왜 그…… 아시죠? 보팔 래빗vorpal rabbit 앞에서 토끼 고기를 주문할 순 없잖아요. 저는 아직 죽기 싫거든요……."

"아, 그거라면 안심하세요. 저희 식당에서 사용하는 고기는 무척 윤리적인 재료랍니다."

"그게 무슨 말씀이세요?"

"저희 식당에서 사용하는 고기는 윤리적 문제에서 굉장히 자유롭거든요."

"점점 알 수 없는 말씀을 하시네요……."

"음, 조금 어려웠나요? 그럼 질문을 조금 바꿔볼게요. 손님은 왜 토끼 고기를 보팔 래빗 앞에서 주문할 수 없다고 말씀하셨나요?"

"그야…… 토끼는 보팔 래빗의 동족이잖아요? 누군가 자기 동족을 눈앞에서 먹겠다고 하면 기분이 좋을 리 없겠죠."

"그렇군요. 그럼 손님께서는 고기를 먹는 게 누군가의 동족을 잡아먹는, 달리 이야기하면 동족을 살해하는 행위다, 라고 생각하고 계신 걸까요?"

"그게 그렇게 되는 건가요? 음, 100퍼센트 동의하는 건 아니지만, 지금 상황만 놓고 본다면 그렇게 볼 수도 있겠네요."

"그리고 그것은 윤리적으로 봤을 때, 죄책감과 연결될 수도 있겠고요? 누군가의 동족을 살해하고 잡아먹는 행위는 윤리적이지 않으니까요?"

"아, 식당에서, 그것도 사장님에게 이런 말씀을 들으니 조금 색다른 경험이긴 하지만…… 예, 말씀을 들어보니 그런 거 같기도 하네요."

"그렇군요, 후훗. 저는 그렇게 생각해요. 육식이라는 건, 고기를 먹는다는 건 '살해 과정'이 필연적으로 뒤따른다고요. 고기를 얻기 위해서는 반드시 무언가를 죽여야 하니까요. 그리고 그 무언가는 누군가의 동족이죠. 그것이 지성체든 비지성체든 말이에요. 그러니까 육식은 필연적으로 윤리적인 문제를 가져올 수밖에 없는 행동이라는 거예요. 윤리적인 문제를 가져오기 때문에 우리는 죄책감을 느끼는 거고요."

"하지만 저는 고기를 먹으면서 죄책감을 느끼지 않는데 말이죠?"

"방금 전에 느끼셨잖아요? 보팔 래빗 앞에서 토끼 고기를 주문할 수 없다고 하셨잖아요. 저는 그게 죄책감의 발로라고 생각해요."

"정말 이상한 사장님이시네요. 근데 그거 아세요? 듣다 보니까 재미있어졌어요. 그러면요 사장님, 제가 질문해볼게요. 사장님 말대로라면 우리 모두 고기를 먹으면서 윤리적인 이유로 작든 크든 죄책감을 느낀다는 거잖아요? 그건 사장님도 마찬가지일 거고요. 그러면 말이에요. 사장님은 식당을 하실 수 없는 거 아닐까요? 하시더라도 고기 메뉴가 없는 식당을 하셔야 할 것 같은데요?"

"어머, 제법 날카로우시군요. 맞아요. 하지만 저는 육식을 부정하는 사람은 아니에요. 그저 이 윤리적인 문제를 해결할 어떤…… 육식법이 있지 않을까 고민하는 사람이죠."

"그래서 해결하셨나요? 궁금한데요?"

"해결했죠. 방법을 찾았어요."

"그게 뭘까요?"

"음…… 손님, 잠시 손 좀 보여주시겠어요?"

"예? 갑자기요? 전화번호 적어주실 거면 메모지를 하나 따로 드리, 아얏! 잠깐! 뭐예요? 왜 갑자기 바늘을……!"

"손님, 제가 손님께 질문을 조금 드릴게요."

"아야야야, 아야……. 하세요, 하세요……. 호~ 호~ 피 나네……."

"손님, 생명이란 건 뭘까요?"

"뜬금없네요. 음…… 역시 숨 쉬고, 살아 있고, 영혼이 있는, 뭐 그런 거겠죠?"

"그러면요, 손님. 심장이 없이 플라스크에서 배양되고 있는 단순한 살덩어리는 생명이라고 할 수 있을까요?"

"그냥 살덩어리요?"

"예, 그냥 살덩어리요."

"어려운 질문인데요. 음, 저는 생명이라고 할 수 없을 거 같네요."

"그렇군요. 그럼 제가 아까 육식의 윤리성에 대해 이야기하면서, 죄책감을 느끼는 이유가 '살아 있는 것을 죽이기 때문'이라고 말씀드렸었죠?"

"예."

"그렇다면, 육식이 윤리적이기 위해서는, 죄책감이 없기 위해서는, 살아 있는 것을 죽이지 않아야겠고요?"

"그렇죠. 하지만 그건 불가능하죠. 육식은 살아 있는 것을 죽임으로써 시작되니까요."

"맞아요. 그런데…… 방금 말씀드린 플라스크에서 배양되고 있는 살덩어리. 그럼 이건 어떨까요? 이것은 생명, 즉 살아 있는 것이 아니니까 이걸 먹는다면 어떻게 되나요?"

"아?!"

"바로 그거예요. 저희 식당의 모든 고기는 이렇게 플라스크에서 배양되는 고기입니다. 키메라chimera를 만들 때 쓰는 주술을 이용해서 급속 배양을 시키죠. 실제 키메라를 만드는 게 아니고, 음식 재료로 만드는 정도니 시간도 오래 걸리지 않고요."

"과연 그렇군요! 멋진데요?! 그렇다면 토끼 고기를 시켜도 보팔 래빗 손님에게 제가 맞아 죽을 이유가 없겠군요! 그 고기는 살아 있는 토끼를 죽인 게 아니라 토끼의 세포를 배양한 걸 테니까요! 저도, 보팔 래빗 손님도 죄책감을 느낄 이유가 없을 거고요! 굉장하네요! 사장님! 그럼 전 토끼 구이로 주문하겠습니다!"

"그런데 말입니다……."

"갑자기 왜 시사 방송에 나오는 멘트를……."

"이 방식의 육식에는 다른 윤리적 문제가 있어요."

"……그게 뭔가요?"

"바로 세포를 제공하는 당사자의 동의죠. 신체 복제와 비슷한 원리로 진행되는 조리법이기 때문에 반드시 당사자의 동의와 관련한 윤리 문제가 발생하거든요. 키메라 제조가 왜 모든 왕국에서 불법화되었겠어요? 당사자 동의를 온전히 받을 수 없었기 때문이에요."

"하지만 키메라는 지성이 있는 이종족이 아닌 동물을……."

"그게 문제인 거죠. 지성이 없으니 동의를 얻을 수 없지요. 동의를 얻지 못하면 당사자의 동의와 관련된 윤리 문제에서 자유로울 수 없고요. 그래서 손님께서 토끼 고기를 드시고 싶으시다면, 우선 토끼에게 세포 제공 동의를 받아야 해요. 받을 수 있으시다면요, 후훗."

"하…… 그럼 이 식당에서 먹을 수 있는 고기가 있기는 한 거예요?"

"예. 그래서 지금 제가 손님께 '동의를 구하고자' 하는 거예요."

"예?"

"육류의 최종적인 윤리 문제가 '당사자의 동의'에 막힌다면, 처음부터 '동의를 구할 수 있는 당사자'의 고기를 쓰면 되는 거 아닐까요? 이를테면 손님의 세포를 배양한 고기, 라든가 말이죠."

"예? 그럼 아까 그 바늘은?"

"맞아요. 손님의 고기를 만들기 위한 세포 채집이죠."

"제가…… 제 고기를 먹는다고요……?"

"말 그대로 가장 윤리적인 고기 아닌가요? 누굴 죽일 필요도 없고, 당사자의 동의도 받을 수 있죠. 손님께서 동의만 하신다면 말이죠. 아니 뭐, 동의하지 않으셔도 괜찮습니다. 아까 말씀하신 대로 토끼 고기를 꼭 드시고 싶으시다면 토끼에게 동의를 받고 세포를 채집해 오셔도 돼요. 그게 아니라면, 저쪽 테이블에 앉아 계신 보팔 래빗 분께 가셔서 동의를 구하시고 세포를 채집해 오셔도 되고요……. 동의를 해주실지, 목덜미를 물어뜯으실지는 모르겠지만요."

고기 요리의 윤리학 (2)

“사장님, 그냥 고기 배양 아르바이트 구해서 그 사람들 세포로 바로바로 배양해서 요리해주면 안 되는 건가요? 사장님 말대로라면 매번 요리할 때마다 손님의 동의를 얻고 세포를 채집해야 한다는 건데 그러면 귀찮잖아요.”

“그런 방법도 가능하겠지만요. 그러면 마치 제가 ‘돈으로 사람들 고기를 착취’하는 거 같잖아요?”

“예?”

“윤리적인 선택에 금전 문제가 끼어들면 과연 올바른 선택을 할 수 있을까요?”

“아…… 그럼 자원봉사자라든가, 세포 기부를 받으셔서……”

“저는 무언가 남이 주면 그에 상응하는 대가를 줘야 한다고 생각하거든요. 이건 노동 윤리의 문제죠.”

“아니, 그럼 돈을 주시고 사람을 고용하면…….”

“하지만 윤리적인 선택에 금전 문제가 끼어들면…….”

"순환논증의 오류에 빠진 기분이군요……. 그러면 사장님 고기라도 어떻게 안 되나요?"

"어머, 저는 그렇게 하기 싫은걸요?"

"아, 그러면 어쩔 수 없겠군요……."

"그런 거죠. 하지만 저도 사실 그런 생각을 안 해본 건 아니에요. 하지만 어떤 윤리적인 선택에 있어서 그것의 예외가 자꾸 생기게 되면, 본래의 윤리적인 고민도, 선택의 자유도 모두 없어질 수 있으니까요."

"아……."

"빡빡한 원리주의자라고 하셔도 좋고, 이상한 궤변론자 같다고 하셔도 좋지만, 저도 장사하면서 몸으로 배운 규칙이에요. 지켜져야 할 것이 지켜지지 않으면 더 많은 걸 내어주게 되는 거죠. 그래서 저희 가게는 '모든 고기 요리는, 자신의 고기로'를 고수하고 있고요."

"그렇군요……. 아니 그럼 왜 아까 토끼 고기가 먹고 싶으면 저쪽 테이블의 보팔 래빗에게 가보라고? 어차피 가서 세포를 달라고 해도 가게 규칙 때문에 못 받았을 텐데 말이죠."

"어머, 설마 진짜 가실 줄은 몰랐죠. 장난친 거였는데요."

"너무하시네요……."

"후훗, 고개 이쪽으로 돌려보세요. 많이 물어뜯기셨네요. 예외이기는 하지만 저희 가게의 세포배양 기술로 치료해드릴까요?"

"배양육에 쓰는 그거요?"

"예."

"아니에요. 괜찮습니다. 그건 식당에서 고기 배양할 때 쓰는 기술이잖아요? '규칙은 규칙'이니까요. 예외는 안 되죠."

"이해가 빠르시네요, 후훗. 그럼 오늘 저녁에 같이 식사하는 건 어떠세요?"

"……사장님이 손님에게 이러는 건 규칙에 어긋나지 않나요?"

"글쎄요, 그런 규칙이 있었나요?"

죽음과 세금은 피할 수 없다, 드래곤 역시

세금징수원 조합 특별징수3과

저희 세금징수원 조합 특별징수3과는 '특별한 대상'들로부터 세금 징수하는 일을 하고 있습니다. 왕국 안에 살고 있는 인간 이외의 종족, 그러니까 이종족에게서 세금을 징수한다는 점은 특별징수1과, 2과와 비슷하기는 한데 저희는 '조금 더 특별한' 대상이죠. 저희는 언데드undead를 대상으로 세무조사와 세금 징수를 합니다. 언데드 중에서도 자아가 확실한 대상들, 음…… 그러니까 리치lich 같은 존재들을 대상으로 하죠.

예전부터 죽은 사람에게는 세금을 물리지 않는다든가, 상속세가 미납 가산세보다 싸게 먹힌다든가, 이런 걸 노리고는 마치 본인이 죽은 것처럼 꾸민 탈세 범죄는 종종 있었습니다. 서류상으로 사망을 조작하고 가족이나 지인에게 재산을 상속하는 방식이었는데, 서류가 아무리 완벽하더라도 사람이 진짜 죽은 건 아니기 때문에 쉽게 발각되고는 했죠.

그런데 재작년에 왕립마도학회의 1급 기밀문서들이 일부 보안

해제되면서 상황이 조금 복잡해졌습니다. 보안 해제된 문서들 중에 강령술 관련 서적들이 있었는데, 이 서적들이 '자의식을 가진 언데드', 즉 '리치'를 만드는 방법을 다루고 있었거든요.

그래서 최근 새로운 방식의 탈세 범죄가 급증했습니다. 바로 강령술을 이용해 스스로 리치가 되는 방식의 탈세입니다. 이 방식의 탈세는 실제 사람이 살아 있어 모순이 발생하는 기존의 서류 조작 방식의 탈세와 달리 진짜 사람이 죽어버리기 때문에 탈세를 증명하기 어려웠습니다. 결국 이런 특별한 탈세 방식에 대처할 특별한 부서가 필요하게 되었고, 그렇게 생긴 게 바로 저희 특별징수3과입니다.

저희 3과의 업무는 우선 탈세 혐의가 있는 사람이 '진짜 죽었는지' 확인하는 걸로 시작합니다. 리치가 된 사람들은 자기가 살던 집에 자기 시신을 보관합니다. 이유야 종교적인 이유에서부터, 가족들이 고인과 오랫동안 함께하고 싶어서, 라는 것들입니다만……. 사실 집에 시신을 보관해야 나중에 일어나서 가족과 이야기도 하고 일도 보고 할 테니까요. 아무튼 그렇게 장례식을 치르고 집에 관짝째로 들어가고 나면 관 뚜껑이 열리고 그 뒤로는 다시 일상으로 돌아가는 겁니다. 그래서 저희 3과의 세무조사 첫 작업이 탈세 혐의자 집에 들어가 시신을 확인하는 거죠.

이후 시신이 확인되면 본격적으로 작업에 들어갑니다. 시신이 있는 곳에서 밥도 먹고 책도 읽고 가족들 없을 때는 시신 면상에다가 방귀도 뀌고 모욕적인 발언도 하곤 합니다. 물론 이렇게 말씀드리면 '이게 뭐야? 이건 좀 너무한 거 아니야?' 하실 수도 있는데, 이탈세자들을 깨우려면 어쩔 수 없습니다. 이렇게 안 하면 안 일어나거든요. 사실 언데드들은 일어날 생리적인 이유가 있는 것도 아니니 억지로 일어나게 하려면 심리적으로 압박할 수밖에 없기도 하고요.

거의 반년을 같은 방에서 생활했더니 어느 날 부스스 일어나서 "내가 졌소. 내가 졌으니까 세금 내겠소" 하던 리치도 있었습니다. 그 친구는 '납부 불성실 가산세'에 '법정 최고 이율'을 적용해서 거덜 내줬어요. 어쩌겠어요. 세금 안 내겠다고 버틴 자기 책임이지.

여기서 이렇게 끝나면 좋을 텐데 가족들이 달려와서는 "아버님 시신이 어느 날 저렇게 벌떡 일어났습니다, 강령술사의 저주 때문인 것 같아요"라고 말하는 경우가 있습니다. 그러면 아까까지 세금 내겠다고 하던 당사자도 '우어어어' 하면서 좀비 흉내를 냅니다. 이렇게 하면 속일 수 있을 거라고 생각하는 거죠. 그래서 저희 3과의 구성원들은 모두 세법을 전공한 강령술사들입니다. 어디서 감히 강령술사 앞에서 강령술을 논해요? 척 보면 척인데.

물론 그럼에도 불구하고 끝까지 발악하는 사람들도 있곤 합니다. "우리 아버님이 리치가 되시려고 한 건 맞지만, 술법을 어설프게 사용하셔서 자의식이 날아가셨다"라는 식으로 아무 말 대잔치를 하곤 하죠. 사실 여기까지 오면 저희도 지칩니다. 그래서 이런 경우에는 이렇게 말씀드리죠. "그럼 저희도 도리가 없어요. 교회 분들을 불러서 정화시켜야죠."

아시겠지만 왕국법이랑 교회법 모두 허가되지 않은 술법으로 만들어진 자의식이 없는 언데드는 적법한 절차를 통해 '정화'하도록 규정하고 있습니다. 말이 좋아 정화지 그냥 불로 태우는 거죠. 가족도 당사자도 이게 무슨 의미인지 아니까 여기까지 오면 그냥 포기합니다. 저희 3과가 다른 부서에 비해서 역사는 짧지만 징수 실적은 상당히 좋은 편입니다. 캐시 카우인 드래곤dragon들을 상대하는 1과와 비교해도 꿀리지 않을 거예요.

그러니까 선생님께서 혹시라도 그럴 리는 없겠지만, 정말 만약 탈세의 유혹을 받으신다면 그때는 저기 저 위에 붙어 있는 저희 3과 표어를 떠올려주시면 좋겠어요. 아마 도움이 될 거예요.

"죽음과 세금은 피할 수 없습니다."

세금징수원 조합 특별징수1과

뭐야, 3과 애들이 그렇게 말해요? 우리가 캐시 카우인 드래곤 다뤄서 실적이 좋다고? 아 진짜……. 부정은 안 할게요. 맞는 말이니까. 뭐 아쉬우면 지들도 1과로 오든가. 걔들 그렇게 말해도 지들 커미션 때문에 1과로 안 올 거예요. 걔들, 다루는 애들이 빡센 만큼 커미션도 많거든요.

그에 비하면 드래곤은 너무 쉽죠. 얼마나 쉽냐면 인간들 세금 걷는 것보다 쉬워요. 너무 쉬워서 우리 징수율은 조합 안에서 '탑 오브 탑'인데 커미션은 바닥에 가까워요. 불만이 없는 건 아닌데 그만큼 하는 일이 없으니까 딱히 보직 이동을 원하는 사람도 없어요.

아까 열 낸 거 미안해요. 그래도 3과 애들이 그런 말 하니까 열 받아서……. 뭐 그래도 드래곤들이 캐시 카우인 건 부정 안 할게요. 사실 이 바닥에서 드래곤들은 날아다니는 거대한 유리 지갑이라서요. 그럴 수밖에 없는 게, 이 친구들은 가진 게 너무 많거든요. 거기다가 가지고 있는 대부분이 실물 금이나 뭐 그런 거예요. 양이 너무 많아서 어디다가 숨길 수도 없거든요. 그러니까 세금 징수할 시기 되면 동굴 앞에 가서 헛기침 두 번 해주면 알아서 자진 신고서를 동굴 밖으로 던져요. 안으로 들어갈 필요도 없죠. 그냥 한 번 훑어보고, '선생님 이거 맞게 작성하셨죠? 그럼 올해 세율 적용해서 계산합니다?' 하고 말해준 뒤에 '얼마 내시면 되겠네요?' 하면 동굴 안에서 한번 그르르르 소리가 나고 돈주머니가 툭! 날아와요.

물론 허위로 작성할 수도 있겠죠. 영지 두어 개 털어서 작년보다 동굴 안에 금이 더 쌓여 있을 수도 있고. 그런데 그건 조사를 못해요. 하고 싶어도 양이 너무 많아서. 그래서 사실 드래곤 대상 세금 징수는 서로 암묵적인 룰을 두고 '이 선에서 합의 봅시다'에 가까워요. 암묵적인 룰이라고 하니까 되게 나이브하다고 생각하실 수도 있는데, 중요한 건 '세금을 꾸준하게 피하지 않고 계속 낸다'는 거니까요. 그래서 우리가 드래곤을 날아다니는 거대한 유리 지갑, 캐시 카우라고 말하는 거예요.

그리고 무엇보다, 생각해보세요. 현실적으로 드래곤을 상대로 면전에서 자산 조사하고 세무 조사하고 세금 계산하고 싶은 용기를 가진 사람이 어디 있겠어요? 산 채로 먹히고 싶거나 왕국을 불바다로 만들고 싶은 게 아니라면 말이죠.

세금징수원 조합 특별징수2과

그 빌어먹을 '이 선에서 합의 봅시다' 덕분에, 우리 2과가 이 일까지 하고 있는 거예요. 드래곤은 1과 소관이니까 드래곤이 똥을 쌌으면 1과가 똥을 치워야죠. 그런데 왜 지들이 싸고 우리 2과가 치워야 합니까? 하지만 이 짓도 끝입니다. 오늘 보고서 올렸어요. 다음 주에 아주 피바람이 불 겁니다. 어차피 다 알게 될 이야기니까 그냥 말할게요. 선생님도 알아두실 필요가 있어요. 서로 좋은 게 좋은 거지 하고 넘어가면 무슨 일이 터지는지 알아두실 필요가 있다고요.

저희 2과는 원래 엘프elf, 드워프dwarf같이 지성을 가진 이종족을 대상으로 세금을 징수하는 곳입니다. 지성이 있다 보니 자기가 가지고 있는 걸 남에게 주고 싶어 하지 않죠. 특히나 엘프들이요. 그 놈들은 죄다 아나코캐피털리스트anarcho-capitalists예요. 특히 증권쟁이 놈들이. 그놈들은 세금을 안 내려고 별의별 짓을 다 해요. 드워프는 또 어떻고요? 이놈들은 그냥 걸어 다니는 세법학 개론서,

세무 판례집이에요! 내가 모르는 판례랑 선례를 가져와서는 세금을 공제받는다고요! 내가 미쳐 진짜! 그래서 이놈들을 상대하려면 우리도 그만큼 집요하고 영리해져야 해요. 그래야 이놈들이 실수하는 부분을 물어뜯고 세금을 걷죠.

우리 2과가 그래서 맨날 하는 일이 조세피난처나 유령 상회(회사)를 찾는 일입니다. 엘프들도 그렇고 드워프들도 그렇고 가장 잘하는 게 유령 상회를 세워서 공제를 받거나 조세피난처에 세금 낼 돈을 숨기는 일이거든요. 그러다가 걸린 거예요, 우리 조사망에. 정말 따끈따끈한 신규 조세피난처가 말이죠. 어딜 거 같아요? 예? 어디일 것 같냐고요?

어디긴 어디겠어요, 드래곤의 둥지지. 예, 드래곤의 둥지요. 금은보화가 잔뜩 있는 동굴이요. 어떻게 거기가 조세피난처가 되냐고요? 아주 쉽게 설명해드릴게요. 이게 다 1과 놈들의 그 잘난 '암묵적 룰' 때문이에요. 드래곤의 둥지는 세무 조사하는 게 어렵다면서, 적당히 자진 신고하는 방식으로 일을 처리했다가 이렇게 된 거라고요!

아무튼 드래곤의 둥지가 조세피난처가 되는 방법은 이래요. 우선 탈세를 하고 싶은 놈들이 드래곤을 물색합니다. 그리고 드래곤에게 거래를 제안하는 거죠. "우리 재산 좀 맡아주면 수수료를 충분히 주겠다"라고 말이죠. 드래곤이 이걸 받아들이면, 날을 잡아서 드래곤에게 자신의 금고를 약탈해 가라고 합니다. 그러면 드래곤은 그 날짜에 금고를 약탈하죠. 그리고 약탈이 끝나면 탈세범들은 이걸 당국에 신고해요. '자연재해에 의한 손실'로 말이죠. 예, 드래곤은 자연재해니까요. 날아다니는 자연재해, 날아다니는 화재, 날아다니는 중량 충돌, 날아다니는 뭐 아무튼 재해. 자연재해로 인한 자산 손실분은 공제가 발생하니, 결과적으로 세금을 내지 않게 되는 거죠. 한 푼도, 단 한 푼도요.

빌어먹을, 그런데 그게 손실이냐고요? 그 돈은 드래곤 둥지에 그대로 있어요. 세금 한 푼 안 낸 동전 한 닢 한 닢이 전부 드래곤 둥지에 처박혀 있다고요! 그런 걸 지금 1과 놈들은 "드래곤은 자연재해니까 현실적으로 세무 조사하는 게 불가능하다"면서 대충 넘어가고 있단 말이에요!

지금이야 왕국 안의 엘프들 중 일부가 이 짓을 하다가 우리에게 걸린 거지만 상황은 더 나빠질 거예요. 왜냐고요? 왜냐고요? 제국 엘프 놈들이 펀드 상품을 출시했거든요. 무슨 상품일 거 같아요? 무슨 상품일 것 같아요?! 보세요! "나이트 홉스 파이낸셜, 해외 투자 절세 펀드 1호! 해외 드래곤 자산관리사가 자산을 관리하여 절세 효과를 누려보세요!" 이 미친 나이트 홉스 놈들이 이런 상품을 보란 듯이 광고하고 있다고요!

더 이상은 못 참아요! 더 이상은 못 참는다고! 이미 보고서 냈어요! 백번 양보해서 드래곤은 자연재해니까 어떻게 못 하겠다고 해도, 빌어먹을 1과 놈들이 더 이상 일 안 하는 꼴은 못 보겠어요! 다 엎어버릴 거야! 이 망할 놈들! 다 엎어버릴 거라고!

세금징수원 조합 특별징수5과

그래서 저희 5과가 생겼습니다. 왜 4과를 건너뛰고 5과로 숫자가 넘어갔냐고요? 그건 저희 소속 징수원 중에 동양계가 있어서 그래요. 거기선 '죽음'과 '4'가 발음이 같대요. 우리가 하는 일이 목숨 걸고 하는 일이라 그런 거에 민감한 징수원들이 있어요. 근데 웃기죠? 우린 이미 한 번씩 죽었는데.

5과는 드래곤을 대상으로 세금을 징수하는 부서라는 점에서 1과랑 부서 목적은 같습니다만, 구성원들은 모두 뱀파이어vampire입니다. 저도 그렇고요. 지난번에 1과가 드래곤들의 세금 징수를 설렁설렁해서, 드래곤 둥지가 증권쟁이들 조세피난처가 되었다는 투서가 올라왔어요.

덕분에 왕도에 있는 세금징수원 길드 중앙회가 발칵 뒤집혔죠. 1과 전원에 대한 감사에 들어갔는데 꽤 오랫동안 그렇게 한 것 같더군요. 재미있는 건, 그럼에도 불구하고 3개월 기본급 감봉과 1년 세금 징수 커미션 금지 정도로 징계가 끝났어요. 1과에서 말한 해명이 어느 정도 참작이 된 거였죠.

당시 1과의 해명은 이랬습니다. "1. 실질적으로 드래곤의 재산 증감을 조사하기에는 그 양이 너무 많다. 2. 상대가 드래곤이니 목숨 걸고 일해야 한다. 3. 그럼에도 불구하고 세금은 꾸준하게 계속 징수했다, 한 번도 빠짐없이." 아니, 뭐 틀린 말도 아니었으니까요.

그래서 대신 조합 중앙회에서는 그동안 1과가 징수했던 드래곤들을 대상으로 향후 200년간 심층 세무조사를 맡기기로 했습니다. 그러기 위해 저희 5과를 신설했고요. 5과의 세금징수원들을 모두 뱀파이어로 구성한 건 앞서 말씀드린 1과가 호소한 한계를 극복하기 위함이었습니다.

우선 상대가 드래곤이니 웬만한 인간은 감히 말도 걸기 힘들었죠. 그런 점 때문에 저희 5과의 뱀파이어들은 모두 생전 최소 백작 이상의 작위를 받은 자들로 구성되어 있습니다. 드래곤은 명예를 중시하는 영물이라 자기가 존중해야 하는 급의 존재가 오면 예의를 갖추죠.

그리고 드래곤의 재산 증감, 이것도 뱀파이어이기에 가능한 일이었습니다. 뱀파이어들은 바닥에 작은 것들이 잔뜩 떨어져 있는 걸 봤을 때 그걸 세어서 정리하지 않으면 미칠 것 같은 강박을 가지고 있거든요. 그리고 다들 그걸 즐기고요. 매년 뱀파이어들이 동짓날 밤에 들판에 모여서 바닥에 떨어진 겨자씨 주워 세는 대회를 벌이는 거 아세요? 전국권 대회인데, 그 대회 417회 우승자, 준우승자가 우리 과에 있어요. 당시 대회 때 들판에 뿌린 겨자씨는 61만 4051개였고, 이 둘이 이걸 세어서 정리하는 데는 7시간 31분 15초가 걸렸어요. 드래곤 둥지의 금화요? 이틀이면 끝납니다.

덕분에 지금 저희 5과는 조세피난처로 활동하던 드래곤 열넷을 적발해서 고위 기소청에 자료를 넘겼어요. 이제 나머지는 고위 기소관들이 알아서 할 일이죠. 물론 기소와는 별개로 드래곤들은 앞으로도 계속해서 집중 세무조사를 받을 겁니다. 아까도 말씀드렸다시피 200년 동안 말이죠.

사실 5과가 뱀파이어로 구성된 마지막 이유가 그겁니다. 앞으로 200년을 심층 세무조사를 해야 할 텐데, 그렇게 오래 사는 인간은 없죠. 엘프들은 죄다 금융쟁이라 믿을 수 없고요. 게다가 200년간 어두침침한 드래곤의 둥지에서 횃불에 의지한 채 바닥에 떨어진 동전을 쉬지 않고 셀 종족은 우리 뱀파이어 말고는 없을 거거든요.

특별징수5과의 일상

현재, 왕도 제1광장, 드래곤 시체 옆

“백신주사 그거 정부에서 우리 몸에 나노머신 넣으려는 거야. 걔들이 우리 몸에 나노머신을 넣고 우리 ‘눈’을 통해 우리 ‘둥지’를 감시하려는 거라고. 우리가 얼마나 금을 가지고 있는지 확인하고 세금 때려고.”

“다행히도 나는 그걸 알고 있었고, 지나가던 인간에게 좋은 수술도구를 빌려서 두 눈을 파냈지.”

“이제 정부 놈들이 쳐들어와서 내 몸에 백신을 강제 주사해도 놈들은 내 둥지를 훔쳐보지 못해! 눈이 없으니까!”

“그게 부군의 사인인 파상풍의 원인입니다. 오전 10시경 광장에서 심정지 상태로 발견되셨고, 사람들이 달려와 CPR을 시도하였

으나 가슴 비늘이 너무 두꺼워 실패했습니다. 삼가 부군의 명복을 빕니다. 그리고 마음이 많이 아프시겠지만, 괜찮으시다면 부인께 몇 가지 여쭈어보고자 하는 게 있습니다. 아, 안심하십시오. 저희는 '세금징수원 조합 특별징수5과' 소속 징수원들입니다. 왕명에 따라 이종족들에 대한 징수 업무를 담당하고 있습니다. 혹시 부군이 생전에 말씀하셨던 '둥지' 그리고 '금'에 대해 알고 계시는 게 있으실까요?"

현재, 왕도 제1광장, 아이스크림 가게 앞 벤치

"그나저나 왕 선배는 진짜 저런 상황에서도 유족에게 저런 이야기를 자연스럽게 꺼내버리네요?"

"그러니까 프로라는 거야. 프로는 말이야, 일할 때 사적 감정이 없어야 해."

"그래서 선배 성과가 매번 그렇게 안 좋은 거예요?"

"너 맞는다?"

"히잉."

"히잉은 무슨 얼어 죽을 히잉이야? 니가 말이야? 그 뭐냐 반인반마 뭐 그런 거야?"

"아, 진짜 재미없어요, 그런 농담."

"내 농담이 싫으면 그러지를 말던가."

"히잉. 근데 선배 궁금한 게 있는데요."

"뭔데?"

"아니, 드래곤이 정말 저랬다고요? 영물 중의 영물이, 왕 중의 왕이? 정부가 자기를 감시한다는 음모론 때문에 자기 눈을 파냈다가 파상풍으로 죽는다고요? 못 믿겠는데요?"

"너…… 역사적으로 드래곤이 얼마나 동네북이고 호구인지 모르지?"

"호구예요?"

"하……. 와서 좀 앉아봐라. 내가 지금부터 내가 경험한 이야기를 들려주마."

"와! 선배! 옛날이야기다! 완전 할아버지 같아!"

"죽는다, 너……."

"히잉, 이미 한 번 죽었거든요?"

"한 번 더 죽는다. 아무튼, 언제였는지 기억도 안 나네. 200년 전인가, 500년 전인가 나노머신 같은 건 나오지도 않았던 시절이고……."

"지금도 없잖아요? 나노머신."

"……."

"아, 알았어요! 알았어요! 말 안 끊을게요!"

"나는 선친이 남긴 유산을 안정적으로 불리고 싶었어. 그래서 금융쟁이 놈들에게 상담을 받고 다녔지. 내가 아직 5과에 들어오기 전이었어."

언제인지 정확하지 않은 옛날, 하이스트 블루 인베스트 금융상회, 고객 상담실

"자산 운용을 좀 맡기고 싶습니다."

"어서 오세요, 저희 하이스트 블루 인베스트에서는 다양한 종의 자산관리사들이 포진해 있습니다."

"음……."

"추천받고 싶은 자산관리사가 있으신가요?"

"아뇨."

"그러면 어떤……?"

"추천하지 않는 자산관리사를 좀 말씀해주시겠어요?"

"어…… 의외의 질문이네요."

"어려운가요?"

"공식적으로 저희 상회의 이미지가 있는지라……."

"역시."

"하지만 비공식적으로 말씀드릴 수는 있습니다."

"솔깃한 제안이군요."

"다시 말씀드리지만 이건 상회의 공식 입장이 아니고, 제 입장도 아닙니다. 그냥 시장의 풍문을 듣고 말씀드리는 겁니다."

"부탁드립니다, 부디 그 풍문."

"드래곤이요……."

"어째서죠?"

"너무 오래 살아가는 종이에요."

"오래 살면 관록이 있지 않나요?"

"그건 다른 사람들과 함께 살 때 이야기죠. 드래곤은 너무 오래 혼자 살아요."

"아, 이해했습니다."

"물론 오래 살다 보니 경험에 의한 장기적 뷰는 좋습니다. 거시적 관점에선 이 종을 따라갈 수가 없어요."

"그건 좋은 거 아닌가요?"

"그 '장기적'이라는 시간적 개념이 상대적인지라……."

"아……."

"우리에게 100년은 장기지만, 드래곤은 단기에 가깝죠. 드래곤들은 우리가 생각하는 장기 침체를 단기적 이벤트로 생각하는 경향이 있습니다. 그래서 대응을 안 하다가 수익률은 물론 원금까지 싹 까먹는 경우가 있어요. 그런 이유로 요즘은 드래곤 자산관리사는 추천하지 않는 곳이 많다고 합니다."

"그렇군요……."

"예, 그렇습니다……. 여기까지는 시장의 풍문이었고, 이제 공식적인 저희 상회의 추천을 들어보시겠습니까? 필요하시다면 자산관리사 리스트를 뽑아드리겠습니다. 여담이지만 요즘 시장에서는 농산물 선물 거래가 인기가 좋고, 역시 이쪽은 코볼트kobold 운용사들이 제격이죠."

다시 현재, 왕도 제1광장, 아이스크림 가게 앞 벤치

"그랬다는 거지. 하이스트 블루에서 그러더라고."

"그랬군요. 하긴 하이스트 블루는 역사가 깊은 금융상회니까요. 그 사람들이 그렇다고 하면 그게 맞겠죠?"

"하지만 난 안 믿었어."

"예?"

"안 믿었다고. 일단 금융쟁이 놈들은 믿을 수가 없어. 맨날 지들 유리한 것만 고객에게 안내하고 불리한 건 쏙 빼먹잖아. 우리가 세금 징수하러 가도 맨날 돈 없다고 거짓말만 하고."

"그렇기는 하지만 선배, 선배는 세금 징수하러 간 게 아니라 자산 관리 상담받으러 갔다면서요. 그리고 그때는 5과 들어오기도 전이었다면서요."

"그렇지."

"아니 그러면…… 아니, 아니다. 그래서요?"

"그래서 경쟁 관계의 금융상회를 찾아가 상담을 다시 받았지. 그 놈들이라면 다른 이야기를 할 것 같았고, 무엇보다 나도 뱀파이어잖아? 어차피 드래곤처럼 오래오래 살 거라고. 그럴 거면 드래곤에게 맡기는 게 낫지 않을까 하는 생각을 지울 수가 없더라고. 그래서 다른 의견을 들어보러 간 거야. 그렇게 나이트 홉스를 찾아갔어."

언제인지 정확하지 않은 옛날, 나이트 홉스 금융상회, 고객 응대실

"아, 누가 그래요? 하이스트? 걔들이 그러죠?"

"어떻게 귀신같이 맞히시네요?"

"지난번에 찾아온 손님도 그렇게 말씀하시더라고요. 여기, 홍차."

"아, 감사합니다. (후룩) 온도가 딱 좋네요. 찻잎은 어디 거 쓰셨어요?"

"아, 동부 산푸크 지방 거요."

"거기, 비싼 거잖아요?"

"그렇죠?"

"역시 잘나가는 자산관리사는 차도 비싼 걸 마신다, 이거죠?"

"에이~ 그건 아니에요. 저보다 잘나가는 자산관리사도 많아요!"

"겸손하시긴. 그래서…… 그럼 드래곤 자산관리사에 대해서 하이스트 상회 애들이 거짓말한 거예요?"

"그걸 상회의 거짓말이라고 하기는 좀 애매한데……. 일단 걔들이 상회 공식 입장이라고 말한 것도 아니니까요. 게다가……."

"게다가?"

"사실 드래곤들이 좀 그래요. 그렇게 말아먹은 펀드라던가 금융상품이라던가 고객 자산이 어디 한둘이어야 말이죠."

"아, 그래요?"

"예, 그래요. 그 뭐냐, 지난번에 서부 선대공 중 한 명이 군대 이끌고 남부에 용 사냥 간다고 했다가 남부 경계에서 대치한 사건 있었잖아요?"

"예, 그때 남부 애들이 서부 놈들이 쳐들어온다고 총소집령 내리고 그랬잖아요?"

"그때 볼만했죠. 황제가 서부 선대공이랑 남부 귀족 대표들 불러서 삼자대면 안 했으면 그거 진짜 대규모 항쟁으로 갔을 거예요."

"그랬죠. 근데 그게 왜요?"

"그거 사실 이유가 서부 선대공의 자산 ~~운용~~을 맡은 드래곤이 상품 말아먹고 남부로 튀어서 생긴 일이에요."

"네?"

"그런 경우 있어요. 꽤 큼직한 고객 자산이나 펀드 말아먹고 야반도주하는 애들이 좀 있어요. (후룩) 그래서 이 업계에서도 드래곤 자산관리사들을 말할 때는 좋게 말 못 해요. (후룩)"

"(후룩) 그래도 드래곤들은 신용과 언약에 생명이 걸린 종이잖아요? 그렇게 튀면 언약을 깬 걸로 절명하지 않아요?"

"(후루룩) 그게, 그 뭐냐……. 계약서에 '법적으로 원금 보장 상품이 아니며, 운용 과정에서 손실이 발생할 수 있습니다'라는 항목이 적혀 있으면 사전 고지로 봐가지고 안 그래요. (후룩)"

"와…… 그거 좀……."

"그죠?"

"그래서 그거 그 서부 선대공 돈 말아먹고 도망친 드래곤은 어떻게 됐어요?"

"그거요? 황제가 사정 청취를 하기로 하고 일단 드래곤을 불렀어요. 선대공들이랑요. 죽이지 않는다고 약조하고요. 그래서 삼자대면이 사자대면이 되었는데, 거기서 황제가 또 중재를 해서 피해보상 계약을 했죠."

"어떻게요?"

"그 드래곤이 서부 선대공의 공국을 보호하기로 했어요. 말아먹은 자산이 복구될 때까지요."

"예?"

"게다가 가산 이율이 적용되어서 매년 어김없이 원금의 140퍼센트 이자가 붙으니까 사실상 서부 선대공의 가신이 된 거죠. (후루룩)"

"와, 그게 그렇게……. (후룩) 저, 이 홍차 되게 맛 좋네요. 1잔 더 마실 수 있을까요?"

"그럼요! 이 차 맛을 알아주시니 저는 기쁘네요. (쪼르르) 아무튼 그래서 지금 이 금융 바닥에서 드래곤의 명성은 바닥이에요. 그런데 이게 참 재미있거든요?"

"뭐가요?"

"그게 소문이 이상하게 나서……. 이걸 소문이라고 해야 하나? 그러니까 사건에 대해 시장의 해석이 이상하게 되어서, 오히려 드래곤 자산관리사를 찾는 수요층이 생겼어요."

"예? 어떤 바보가?"

"주로 지킬 자산이 없는 작은 밑바닥 영주들이요."

"(후룩) 바보들인가? 없는 자산 콩가루 되게요?"

"그게…… 이게 해석하기 나름인 게, 그 사람들은 어차피 그 코딱지만 한 자산, 있어도 그만, 없어도 그만이거든요?"

"그렇죠?"

"그래서 그 사람들 보기에 드래곤 자산관리사들에게 그 콩가루 자산 맡기면 십중팔구 말아먹을 거니까."

"그렇게 되나요?"

"일단은, 그렇게 된다고 보고 (후룩) 그렇게 되었을 때 이 사람들은 황제가 중재 때린 선례로 드래곤들에게 자신의 영지 보호를 맡기려고 하는 거죠."

"에?"

“보통 드래곤들에게 영지 보호를 맡기려면 돈이 얼마나 많이 드시는지 아시죠?”

“그럼요. 황제도 힘들어하던데.”

“그런데 이걸 코딱지만 한 자기 자산을 처박으면 가능한 시대가 된 거예요. 베팅할 만한 가치가 생겨버린 거죠.”

“와…… (후루룩) 그게 또 그렇게 되네요?”

“그러니까요. (후루룩) 그러니까 시장의 격언이 딱 맞아요. ‘중요한 건 시장에 발생한 사건이 아니라 사건을 해석하는 시장 구성원의 해석이다.’”

“그래도 자산이 코딱지만 하니까 그거 금방 갚지 않을까요?”

“그러고 싶어도 불릴 시드머니가 있어야 불리죠. 코딱지만 한 자산밖에 없는 코딱지만 한 영지니까 나오는 소득도 코딱지의 부스러기 같거든요. 불리고 싶어도 시드머니가 없어서 못 불려요.”

“불쌍한 드래곤들이군요. (후룩)”

“그렇죠. (후룩)”

또다시 현재, 왕도 제1광장, 아이스크림 가게 앞 벤치

“그래가지고 내가 그 이후로 드래곤 놈들 동네 호구로 보고 안 믿어. 엘프 놈들하고 드워프 놈들도 안 믿고 인간 놈들은 더욱더 안 믿지만, 그건 믿지 않는 이유가 달라서 안 믿는 거라고. 아무튼 드래곤 놈들은 덩치만 큰 호구야, 호구."

"아, 그것 참 심오하네요. 그렇게 선배가 살아 있는 모든 것들을 안 믿는 철학적 이유가 완성되네요."

"누구 놀리냐?"

"아니에요, 오히려 감탄했어요. 저는 선배가 세상 모든 걸 안 믿는다고 할 때 아직 중2병이 끝나지 않았나 싶었거든요. 그 왜 우리 과에 걔 있잖아요? 중2병 걸려서 맨날 망토 걸치고 다니는."

"너 진짜 죽는다?"

"히잉."

"아무튼 그래. 드래곤들은 충분히 호구야. 덩치도 크고 오래 살고 또 날아다니는 고도 중량급 재앙이지만, 자기 경험을 너무 신뢰하는 경향이 있어. 그만큼 시야가 좁고 생각의 근육은 얇지. 한번 자기가 합리적이라고 생각하면 다른 의견은 듣지를 않아. 오히려 오래 살아온 관록이 독이 되어버리는 종족이지. 아마 저 드래곤도 어디에서 주워들은 나노머신 음모론이 합리적이라고 생각해서 저렇게 되어버린 걸 거야."

"흠……."

"이제 좀 이해가 되는 것 같아? 왜 저 드래곤이 그렇게 죽었는지?"

"예, 조금 되네요. 어? 선배, 저기 왕 선배가 우리 부르는데요?"

"아, 비자금 찾았나보다. 그럼 세금 뜯으러 가야지. 일어나자."

술자리 농담

그, 술을 마시다 보면 꼭 나오는 농담이 있거든. "의외로 합법인 것. 술 마시고 말 타기." 말은 차가 아니기 때문에 음주운전이 아니라고. 난 술자리에서 이 농담에 안 웃는 사람 본 적이 없어. 다들 까르르 웃어버려. 그런데 그렇게 웃다 보면 꼭 누가 물어보거든. "그럼 켄타우로스가 술 마시고 달리면 그건 음주운전이야? 아니야?" 그럼 웃음은 거기서 끊겨. 다들 진지해지지. 아무도 모르거든. 그때부터는 토론 시간이야. 서글프게도 그 끝내주는 농담의 수명은 그 질문 나오기 직전까지라니까.

뭐 그 서글픔을 떠나서 진짜 '켄타우로스가 술을 마시면 음주운전인가' 물어보면 말이지, 사실 법적으로는 아니야. 정확하게는 정의 자체가 안 되어 있다고 봐야 하지. 일단 켄타우로스는 말이 아니지. 그러니까 켄타우로스가 달리는 건 '승마'가 아니야. 그리고 켄타우로스는 차도 아니지. 그러니까 켄타우로스가 달리는 건 '운전'은 더더욱 아니야. 애초에 켄타우로스가 달리는 행위에 대한 정의 자체가 현행법에는 없어. 사실상 켄타우로스가 술을 마시고 달렸을 때 이걸 처벌할 조항 같은 게 없어. 음주운전이건 자시건 간에 정의 자체가 안 되어 있어서 조항을 만들 수가 없지.

그나마 불행 중 다행이랄까. 켄타우로스들은 알코올 분해 능력이 사람들하고 다르거든. 내장 구조가 사람보단 말에 가까워서 알코올 탈수소 효소가 대량으로 생성돼. 사람하고 비교했을 때 잘 안 취한다는 거지. 그래서 농담조로 업계에서는 켄타우로스를 주류 업계의 큰손이라고 한다더군. 그런다고 안 취한다는 건 아니야. 마시다 보면 취하지. 그리고 취해버린 켄타우로스가 도로를 달리면 아무래도 위험하겠지.

그래서 사람들은 이런 문제를 예방하려고 머리를 좀 썼어. "음주운전을 제한할 수 없다면 음주를 제한해버리자"고 해버린 거지. '지성체 주류 판매 쿼터제'가 그거야. 이 제도는 지성체별로 판매 가능한 주류 총량을 정하고 있어. 사람은 한 번 구매할 때 맥주 두 병, 뭐 그런 식으로. 대신 보드카같이 도수가 높은 술은 그 양이 더 줄어드는 방식으로.

물론 그렇다고 해서 얘들이 술을 못 사는 건 아니야. 그냥 다른 가게 가서 사면 되거든. 서로 정보가 공유되지 않으니까. 뭐 신분증 조회할 때 하루 몇 병 샀는지 조회되도록 법을 개정하자는 이야기도 나오지만, 그렇게 되면 개인 정보와 사생활 침해 쪽으로 이슈가 확대되고 배보다 배꼽이 더 커지는 상황이 되니 입법자들이나

행정 당국도 골치 아프겠지.

그런데 봐봐. 우리가 신경 써야 할 건 그런 게 아니야. 젊은 켄타우로스 사이에 요즘 유행하는 게 뭔지 알아? '바디메이드 양조장'이야. 켄타우로스 배 속에 있는 위장은 제법 크거든. 소처럼 여러 개가 있지는 않지만 덩치가 크지. 그리고 소화 시간도 상당히 오래 걸려. 그걸 보고 누가 생각을 한 거지. '아, 저 정도 사이즈면 배 속에서 술도 익힐 수 있겠다'라고.

엘프 놈들이 그 생각을 했어. 그 사악한 '나이트 홉스 그룹'의 '나이트 홉스 물산'에서. 나이트 홉스 물산은 원래 주류 유통으로 돈을 좀 많이 벌었거든. 그런데 이제 주류 쿼터제가 생기고, 주류 소비의 큰손인 켄타우로스들이 술을 예전처럼 못 사게 되자 판매량이 감소하고, 판매량 감소는 영업이익 감소로 이어졌지. 그래서 방법을 바꾸기 시작한 거야. 어떻게? 켄타우로스 배 속에서 아예 술을 익혀가면서 즐기도록 알코올 생성 속도가 빠른 효모를 판매하기 시작했지.

켄타우로스들은 이 효모를 곡식과 설탕과 물과 함께 먹어. 그리고 바닥에다가 전기장판을 깔아놓고 배를 지지는 거지. 그러면 효모가 곡식과 설탕을 먹고 생화학 작용을 일으키고, 그렇게 되면 켄타우로스는 걸어 다니는 양조장이 되는 거야. 켄타우로스들은 그렇게 숨 쉬면서 자기 배 속의 술을 마시는 거고.

물론 그렇게 술 마시고 취하는 건 문제가 아니야. 우리가 봐야 할 문제는 이거야. 잘 들어. 이건 주세법 위반이야. 불법 양조라고. 하지만 엘프 놈들을 잡을 수는 없어. 이놈들은 술을 판 게 아니니까. 효모를 팔았지. 이건 합법이야. 그리고 효모는 다른 용도로도 쓰이기 때문에 주세법의 관리 대상이 아니야. 영악한 놈들이지. 그러니까 우리가 엘프 놈들을 잡아서 조지고 싶어도 할 수 없어. 엘프 놈들 조지는 건 2과 애들에게 맡겨. 걔들은 엘프 전담이니까. 우리가 관심 가지고 봐야 할 건 켄타우로스야. 거리를 다니면서 두 눈 크게 뜨고 잘 살펴서 배 속에 술 공장 차린 놈을 잡아야 하지.

어떻게 잡느냐고? 어려울 거 없어. 술의 발효 과정을 이해하면 돼. 술은 효모가 당분을 먹으면서 알코올을 배출해서 만들어지거든. 그리고 그 과정에서 다량의 탄산가스가 발생하지. 술 담근 병의 뚜껑이 달그락거리는 이유가 그거야. 탄산이 나오는 거지. 그럼 여기서 질문. 배 속에서 발효되고 있는 술의 탄산은 어떻게 배출할까? 너 소화가 잘 안 될 때 트림 많이 나오지? 방귀 많이 나오고? 이것도 마찬가지야. 가스가 끊임없이 입과 항문으로 튀어나오지. 그렇다면 답은 간단하지 않아? 길 가다가 이상하게 트림 많이 하고 방귀 많이 뀌는 켄타우로스 놈 보면 일단 들이밀고 보는 거야. 주세법 위반이라고. 그럼 열에 아홉은 주세법 위반자야.

말은 일단 이런데, 직접 실전으로 부딪쳐봐야 이해가 빠를 거야. 여하튼 특별징수6과에 잘 왔어. 우리는 주세법 전문이야. 그리고 몸으로 겁나 뛰어야 하는 부서지. 몸이 부서질 때까지 뛰라고. 알았지? 몸이 부서질 때까지.

…….

아니, 좀 웃어주라고. 지금 농담한 거잖아? "몸으로 겁나 뛰어야 하는 '부서'", "몸이 '부서'질 때까지."

첫 키스는 어땠어?

첫 키스의 향은 와인 향이었어요. 그이가 오늘을 위해 1달 전부터 포도만 먹었다고 하더라고요. 그래서 "너, 내가 특별징수6과인 거 알고 이러는 거지? 너 주세법 위반으로 징수해버린다?"라고 말했거든요? 그랬더니 그이가 뭐라고 했을 거 같아요? 제 얼굴을 한 번 지그시 쳐다보더니 스윽 미소를 지으면서 "키스에 비하면 전혀 아깝지 않은걸"이라는 거예요. 그래서 양팔로 꽉 껴안고 한 번 더 했죠. 저 깊은 곳에서 입술과 혀끝을 향해 밀려오는 와인의 향이 너무 좋았어요.

특별징수6과의 일상

"선배. 그런데 방귀하고 트림 많이 한다고, 그게 다 불법 양조장은 아닐 거 아니에요? 진짜 소화가 안 되어서 가스 나오는 거면 어떡해요? 그러다가 민원 들어오면요."

"우선, 아까도 말했지만 열에 아홉은 불법 양조장이고, 나머지 하나가 진짜 가스 분출인데, 그건 걱정하지 마. 문명의 이기를 다룰 거니까. 짜잔! 음주 측정기! 이걸 들이밀면 아니라고 말해도 게임 끝나는 거지!"

"오! 역시! 그런 방법이 있었군요! 저는 켄타우로스랑 키스를 해보라든가, 그럴까 봐 걱정했거든요!"

"어? 그건 나도 생각 못 해본 건데? 키스를 왜 하는데?"

"아뇨, 그게…… 아뇨."

"뭐야, 뭐 숨기는 거야? 너 이상해."

"아, 아니에요, 선배! 하, 하하……. 아! 마, 맞다! 그, 그! 혹시 음주 측정기 들이밀 때 방귀도 측정해야 해요?! 그 아까! 아까! 선배가 가스 트림하고 방귀로 나온다고 했잖아요! 하하!"

"아니, 절대 그러지 마."

"왜요? 갑자기 무게 잡고 왜……요?"

"가끔 켄타우로스들 중에 그렇게 누가 뒤로 다가가면 발로 차버리는 애들이 있거든. 자기방어 본능에 가까운 거라 부지불식간에 일어나는 일이 가끔 있어. 게다가 알코올이 배 속에 가득 차서 알딸딸해지면 자제력이 더 흐트러진다고. 너 우리 6과 기본 장비가 왜 갑옷인지 궁금해했지?"

"아, 그래서 나갈 때 꼭 상의 안쪽에 갑옷 입으라고……."

"맞아. 그거 깜빡했다가 조기 은퇴한 니 선배들이 줄을 섰으니까 너는 잊지 말라고. 그보다는 아까 키스 이야기 다시 해봐. 갑자기 뜬금없이 왜 켄타우로스랑 키스 이야기를 꺼낸 거야?"

공무원이 아닙니다

“선배, 우리 공무원 아니잖아요? 위탁받은 민간 업체잖아요? 근데 왜 모두 우리를 항상 정부의 세무 공무원 취급하는 거예요? 사람부터 드워프, 엘프, 드래곤까지요?”

“우리가 세금 걷는 일을 하니까 그렇겠지. 세금징수원이잖아. 그러니까 사람부터 드워프, 엘프, 드래곤까지 모두 우리를 공무원 취급하는 거지.”

“음, 그러면 사람들은 우리가 세금 징수하면서 커미션 받는 건 알까요?”

“아는 사람은 알지? 그리고 얼마 전부터는 세금 징수를 투명하게 하자고 정부가 직접 징수하자는 단체도 생겼잖아? 커미션에서 발생하는 불투명을 없애자고.”

“그러면 여론이 좀 안 좋겠네요, 저희에게는.”

“아니? 진짜 좋은데?”

“예? 왜요?”

"우리 조합도 여론전 하거든. 커미션은 효과적인 절세 방법이라고."

"어떻게요? 그게 절세가 돼요?"

"커미션은 징수원 재량이거든. 납부할 세금과 커미션의 총합이 많이 나왔다고 하면, 커미션 부분은 징수원이 재량으로 조절 가능해. 물론 조합 상납분은 빼고. 그러고 보니 넌 아직 안 해봤지?"

"예. 그런데 그게 그렇게 해도 돼요? 커미션이 우리 밥줄인데요? 우리도 먹고살아야 하잖아요?"

"그래, 넌 모르겠구나……. 봐봐. 우리가 징수할 때 받아 갈 수 있는 커미션 맥시멈이…… 원래 이래. 여기…… 납부 세금 총합 대비 퍼센티지 보이지?"

"세상에……. 진짜요? 완전 날강도잖아요?!"

"그래야 우리도 동기부여가 되어서 기를 쓰고 징수할 테니까. 물론 여기서 조금 덜 받는다고 굶어 죽는 건 아니니까, 소위 에누리가 가능한 거고."

"세상에 세상에……."

"일단 커미션 적용 비율을 최대로 적용해서 보여주고, 그다음부터 조금씩 깎는 거야. 선심이 아니야. 5를 얻기 위해서 10부터 시도해보는 거지. 그러면 납세자도 합리적이라고 생각해. 그러니까, 세금 징수를 우리 같은 민간 징수원들이 하는 건 모두가 행복한 효율적인 방법인 거야."

"와."

"진짜야. 모두가 행복한 방법이야. 사람부터 드워프, 엘프, 드래곤까지."

"선배 그런데요, 그러면요."

"응?"

"우리 같은 징수원은 누가 세금 징수해요?"

"아, 연말에 조합에서 서로 징수할 부서를 제비뽑기로 배정해. 서로서로 징수하는 거지."

군자의 복수는……

"과장님! 과장님! 어떻게 되었습니까?! 제비뽑기는 어떻게 되었습니까?!"

"전 징수원 주목! 주목! 내년에는 우리 특별징수1과가 2과를 징수한다!"

"와아아아!"

"피의 복수다! 그동안 고생 많았다! 수백 년의 원한! 우리가 잊을쏘냐?! 사정 봐주지 마라! 2과 놈들의 주머니를 찢어 있는 것 없는 것 모두 징수해버리는 거다!"

"와아아아아!"

"복수의 시간이다아아아아아아아아아!"

인의(仁義) 없는 전쟁

"문 열어! 국세청이다!"

"웃기지 마셔! 속일 사람을 속여야지! 너도 민간 징수원이고 나도 민간 징수원인데, 누가 속냐?!"

똑…… 똑…….

"야, 나 경리과 과장이거든?"

"과장님? 올해 경리과가 우리 팀 징수해요?! 아니 과장님! 경리과 과장님이나 되셔서 진짜 이런 말도 안 되는 장난을……"

"야, 아냐. 진짜 국세청에서 왔어."

"뭔 소리예요?"

"아이씨, 이번 제비뽑기에 국세청 애들이 재미있겠다고 와서 끼었는데, 니들 뽑았단 말야. 그러니까 문 열어. 서로 피 보지 말고. 얘들 지금 문 안 열면 때려 부수고 들어갈 기세야. 망치 들고 왔다고."

"진짜예요?"

"씨, 속고만 살았나."

"아, 재수가 없으려니까……. 알았어요. 열게요……."

달칵! 끼이익……!

"열렸나? 열렸다! 들어가! 들어가! 들어가! 진입해! 야! 야! 서류철부터 확보해! 어? 어? 책상 서랍에서 손 떼?! 거기?!"

"아! 뭐야? 국세청 어딨어요?! 아?! 아! 진짜 과장님! 같은 징수원끼리 이러기예요?!"

"뭐 인마?! 같은 징수원이니까 이러는 거지! 니들이 뭔 짓을 할 줄 알고! 어어어?! 거기! 거기! 서류 놓는다! 야! 뭐 해?! 제압해!"

올해의 직원

표 창 장

올해의 세금징수원상

소속: 왕립 세금징수원 조합 중앙회
직책: 경리과장
성명: 돈 파블로 까를로스 막시밀리앙 루돌프 델 파나하우스 3세

위 세금징수원은 많은 어려움 속에서도
창의적이면서 공정하고 투명한 방법으로
세금 징수를 성실하게 해냈기에 이에 표창함.

제 4561대 왕립 세금징수원 조합 중앙회장

※부상: 납부 세금 총액 중 커미션 1회 면제권
*조합 납부 커미션분 제외 **표창일로부터 3개월 이내 이용 가능

루키들

"세상 별일이야."

"아니 왜?"

"특별징수2과에 배정된 신입 봤어?"

"아니? 누가 신입으로 왔는데?"

"드래곤."

"푸읍! 컥! 컥! 컥! 구라 치지 마. 아, 먹던 거 다 쏟았네."

"아냐, 농담 아니야. 진짜야. 걔 공채 면접시험 때 뭐라고 했는 줄 알아?"

"뭐라고 했는데?"

"엄마랑 싸웠는데요. 아무리 생각해도 화가 나서요. 엄마 비상금 있는 곳 알려드릴게요. 특별징수2과로 보내주세요."

"와…… 이 맹랑한 놈 봐라? 특별징수2과가 어떤 곳인 줄 알고? 특별징수2과라고 하면 드래곤 대상 세금 징수하던 1과 비리 폭로한 곳이잖아?"

"내 말이."

"웃기는 놈일세. 그래서 엄마 비상금이 어디 있는지는 알려줬대?"

"어. 차원 전이 마법을 이용해서 다른 차원 금고에 숨긴 모양이더라. 특별징수5과 애들이 가서 얼마 전에 회수했어. 근데 그런 비상금 금고가 제법 있는 모양이더라고? 이번에 조합에서 그쪽 차원에 지부를 차린대. 현지인들로 징수원도 모집하고."

"대박이네. 그래서 우리 아기 드래곤은 2과의 스타가 됐겠네?"

"어, 스타가 되긴 됐지."

"뭔가 어감이 안 좋은데? 뭐야? 뭐가 더 있는 거야?"

"올해 2과 징수하는 애들이 1과인 거 알지?"

"아! 맞다! 아하! 하하하! 미치겠네! 얼마 전에 보니까 1과 애들 2과 죽여놓겠다고 결의 대회 하던데!"

"그러니까 말이야. 1과 애들에게 탈탈 털렸지. 원조 드래곤 전담에게."

"아이고! 구성지다! 모처럼 덕분에 웃었네! 근데 있잖아? 지부 차린다는 차원, 거기 어디야? 내 친구 자식이 독립하고 싶어 하는데 세법에 제법 자신 있어 하거든? 공지 나온 거 있으면 좀 줘봐."

"현지인들 우선 채용일 텐데?"

"그거야 젊은 혈기로 알아서 하겠지."

"알았어, 알았어. 어디 보자……. 여기 어디 있었는데 공지 인쇄한 게…… 아! 여기 있다. 이거 읽어보라고 그래."

[직원 모집 공고]

왕립 세금징수원 조합 중앙회에서 공정하고 효율적인
세금 징수를 위해 함께할 인재를 다음과 같이 모집합니다.

- 다 음 -

1. 모집 분야: 세금징수원(조세피난처 조사)
2. 모집 기간: 상시 모집
3. 모집 인원: ○○명
4. 급여: 상담 후 징수 커미션율 조정
5. 문의: 왕국 세금징수원 조합 중앙회, 특별징수5과

낙하산

너가 걔구나? 중앙회 공채 조건 무시하고 낙하산으로 꽂힌 녀석이? 아무튼 환영해. 특별징수5과 제2지부에 잘 왔어. 내 집처럼 편하게 지내라고.

이야기는 들었겠지만 여기가 차원이 다르다고 해서 걷어야 할 세금이 없어지는 건 아니야. 우리 제2지부는 기본적으로 드래곤들이 숨긴 재산을 찾아서 세금을 매기는 일을 하고 있지. 그 일은 중앙회에 있는 특별징수5과 제1지부랑 다르지 않아. 그래도 차이는 조금 있거든. 여기서는 드래곤을 직접 조지는 게 아니라, 드래곤의 재산을 관리하는 유령 회사들을 찾아서 조져주는 일을 할 거야. 드래곤을 직접 만날 일도 없고, 낮에 쳐들어가야 하니까 동료 징수원들이 뱀파이어도 아니고, 대부분 현지인들이지. 문제가 생겼을 때 현지법의 보호를 받으려면 현지인이 유리하기도 하고. 물론 넌 아니야. 넌 저쪽에서 넘어온 낙하산이잖아. 안 그래? 너무 서운해하지는 말라고.

아무튼 너랑 나랑 지금부터 쳐들어갈 곳은 음향기기 제조회산데, 표면적으로는 프리미엄 음향 장비를 만드는 곳이야. 혹시 들어봤어? 이어폰이나 전선 같은 것의 재질이 어떤 거냐에 따라서 소리의 청아함이 달라진다는 거? 내가 알기로는 아주 의미가 없는 건 아니지만, 어느 정도 수준만 되면 뭐, 전선 재질이 아주 별난 메리트를 주지는 않는다고 들었거든.

물론 이렇게 말하면 길길이 뛰는 사람들이 있겠지. 그런 것에 환장한 사람들이 있으니까 그게 먹히는 걸 거고. 뭔 말이냐면, 금이랑 은이 전도율이 높으니까 전선의 금 함량이 높으면 높을수록 음질이 청아해진다, 뭐 그런 주장을 하는 사람들이 있거든. 지금 우리가 쳐들어갈 곳이 그런 곳이야. 순도 99.99퍼센트의 금과 은으로 전선을 만들지. 가격은 당연히 말도 못하게 비싸고. 전선도 거의 톤 단위로 파니까 누가 사 갈 생각도 못 해. 그리고 아무도 안 사 가는 상품을 저 회사가 매년 수십 톤씩 찍어내고 있지. 그러면서 망하지도 않아. 왜 그럴까? 응? 왜 그럴까? 우리 낙하산? 맞아! 맞아! 조세피난처야. 드래곤들의 조세피난처인 거지.

자! 이제 알아들었으면 쳐들어가보자고! 장비는 잘 사 왔지? 방탄복이랑 뭐 그런 거. 총이랑. 뭐? 안 사 왔어? 왜? 뭐? 농담인 줄 알았다고? 무슨 소리야? 그게 왜 농담이야? 다 사비로 사는 건데. 중앙회에서 안 주냐고? 무슨 소리야? 우린 기본적으로 프리랜서야. 프리랜서로 중앙회와 계약한 거라고. 당연히 사비로 사야지.

세금도 민간 위탁해서 민간 징수원들이 걷는데, 당연히 사비로 장비를 사야지. 뭐 어쩔 수 없지. 혹시 총격전이 발생할지도 모르니까 몸 관리는 알아서 하라고. 내가 네 몸까지는 어떻게 못 지켜줘. 얼마나 총격전이 심할 거 같냐고? 글쎄? 저 회사가 하이엘프의 드러그스토어High elf's drug store의 돈세탁 창구라는 이야기는 들었거든? 그러면 각오해야겠지?

뭐? 너 하이엘프의 드러그스토어가 뭔지 몰라? 그 악명 높은 마약 조직에 대해서 들어본 적이 없다고?! 세상에 맙소사, 너 안 되겠다. 너 진입하면 구석에 찌그러져 있어라. 젠장, 왜 이런 폐급이 들어온 거야.

그리고 소년은 어른이 된다

"그래서 걔는 어떻게 5과 제2지부에서 잘 생활하고 있대? 거기 현지인들 비중이 높아서 낙하산이라고 왕따당하고 그러지는 않는대? 그러면 말만 하라고 그래. 이 삼촌이 그냥 중앙회 감사과에 쳐들어가서 어! 누가 우리 귀염둥이 조카를! 어?! 해준다고."

"어, 걱정해줘서 고마워. 뭐 그런대로 잘 생활하고 있는 모양이야. 얼마 전에 편지 온 거 보니까 여기보다 재미있다던데?"

"허, 그래? 다행이네. 어떻게 지낸대?"

"이야기 들어보니까 마약 조직원들 한 열댓 명 조져버렸다더라?"

"마약? 뭐?"

민간 행성 개발업자

민간 기업들이 행성 개발을 하던 시절이 있었죠. 재미가 좋았어요. 원래 살던 행성이 인구 폭발로 터지기 직전에 우리는 성간 비행을 시작했고, 환경이 비슷한 행성에 정착하기 시작했죠. 물론 환경에 따라 테라포밍 같은 환경 개발이 필요했는데, 연합 정부가 전부 할 수 없어서 민간에 맡겼어요. 기업들 잘나가던 시절이었죠. 행성을 개발하면서 다들 돈을 갈퀴로 쓸어 담았어요.

하지만 모든 것에는 끝이 있기 마련이잖아요? 그 좋던 시절도 가고 곧 황혼기가 왔죠. 기업은 이익을 내기 위한 집단이에요. 자선단체가 아니죠. 그래서 행성을 개척할 때도, 투자가치를 계산하고 해요. 투입 자원 대비 얼마나 이득을 낼 수 있는지 계산을 때리는 거죠.

그런데 그렇게 이익을 볼 수 있는 행성이 어디 공장에서 찍어내는 것도 아니고 무한하게 있는 것도 아니잖아요? 개척을 막 시작하던 때는 넘쳐흐를 것같이 많아 보였지만 이내 한 줌 모래알만큼 줄어들었고, 기업들은 상품성 있는 행성들을 두고 서로 경쟁하다가 급기야 전쟁까지 벌였어요. 심우주 개척 행성 전쟁이 대표적이죠. 이런 식의 기업 간 전쟁이 여기저기서 터졌어요. 결국 보다 못한 정부가 칼을 뽑고 제압을 해버려서 그 뒤로는 행성 개발 사업 입지가 확 줄어들었죠.

거기다가 이 사업의 관 뚜껑에 못을 박은 사건이 터져버렸어요. 예, 차원 전쟁이죠. 우리는 그때까지 몰랐지만, 우리가 사는 세상 말고도 수많은 차원이 존재했어요. 그 차원들이 서로 전쟁을 하던 도중에 우리 차원도 차원문이 열렸죠. 다행히도 우리는 빠르게 중립을 선언해서 전쟁의 화마는 피했지만, 행성 개발 사업은 완전히 사양길로 접어들었어요. 사람들이 다른 차원이 있는 걸 알게 되었는데 뭣 하러 돈을 들여서 척박한 행성을 개척하려 하겠어요. 다른 차원으로 이민을 가지. 그렇게 말 그대로 이 사업은 완전히 망했어요.

그럼에도 불구하고 제가 아직도 이 사업을 하는 데는 이유가 있죠. 세상이 변하면 사람도 변하고, 사람이 변하면 같은 사업이라도 그 사업에 바라는 게 변하기 마련이니까요. 저는 다른 차원의 부동산업자와 투자자들을 상대로 행성을 개발해주고 관리해 돈을 벌고 있어요. 부동산업자들이 투자자들과 와서 원하는 행성을 지목하면, 저는 행성의 환경을 개발하는 식이죠. 그중에서 인기가 많은 곳은 목성같이 중력이 강하고 가스가 많은 행성이고요.

그런 곳을 개발하는 게 가능하냐고요? 음, 사람 사는 행성으로는 못 만들죠. 그럼 개발을 왜 하냐고요? 아까 말했잖아요. 고객이 바라는 게 달라요. 사실 이 부동산업자와 투자자라는 사람들은 겉모습만 그런 거고 실제로는 재산을 숨기고 싶어 하는 고객들을 위해 다른 차원에 조세피난처를 만들어주는 전문 브로커들이죠. 맞아요. 저는 그 브로커와 탈세범들을 위해 우리 차원에 조세피난처를 만들어주는 일을 하고 있어요.

이야기를 들어보니까 이런 일을 맡기는 고객들은 대부분 다른 차원에 살고 있는 드래곤이라고 하더군요. 세상에! 동화책에서 보던 상상의 동물의 재산을 지금 우리가 숨겨주고 있는 거예요! 믿어져요?!

아무튼 드래곤들은 금을 선호한다고 해서 주로 금괴나 금화를 가져와요. 현물로요. 그러면 저는 그 금을 가지고 개발 행성으로 가죠. 그러고는 금을 모두 입자 분쇄기에 넣고 갈아서 고운 입자로 만든 뒤 적당한 위치를 잡고 행성 대기에 뿌려버려요. 그러면 이제 행성 대기는 금가루 금고가 되는 거예요. 나중에 찾고 싶을 때는 입자 포집기로 회수하고요. 이렇게까지 해야 하냐고요? 저는 잘 모르겠는데 저쪽 차원에서 세금 경찰 같은 사람들이 여기저기 이 차원 저 차원을 들쑤시고 다니는 모양이에요. 그래서 브로커들이 그 세금 경찰을 피하기 위한 방법을 고민, 고민하면서 찾다가 이 방법을 생각해냈고, 저는 앉아서 회사 문을 닫을 수 없으니 이 일을 하기로 한 거죠.

어쩌겠어요, 제 회사에는 딸린 식구가 많아요. 제 어깨에 그 식구들의 입이 걸려 있고요. 굶어 죽게 생겼는데 할 수 있는 건 해봐야죠. 게다가 우리는 공식적으로 행성 개발을 하고 있는 거예요. 불법적인 게 아니죠. 불법은 저쪽 차원 드래곤이 저질렀고. 아무튼 그래요. 그게 요즘 제가 하는 일이에요. 이렇게 내 일에 대해서 누구한테 이야기하니까 좋네요. 이야기 들어줘서 고마워요.

하, 그나저나 어때요? 저기 보이는 저 가스 행성? 반짝반짝 빛나는 거 같지 않아요? 한번 맞혀봐요. 저 행성 대기에는 금이 얼마나 떠다닐 거 같아요?

황금 행성

얼마나 있긴. 내가 삥땅 친 거 전부랑 동네 친구 놈, 친구의 친구 놈, 그 친구의 친구의 친구 놈이 삥땅 친 전부가 다 저기 행성 대기에 갈려서 가루로 날리고 있지. 아마 금을 가루로 갈아서 행성 대기에 숨긴 드래곤은 내가 처음일 거요. 내 아이디어기도 하고.

조세피난처 브로커도 처음에는 미친놈이신가 하는 표정으로 보는데, 그때가 세금징수원 조합에서 지부까지 만들어서 조세피난처를 추적하던 시기였거든. 금이빨 만들어 금을 숨기던 놈, 전선에다가 금 숨기던 놈들이 걸리고 나니까, 결국 브로커도 내 말대로 금가루 만들자고 하더라고.

그래서 일단 브로커가 행성 개발자인가 뭔가 섭외하고, 금은 가루로 만들고 해서, 적당한 행성 대기에 뿌렸어. 나는 그걸 직접 보지는 못했고, 브로커가 찍어온 영상을 봤는데, 이쁘대? 금가루가 행성 가스 기류를 타면서 날리는 게.

그렇게 내가 행성 가스 금고라고 불리는 조세피난처의 1호 고객이 됐지. 그 뒤로 여기저기 소문을 냈더니, 친구 놈, 친구의 친구 놈, 친구의 친구의 친구 놈까지 그동안 삥땅 친 걸 바리바리 싸들고 와서는 금가루로 만들어서 뿌린 거야. 덕분에 세금징수원 놈들 눈깔은 피할 수 있었지. 아, 그놈들 고약하다고 하대? 총도 쏘고 다닌다더라고?

근데, 문제가 조금 생겼어. 아니, 별거는 아니고. 내가 얼마 전에 금을 다시 인출하려고 했는데, 행성 개발자가 그러더라고.

"못 해요. 못 해. 행성이 얼마나 큰데, 대기에서 금 입자를 그만큼 포집하려면, 비용이랑 시간이 억수로 걸려요. 뿌린 금가루 전부를 하셔도 손해예요"라는 거야. 그래서 그럼 어떡하냐고 하니까, "포집해도 손해 안 들 정도로 금가루를 더 뿌려야죠. 개천에 사금 같은 거예요. 여기저기 더 뿌려서, 대충 채로 훑어도 나올 정도로 대기 중 밀도를 높여야죠"라고 하더라고.

그래서 어떻게 됐냐고? 물렸지. 나랑 내 친구랑, 친구의 친구랑, 친구의 친구의 친구까지. 브로커에게 물어보니까. 저걸 담보로 다크 코인인가 뭔가를 발행해서 암시장에 팔려고 하는데, 그건 인간 놈들이 하는 짓이라 못 믿겠고. 무엇보다 불법이잖아, 그거. 암시장에 코인인가 뭔가 파는 거. 그래서 일단 장부상 확인서만 브로커에게 받고 행성에 금가루 뿌릴 놈들을 더 찾고 있지. 개발자 말대로 대충 포집기로 훑어도 나올 정도로 말이야.

그래서 말인데, 형씨. 혹시 숨기고 싶은 금 있으면 말해. 형씨 친

구, 친구의 친구, 친구의 친구의 친구까지, 모두 수수료 싸게 안전하게 모셔드릴게. (0ㅅ0)

주간 왕국 밀리터리

『(편집자 주) 어느덧 9월도 지나가고 충성과 보국의 달인 10월이 오고 있다. 본지에서는 충성과 보국의 달을 기념하여, 왕국과 신민들의 안전을 위해 헌신하는 사람들을 취재하는 연작 기획 '그대가 왕국의 방패다!'를 준비하였다. 이번 호에서는 왕립 항공 방위군 소속 드래곤 라이더dragon rider를 인터뷰한다. 독자 분들께서도 본지의 연작 기획을 통하여 군주에 대한 충성과 나라를 지키는 의미가 무엇인지 고민하는 시간을 가지기를 기대해본다.』

- 〈주간 왕국 밀리터리〉 편집부 일동

주간 왕국 밀리터리(이하 기자): 이렇게 귀한 시간 내주셔서 감사합니다.

왕립 항공 방위군 소속 드래곤 라이더 악시우스 대위(이하 라이더):

아닙니다. 왕국과 신민을 위한 일인데 당연한 일이죠.

기　자: 그럼 오늘 인터뷰, 좋은 말씀 해주시길 부탁드리겠습니다.

라이더: 감사합니다.

기　자: 그럼 평소 같으면 제가 먼저 질문을 드리겠습니다만, 오늘은 특별한 분을 모셨으니 먼저 이야기하고 싶은 주제가 있다면 말씀 부탁드려도 되겠습니까?

라이더: 아! 감사합니다. 어디 보자, 뭐를 이야기하면 좋을까……. 아?! 아! 그게 좋겠네요! 예전에 드래곤 라이더가 전투할 때 뭐가 가장 큰 고충이었을 것 같으세요?

기　자: 글쎄요? 어떤 거려나요?

라이더: 드래곤이 '원거리 공격에 쓸 수 있는 무장이 브레스뿐인 거'였어요. 그마저도 사거리가 너무 짧고 재장전에 딜레이도 길어서 공중전은 아무래도 무리였죠.

기　자: 저런, 그렇군요. 예전에 그러셨다면 어떻게 요즘에 그 문제는? 해결되었나요?

라이더: 예.

기　자: 어떻게요?

라이더: 40밀리 기관총을 양손에 쥐여줬어요. 탄환은 근접 폭발 신관을 쓰죠. 드래곤들도 좋아해요. 액션영화 주인공 된 거 같다고 신나 하거든요. 유일한 불만족은 총 구경이 조금 작다 정도일까요?

기　자: 구경이 작다면 얼마나 커지길 바라던가요?

라이더: 아무래도 80밀리를 원하죠.

기　자: 그건 너무 큰데요.

라이더: 한번은 무기상이 부대를 방문했어요. 새로운 무기를 팔려고요. 1초에 70발이 나가는 완전자동 기관총이더군요. 저는 마음에 들었어요. 새로 무장을 한다면 그걸 쓰고 싶었죠.

기 자: 그래서 그걸로 무기를 바꾸셨나요?

라이더: 드래곤들이 거절했어요.

기 자: 왜죠?

라이더: 구경이 기존에 쓰던 기관총보다 10밀리가 작잖아요? 무기상이 카탈로그를 보여주면서 설명하는데, '하지만 지금 쓰는 총보다 10밀리가 작잖아요?', '구경이 작은데? 50밀리는 없나요? 아니 80밀리는 없나요?', '저거 하나를 양손으로 들어야 해요? 힝, 양손으로 하나씩 들고 싶은데'라는 목소리가 여기저기서 튀어나왔죠. 무기상이 진땀을 빼더라고요.

기 자: 하하하, 그거 굉장하네요. 정말 취향 하나는 확고하군요!

라이더: 그래서 무기상이 급기야 실제 시연을 해줬어요. 드르르르르륵! 하고 음속보다 빠르게 나가는 총알이 장관이었죠. 과녁에 총알이 맞고 나서 소리가 들렸으니까요. 무기상은 의기양양하게 '초당 70발입니다! 초당 70발!' 하고 소리쳤죠.

기 자: 그거 굉장하네요! 그럼 어떻게, 드래곤들은 그걸 보고 뭐라고 했나요?

라이더: '와, 저거 뭐야⋯⋯ 저거 무서워⋯⋯ 저거 국제 군사조약 위반 무기 아니야?', '저걸 드래곤한테 쏜다고? 너무했다⋯⋯', '무서워, 무서워⋯⋯ 힝 우리 다른 거 보면 안 돼요?'라고 했죠.

기　자: 세상에! 세상에! 너무 귀엽네요! 정말 다들 한 귀여움 하는 걸요? 하하하! 그 마지막에 무섭다고 한 친구는 도대체 누군가요? 그 친구 인터뷰를 하고 싶어졌어요!

라이더: 제 파트너예요. 지금은 조금 사정이 있어서 부대 안에 없어요.

"저기 파트너⋯⋯ 이건 좀 큰 거 같아."

"음? 아니야, 파트너. 나보다 조금 큰 정도잖아? 수류탄 던지고 싶어 한 건 너였다고. 평소에 나랑 장난치는 것처럼 들고 다니면 되는 거 아니겠어?"

"내 손에 너 쥐어 들고 흔들면서 날아다니는 거? 그거 안 좋아하지 않았어?"

"사실 흔들다 보면 기절해서 좋다 안 좋다 할 여유가 없지."

"아, 아니 재미있냐고 물어봤는데 평소에는 대답이 없어서. 싫어하는 줄 알았지. 알았어! 그렇다면 한번 써볼게. 아! 그나저나 나랑 장난치는 거 싫은 거 아니면 이번 주말에 한번 해볼까? 오랜만에?"

"아니, 싫어."

기　자: 드래곤 라이더들도 콜사인이 있나요? 영화나 게임처럼요.

라이더: 예, 있어요. 일반적인 전투기 파일럿과 다르게 드래곤 라이더는 '라이더 콜사인'과, '드래곤 콜사인'이 따로 있죠.

기　자: 신기하네요. 왜 그런 거죠?

라이더: 드래곤들도 지성이 있는 종이니까요, 자기 콜사인을 가지고 싶어 하죠. 없어도 괜찮지만 있어도 상관없다면 있는 게 더 좋은 거 아니겠어요?

기　자: 아하, 그렇군요. 그럼 선생님 파트너 드래곤도 콜사인이 있으시겠네요?

라이더: 그럼요.

기　자: 그럼 라이더님 파트너의 콜사인은 뭔가요?

라이더: '탈세범'이요.

기　자 : ……예?

라이더: '탈세범'이요.

기　자: 아니, 좋고 좋은 말들 놔두고 왜 하필 '탈세범'이에요?

라이더: 진짜 '탈세범'이니까요. 탈세하다가 걸렸어요. 감옥 가는

대신 군 복무를 택한 거예요.

기　자 : 맙소사, 여기 혹시 징벌 부대예요?

라이더: 꼭 그런 건 아니고요. 제 파트너가 좀 특별한 겁니다.

기　자: 하하……. 그럼 라이더님 콜사인은 뭔가요?

라이더: 아, '국세청'이요.

기　자: …….

라이더: '탈세범' 위에 올라탄다고, '국세청'.

기　자: …….

라이더: 어때요? 그럴싸하지 않아요? 이 사진은 지난 축제 때 라이더들끼리 국세청 코스프레하고 찍은 거예요. 덕분에 파트너가 삐져서 2주일 동안 비행을 못 했죠.(웃음)

기　자: 그러고 보니까 드래곤과 함께 비행하는 라이더들은 어떤 역할을 하죠? 생각해보니 드래곤은 전투기가 아니잖아요? 조종할 수 있는 것도 아닐 텐데 말이죠?

라이더: 그렇죠. 드래곤은 알아서 비행하니까요. 따로 조종할 필요도 없고, 할 수도 없고, 해서도 안 되죠.

기　자: 그러면 라이더는 의미가 없지 않나요?

라이더: 꼭 그렇지는 않아요. 드래곤이 혼자서 비행하기는 하지만 동시에 혼자서 모든 일을 할 수는 없으니까요. 라이더는 비행에서 '다른 중요한 일'을 하죠.

기　자: 이를테면요?

라이더: 드래곤들은 비행 중에 헬멧을 안 써요. 그렇다보니 HUDhead-up display를 통한 레이더 정보를 얻을 수 없죠. 라이더들이 이걸 드래곤에게 전달해줍니다. 가슴팍과 등에 달린 레이더에서 정보를 얻고 관측하면 그걸 무선 교신을 통해 드래곤에게 전달해주는 거예요. '11시 방향! 적 비행체', 이런 식으로요.

기　자: 레이더 관측병에 가깝겠군요.

라이더: 그렇죠. 과거의 드래곤 라이더들은 활도 쏘고, 검도 휘두르고, 창도 찌르고, 마법도 쓴 모양입니다만, 현대에 와서 그러지는 않죠.

기　자: 혹시 그것 말고 다른 일도 하나요?

라이더: 아, 중요한 게 있습니다. 비행 중 대응하기 힘든 사각에 대응하죠.

기　자: 호오, 좀 더 자세하게 말씀해주세요.

라이더: 뒤에서 적 비행체가 달라붙으면 드래곤은 대응하기 어렵거든요. 선회하기도 어렵고, 뒤로 총을 쏘기도 어렵죠. 브레스는 말할 것도 없고요.

기　자: 그럼 어떻게 대응하시나요?

라이더: 뒤로 돌아서, 휴대용 지대공미사일을 쏩니다.

기　자: ……예?

라이더 : 뒤로 돌아서, 휴대용 지대공미사일을 쏜다고요. 저 같은

경우는 재블린을 쓰죠. 무겁기는 한데 잘 맞아요. 아주 나쁘지는 않아요.

기　자 : 재블린javelin, '창을 던진다'라……. 하하! 놀랍군요! 정말 멋져요!

"파트너! 6시 방향! 적 비행체! 꼬리가 잡힌다! 선회 가능해?!"

"불가능! 지금 선회하면 그대로 몸통이 노출된다! 사각 대응 요청!"

"오케이! 사각 대응한다!"

푸슝! 쾅!

"어때, 파트너? 맞았어?!"

"어, 맞았어. 이제 괜찮아."

기　자: 오늘 귀한 시간 내주셔서 감사합니다.

라이더: 아닙니다. 이거 혹시 인터뷰 기사가 나오면 저희 부대로도 한 부 보내주실 수 있을까요? 파트너가 좋아할 거예요.

기　자: 삐지지는 않을까요?

라이더 : 하하! 그러려나요? 자기 파트너가 험담했다고요? 하하하!

『인터뷰는 화기애애한 분위기에서 진행되었다. 드래곤 라이더로서의 고충을 많이 듣기도 하였지만, 동시에 조국의 하늘과 주군과 신민을 지키는 자긍심이 그의 한마디 한마디에서 묻어 나왔다. 어느덧 인터뷰에 준비된 시간은 모두 끝났고, 아쉽지만 본지는 뜨거운 악수와 함께 안녕을 고했다. 인터뷰를 마치고 돌아오는 길, 본지는 이들이 있어 오늘도 우리가 두 발을 뻗고 잘 수 있음을 다시금 느낄 수 있었다. 앞으로도 조국의 하늘을 지키는 그들의 날갯짓에 영광이 가득하길 바란다.』

심우주를 여행하는 뱀파이어 다이어리

뱀파이어의 일상: 마늘

"그 뭐냐, 한국인들은 마늘을 좋아한다고 들었어요."

"좋아 죽죠. 없으면 못 살죠. 못 먹으면 죽는 게 낫죠."

"그런데 선생님은 한국인이셨죠?"

"그랬죠."

"지금은 뱀파이어고요."

"그렇죠."

"마늘은 어떻게 해결하셨어요?"

"해결 못 했어요."

"힘드시겠네요."

"그래도 대용품이 있으니까요."

"오? 그런 게 있나요?"

"'산마늘'이라고 있어요."

"산마늘? 그것도 마늘인가요? 산에서 자라는? 그걸 먹을 수 있나요?"

"아뇨, 엄밀하게 말해서 마늘은 아니고, 마늘 맛이 비슷하게 나는 나물의 한 종류예요."

"오! 그런 게 있단 말이에요?"

"그럼요, 우리 지금까지 먹었잖아요?"

"예? 어떤……?"

"이거, 이거요. 아, 떨어졌네? 고기 다 먹었는데 이거만 달라고 하기에는 좀 그런데. 삼겹살 2인분 더 시킬까요?"

"저는 괜찮아요."

"그럼 1인분 시키고……. 사장님! 여기 삼겹살 1인분하고 '명이나물' 좀 더 주세요!"

"'산마늘'이 '명이나물'이에요?"

"모르셨어요? 아마 정식 명칭은 '울릉 산마늘'인가 그럴걸요? '명이나물'이라고 많이 부르기는 하는데……."

"그보다 마늘 맛이 나는데 먹어도 되는 거예요?"

"마늘만 아니면 괜찮은 거 같아요. 뭐…… 맛있잖아요?"

"……."

"아무튼 마늘 맛이 나더라도 마늘이 아니면 되더라고요. 해외에는 뱀파이어를 위한 대체 조미료도 많이 나온 거 같던데, 아직 우리나라는 대중화가 안 되어서. 그 전에 뱀파이어 인구가 적기는 하죠."

"그렇군요……. 그런데 명이나물은 어떻게 안 거예요?"

"그게 말하기 좀 부끄러운데……. 마늘 못 먹어서 이대로 가다간 죽는 게 낫겠다 싶어서 부처님에게 불공이나 드리고 죽어야겠다 하고 절에 갔는데……."

"부처님요?"

"아, 저 불교 신자입니다."

"……."

"여하튼 거기서 주지 스님이 제 하소연을 듣고는 밥이나 먹고 가라고 차려준 밥상에 명이나물이 있었죠."

"와, 사람 살린 거네요."

"이미 죽은 언데드니까 살린 건지는 모르겠지만서도…… 예, 아무튼 부처님 덕에 산 거 같아요."

"그런데 되게 좀 이상하네요."

"뭐가요?"

"모든 게요. 선생님은 그냥 삶의 부조리? 그런 게 뭉쳐 있는 어떤 덩어리 같아요."

"헐…… 말이 심하시다. 상처받았어요……."

"선생님은 일단 뱀파이어인데 마늘 중독자고, 거기다가 불교 신자죠? 그런데 불교 신자면서 지금 삼겹살을 15인분이나 먹고 있잖아요? 명이나물이 먹고 싶어서."

"선생님도 저처럼 1달에 한 번 이거 먹는다고 생각해보세요."

"그게 더 황당하단 말이에요."

"그냥 그러려니 해주시면 돼요. 세상은 너무 복잡해서 가끔은 같이 있으면 안 될 거 같은 애들이 한 번에 묶여 있고 그래요. 좋은 의미로든 나쁜 의미로든요."

"……."

"그보다는 선생님, 식사 끝나면 커피 하실 거죠? 전 역시 식사 후 아이스 아메리카노를 마셔야 싸악 내려가요."

"예예, 그러죠……."

뱀파이어의 일상: 커피

"그나저나 뱀파이어들은 많이 먹네요, 진짜."

"예, 보통 사람의 5배 이상은 먹어야 하니까요. 그래야 살 수 있어요."

"그런데 뱀파이어들 이렇게 일반식 먹어도 되는 거예요? 피만 마실 수 있는 거 아니에요?"

"아니에요, 먹어도 상관은 없어요. 그냥 피가 효율이 더 좋을 뿐이에요."

"효율요?"

"뱀파이어가 되면 일반 식품군의 영양 흡수율이 현저하게 떨어져요. 그래서 같은 음식을 먹어도 사람에 비해서 영양분 흡수가 잘 안 되니까 그걸 커버하려고 많이 먹는 거예요. 양으로 커버해버리는 거죠."

"그거 늑대인간werewolf도 비슷한 거 같던데."

"그게 미묘하게 달라요, 늑대인간은 소화효소 분비가 변해서 그런 거예요. 늑대인간이 되면 몸에서 나오는 소화효소가 달라지는데 곡물류나 화식은 소화를 못 하고, 생식, 그중에서도 육류 소화에 특화된 효소를 내거든요."

"아, 그거 참 힘들겠네요……."

"그래서 소득이 낮은 뱀파이어일수록 혈액 기반 식품군 소비량이 증가해요. 마치 가난한 사람들이 패스트푸드를 소비하는 것처럼요. 저비용 대비 고효율을 내기 위한 어쩔 수 없는 선택에 가까운 거죠."

"그렇군요……. 선생님도 뱀파이어신데 좀 어떠세요?"

"이렇게 말해놓고 부끄럽지만, 저는 다른 뱀파이어들에 비해서 일반 식품군을 잘 먹고 있는 편입니다."

"그렇군요. 그건 부끄러워하실 일은 아닌 거 같은데……."

"아니에요. 그래도 부끄럽죠. 문제의 원인을 알고 있어도 그것을 해결하기 위해 적극적으로 나서지 못한다는 부끄러움이요."

"아……."

"그런 거죠."

"그럼 선생님, 일반식을 많이 드시는 뱀파이어로서 불편한 부분은 없으신가요?"

"일단 식비가 너무 많이 들어요. 저도 버는 축에 속하지만 그래도 너무 힘들죠. 그리고……."

"그리고?"

"이건 진짜 부끄러운데, 소화가 잘 안 돼요. 많이 먹으니까……요. 그래서 늘 변……비……가……."

"아……."

"그래서 뱀파이어들이 식사 후에 항상 커피를 마시는 거예요."

"예?"

"커피에는 카페인이 들어 있고, 카페인은 위산을 분비하고 혈액을 빨리 돌게 하고, 대장 운동을 활성화시키니까요."

"아, 그래서……."

"예, 그래서 아이스 아메리카노가 싸악 내려줘요, 이런 말을 하는 거예요."

"기호식품이 아니었군요."

"기호식품 이상이죠……."

"……."

"……."

"흠, 그렇군요. 그럼 가시죠, 선생님. 좋은 이야기 해주셨으니 제가 아이스 아메리카노 1잔 쏠게요."

"저, 1잔 가지고 안 되는데……."

"그럼 벤티 사이즈로 2잔 사드릴게요! 양손으로 들고 다니시면서 드세요!"

"아, 고……고맙습니다……."

뱀파이어의 일상: 출근과 김치

"궁금한 게 있는데. 뱀파이어들, 영생을 살면 좀 무료해지거나 죽고 싶거나 그러지 않아? 어떻게 너 그렇게 매일같이 열심히 살 수가 있냐? 어떻게 월요일 새벽부터 회사에 출근해서 일을 할 수가 있냐고?"

"아니 아니, 난 죽기 싫거든? 난 죽는 거 무섭거든? 농담으로라도 그런 말 하지 마."

"야, 근데 너는 한 번 죽어봤잖아? 원래 처음 하는 게 무섭지, 두 번째부터는 안 무서운 거 아니야?"

"난 그 반대야. 처음 하는 게 안 무섭고, 이제는 무서워. 죽기 싫다고. 삶이 아무리 고통으로 가득 차 있고, 월요일마다 다시 출근을 해야 하지만 그래도 죽는 것보다 나아."

"왜?"

"죽으면 '강'을 건너야 하잖아?"

"강?"

"요르단강, 요단강. 너 몰라? 요르단강 건너 우리 다시 만나리~ 이 찬송 몰라?"

"아니, 알기는 아는데……. 왜? 강이 무서워?"

"어, 뱀파이어 된 이후로 무서워. 왜 그런지는 묻지 말아줘. 그냥 무서워. 그래서 죽기 싫거든?"

"알았어……. 야, 그래도 이 월요일에…… 아무리 겨울이라 해가 짧아도 그렇지. 해도 뜨기 전에 사무실에 매번 나올 일이냐?"

"야, 나 뱀파이어야. 해 뜨고 나오면 죽어."

"아, 맞다, 미안. 근데 있잖아, 그…… 궁금한 게 하나 더 있는데……."

"뭔데? 너 또 심한 말 하는 거 아니지?"

"아냐, 아냐. 너, 김치는 어떻게 먹냐?"

"뭐?"

"아니, 너 마늘 먹으면 안 될 거 같은데 지난주에 도시락에 김치 있길래 먹어도 되는지 궁금해서."

"아, 그거? 맞아, 마늘 못 먹어. 그래서 오신채五辛菜가 안 들어간 사찰 김치를 먹고 있지. 그럭저럭 먹을 만해. 요즘에는 비건 매장에서 오신채 안 넣은 사찰 김치도 팔고 그렇거든."

"아, 그렇구나……. 근데 너 교회 다니지 않아? 사찰 음식 먹어도 괜찮아?"

"베드로가 이르되 주여 그럴 수 없나이다. 속되고 깨끗하지 아니한 것을 내가 결코 먹지 아니하였나이다. 한대, 또 두 번째 소리가 있으되, 하나님께서 깨끗하게 하신 것을 네가 속되다 하지 말라 하더라."

"엥? 갑자기 뭐야?"

"사도행전 10장 14절~15절(개역 개정). 내가 제일 좋아하는 구절이야."

"갑자기?"

"신이 보내신 음식이야. 내가 왈가왈부할 자격 같은 건 없지."

"……그렇게 되는 건가?"

"그리고……"

"그리고?"

"듣자 하니 요즘에는 불교 믿는 뱀파이어도 있다는데 뭐 어때? 내가 알고 있는 신은 그렇게 좀생이 아니셔. 좀생이처럼 믿는 사람들이 있는 거지."

"니가 어떻게 알아?"

"한 번 죽어봤잖아?"

"아……."

기획 인터뷰, 흡혈귀를 찾아서
: 지하철 앵벌이 철수 씨 편

전 초등학교 3학년 때 뱀파이어가 되었어요. 놀이터에서 놀다가 집에 가는데, 감염된 야생동물에게 물려버렸죠. 한 일주일 정도 고열에 시달리다 심장이 멎었어요. 그리고 사흘 만에 다시 깨어났죠. 뱀파이어 바이러스에 걸리면 이렇게 뱀파이어가 돼요. 물론 모두 뱀파이어가 되는 건 아니에요. 다시 깨어나는 건 한 10명 중 3명 정도고 나머지 7명은 사망하죠.

'그렇게 따지면 너는 운이 좋은 거 아니냐? 안 죽었으니까' 하는 사람들도 있기는 한데……. 글쎄요, 뭐라고 이야기해야 하지? 저는 그때 이후로 인생이 꼬여버렸거든요. 제가 뱀파이어가 되었을 때가 고작 초등학교 3학년이었어요. 다 자란 어른도 아니었고, 제가 처한 상황에 대해서 이해하기에는 너무 어렸죠.

다른 아이들이 다 학교에 갈 때 저는 가지 못했어요. 햇살에 대한 과민성 쇼크 반응 때문에 낮에 못 나가는 것도 있었지만, 그즈음 뱀파이어들에 대한 질 낮은 소문이 돌기 시작했죠. 학교에 아이를 다시 보내고 싶다는 부모님의 부탁에 행정 당국은 "이미 법적으로 사망신고가 되어서 어렵다"라는 답변으로 '오지 마라'라는 속내를 대신 말해줬고요.

한번은 학교 놀이터에서 친구랑 놀고 싶어서 비옷이랑 우산을 쓰고 나갔는데 10분을 못 걷고 그대로 바닥에 쓰러졌어요. 피부가 태양빛에 반응해서 마치 화상처럼 부풀어 오르는 와중에도 아무도 저를 구해주지 않았고요. 저는 그때 겨우 초등학교 3학년이었어요. 길가에는 저를 둘러싸고 손가락질하면서 아무것도 안 하던 어른들이 있었고요. 고통이 너무 심해서 그 어른들이 뭐라고 했는지 기억나지는 않아요. 아마 좋은 이야기는 아니었을 거예요. 제가 나간 걸 눈치챈 엄마가 아니었으면 전 거기서 죽었을 거예요.

그렇게 제 인생은 꼬여버렸어요. '(사망에 따른) 초등학교 3학년 중퇴' 그게 제 최종 학력이에요. 사망신고서로 인해 더 이상 산 사람으로 분류되지 않았기에, 기초 교육은커녕 검정고시도 볼 수 없었고요. 사회보험은 사망과 함께 종료. 저는 자라면서 병원에 가도 제대로 된 진료를 받지 못했어요.

다들 뱀파이어들은 이빨이 없으면 죽을 거라고 생각하죠? 특히 송곳니? 아니에요. 천만에요. 그렇지 않아요. 어떻게 알았냐고요? 제 이빨은 충치로 빠져버렸거든요. 대부분이요. 송곳니도 예외는 아니고요. 부모님이랑 치과라는 치과는 다 돌아다닌 거 같아요. 딱 두 곳에서 진료를 봐주겠다고 했고, 그마저도 터무니없이 높은 가격을 불러서 포기해야 했죠. 부모님 손을 잡고 나오면서 "괜찮아. 난 뱀파이어니까 충치 금방 나을 거야! 엄마 나 피 채우게 순댓국 사줘!" 했던 게 기억나네요…….

게다가 나이로는 성인이 되었지만 신체는 여전히 초등학교 3학년이죠. 몸은 더 이상 자라지 않았어요. 2차성징도 성장통도 저에게는 오지 않았어요. 남들이 자연스럽게 겪으며 인생의 한 주기로 경험하던 사건들이 저에게는 오지 않았어요. 저는 이제 더 이상 누구도 인정해주지 않는, 나이만 먹은 130센티미터의 성인이 되어버렸죠. 초등학교 3학년 모습의.

성장 과정이 이렇다 보니, 어른이 되고 나서도 제대로 된 일자리를 얻을 수가 없었어요. 애초에 낮에는 움직이지를 못하니까 낮 시간대 일자리를 얻을 수 없고, 밤에 하는 일만 하고 있죠. 그나마 배달 라이더나 편의점이 가장 좋은 일이기는 한데, 제 몸을 보세요. 누가 저에게 라이더를 시켜주겠어요, 아니면 편의점 일을 시켜주겠어요, 아니면 밤샘 막노동을 하겠어요? 지하철에서 껌팔이 앵벌이로 산 게 벌써 10년 차예요. 사람들은 제가 껌을 들고 가면 불쌍한 꼬마라면서 사주곤 해요. 사람들은 보고 싶은 것만 보니까요. 그 사람들은 내 겉모습만 보고 판단하니까요.

이마저도 요즘은 수입이 안 좋아요. 저랑 비슷한 처지의 뱀파이어들 모두 비슷한 상황이죠. 세계 경제가 안 좋댔나 어쨌댔나. 오랫동안 지속된 신종 독감 때문에 사람들이 거리로 안 나오는 이유도 있다고 하고요.

그러다 보니 항상 우리 같은 뱀파이어를 대상으로 하는 유혹이라든가 소문 같은 게 있어요. 어떤 돈 많은 사람들의 성적 욕망을 채워주기 위해서 어려 보이는 뱀파이어들을 모집한다는 소문은 늘상 있었고요. 실제로 그렇게라도 돈을 벌어야겠다고 하는 뱀파이어도 제법 있어요. 그런 사람들이 진짜 있는지는 모르겠지만, 있다면 모두 내일 아침이 오기 전에 죽어서 지옥에 가버렸으면 좋겠어요. 최대한 고통스럽게.

다른 소문은, 돈 있는 사람들이 영원히 살고 싶어서 자신을 물어줄 뱀파이어들을 모은다는 소문이었죠. 어떻게 하면 그런 생각을 할 수 있는 거죠? 누구는 하루 먹고살기가 힘든데 다른 누구는 주체할 수 없는 돈 때문에 '나도 한번 뱀파이어가 되어볼까?' 하고 있다는 거 아니에요?

> 영화에서 보면 뱀파이어는 모두 부자로 나오는데? 가난한 뱀파이어는 뭐냐ㅋㅋㅋㅋ
> 니가 만약 1892년부터 살아왔는데 아직도 거지같이 살고 있다면 그냥 태양 밑에서 자살하자. 살아도 의미 없는 그지 같은 좀비, 구울이니깤ㅋㅋㅋㅋㅋㅋ

최근 인터넷에서 이런 글을 봤어요. 너무 슬펐어요. 울어버렸죠. 저는 1892년생도 아니고, 아직도 거지같이 살고 있어요. 앞으로도 거지 같을 거고요. 사람들은 우리 삶에 대해서 뭘 안다고 이렇게 말하는 거죠? 왜 아무렇지 않게 우리에게 태양 밑에서 자살하라고 하는 거예요? 그 사람들, 태양이 주는 그 고통을 느껴보았대요? 나는 느껴봤어요. 초등학교 3학년 때. 그리고 그때, 태양이 주는 고통보다 사람들이 주는 그 시선이 더 고통스럽다는 걸 알았고요…….

기획 인터뷰, 흡혈귀를 찾아서
:〈OO저널〉 박원석 기자 편

가난 앞에서는 선택할 수 있는 폭이 좁아질 수밖에 없어요. 그건 인간도 마찬가지예요. 저소득층 뱀파이어들이 생존을 위해 저비용 고효율 식단으로서 혈액 기반 식품군을 선택하는 것처럼, 저소득층 인간들도 생존을 위해 자신의 혈액을 판매합니다.

식품가공법이 개정되면서 혈액 기반 식품군에 대한 민간 기업의 진출이 가능해졌죠. 예전에는 정부가 적십자사에 지정 위탁을 주고 시장독점 공급을 했는데, 공급 주체의 다양성과 가격의 현실성 제고 그리고 일자리 창출이라는 이유로 법안 개정이 추진되었습니다. 덕분에 이제는 중앙정부의 시민보건부에서 관리하되 제품 공급 주체는 민간 회사들이에요.

제품 공급 주체가 민간 회사가 되었으니, 재료에 대한 확보도 민간 회사들이 알아서 하게 되었습니다. 법안 개정 전에 정부가 적십자사에 지정 위탁을 준 이유는 전국에 있는 헌혈 센터에서 원활하게 혈액을 공급받기 위한 거였어요. 덕분에 공급도 가격도 안정적이었죠. 물론 독점으로 인해 경쟁이 없다는 것, 그래서 제품 판매 가격 대비 제조 비용이 더 비싸다는 문제가 있었지만 복지 차원에서 접근했기 때문에 정부는 크게 문제가 될 거라고 생각하지 않았습니다.

하지만 정부가 그리 생각한다고 해서 국민들이 다 동의하는 건 아니었어요. 뱀파이어들을 위해 내 세금이, 내 피가 들어가면 안 된다는 여론이 커지면서 결국 정부 주도 사업이 민간으로 넘어오게 된 겁니다. 아무튼 이렇다 보니 지금은 정부 시절보다 혈액 공급 라인이 약하고 불안정합니다.

자, 그럼 이제 민간 회사들은 이 공급 문제를 해결하기 위해 어떻게 했을까요? 예, 간단하죠. 시장의 원리로 접근했고, 그 시장 원리에 따라 자신의 혈액을 팔 수 있는 민간 혈액 센터가 등장했습니다. 일정량의 혈액을 팔면 그 상태와 질에 따라 비용을 지불하는 사업이 등장한 거죠.

물론 현행법상 개인이 현금을 받고 혈액을 판매하는 건 불법이기 때문에 회사들은 대신 코인 거래소에서 거래 가능한 토큰을 줍니다. 그럼 이 토큰을 코인 거래소로 송금해서 판매하는 거예요. 머지않아 저소득층 인간들이 이 서비스를 적극적으로 이용하기 시작했죠. 자신의 생존을 위해서 자신의 피를 팔기 시작했어요.

결과적으로 민간 회사들은 이제 사업 초기보다 안정적인 혈액 공급 라인을 만들었습니다. 그리고 여기서 얻은 피를 혈액 기반 식품으로 가공해서 시장에 저렴하게 팔기 시작했죠. 자신들이 자랑하는 '시장의 원리'를 적용해서 말이죠.

하지만 그 시장의 원리라는 걸 조금만 더 가까이서 들여다보면 사회의 그늘에 살고 있는 사람들에게 비용을 전가함으로서 가격을 낮추고 있는 걸 알 수 있습니다. 민간 회사들은 얼마 전부터 사업 구조상 비용이 너무 든다고 생존을 보장하라며 정부에 세제 혜택을 요구하고 있죠. 정작 작년에는 혈액 기반 식품 산업 분야가 200퍼센트 넘게 성장했고, 그와는 별개로 관련 회사들이 만든 코인 거래소가 수수료로만 500퍼센트 넘는 순이익을 얻었는데 말이죠.

어떤 사람들은 이 문제의 원인이 흡혈귀 때문이라고 말합니다. 뱀파이어들이 사람의 피를 먹기 때문에 이런 문제들이 생긴다고 말하죠. 하지만…… 딱 보면 누가 사람의 피를 빨아먹는 흡혈귀인지 감이 오지 않으세요?

뱀파이어의 비밀 조직

"선배, 그 새로 동족(뱀파이어)이 생기면 특수팀에서 귀신같이 알고는 신변 확보하러 가잖아요? 그거 어떻게 그러는 거예요? 나도 같은 동족인데 그거 뭐 어떻게 하는지 모르겠어요. 아니 진짜 명상 같은 거 해야 해요? 뱀파이어 센스 생기게? 특수팀 보니까 주말마다 모여서 명상하던데?"

"아니…… 그거 어디서 들은 건지 모르겠는데, 특수팀 걔들 모여서 드라마 몰아 보고 철학 토론하는 거야. 명상 같은 걸 한다고 누가 그래?"

"기획과 친구가요. 아, 그보다 걔들 명상 안 하고 드라마 몰아 보고 뭘 한다고요?"

"철학 토론을 하는데……."

"아니, 그런 걸 한다고요?"

"나도 거기 3기 멤버였어……."

"선배도 그런 거 했어요? 근데 왜 그만둔 거예요?"

"아, 음……. 드라마 내용에 대해서 철학적 해석이 갈린 게 주먹다짐까지 가서……."

"와, 진짜 실망이네요."

"아니, 그런 걸로 실망하지는 말고."

"그럼 명상 같은 게 아니면 비결이 뭐예요? 새로 동족 생기면 귀신같이 튀어 나가던데. 걔들 뭐 뇌에다가 뭐 심었대요? 라즈베리 칩 같은 거?"

"아니, 그런 건 도대체……. 아니다. 음, 뭐 그런 게 아니고, 그 보안과에서 직통 메시지가 와. 걔들 따로 단말기 들고 다니잖아? 그걸로 오거든."

"그럼 보안과는 어디서 정보를 얻는 거예요? 추종자들을 쫙 깔아놨어요? 영화 〈블레이드〉처럼?"

"비슷하기는 한데, 추종자는 아니고……."

"그럼 뭐예요?"

"전 국민 의료보험."

"……예?"

"전 국민 의료보험, 정확하게는 질병 코드."

"더 알 수가 없네……."

"너 신입 OT 때 잤지?"

"예. 그게 좀 졸려요?"

"그때 다 해준 말이거든, 이거? 유사시에 보안과나 특수팀 애들

펑크 나면 우리라도 나가야 하니까."

"아니, 그런 거 들어본 적 없어요. 나는 혈액공급팀이라서 맨날 혈액 팩만 옮기는 줄 알았죠!"

"하아, 진짜 아무튼……."

"아무튼?"

"너 뱀파이어한테 처음 물렸을 때 어땠어?"

"아팠죠."

"어디가?"

"일단 목 물렸으니까 목 아프고, 피 나고, 그다음에 집에 갔는데 오한에 열나고 갈증 심하게 났나?"

"그리고 병원 갔지? 병원에서 의사들이 마법의 언어로 뭐라고 뭐라고 했을 거고?"

"아무래도 그렇죠? 다들 그러지 않아요?"

"의사들이 그러면 보통 질병 코드를 전산망에 입력하거든? 특정한 증상 코드 조합이 있어. 뱀파이어로 변하는 과정에서 보이는 증상들의 조합인데, 그게 뜨면 보안과 전산망으로 알림이 뜨고 보안과에서 그걸 특수팀에 전파하는 거지. 너도 그렇게 데려온 거야."

"아, 그래서…… 아하. 아니 그러면 우리가 의료보험 전산망을 해킹하고 있는 거예요?"

"아니, 그건 아니고. 애초에 우리가 만들었어."

"예? 뭘요? 전산망?"

"아니, 의료보험."

"……예?"

"생각해봐. 수많은 사람들 중에 동족으로 변하는 녀석을 찾으려면 모든 사람들을 총괄하고 감시할 만한 뭔가가 필요한데, 그러려면 정보기관을 이용하거나 그래야 하잖아. 그런데 그건 거부반응이 심하거든. 그래서 거부반응 없이 알아서 받아들일 걸 만들어서 인간들에게 뿌리는 거지. 주로 사회복지 제도 같은 것들."

"그럼 현대 사회복지 제도를 다 우리가 만들었다고요?"

"아니, 전부는 아니고. 연금제도, 의료보험…… 또 뭐가 있더라. 현대적 보통교육이라든가 뭐 여러 가지 있는데 가장 덕 보는 건 아무래도 의료보험이지. 그게 가장 빨라, 시스템이."

"와, 와……. 내 세금이 뱀파이어들에게……."

"너 이제 세금 안 내잖아. 그리고 너도 이제 뱀파이어잖아. 그리고 야, 의료보험은 세금 아니야. 사회보험이지."

"어차피 그냥 걷어 가잖아요."

"그 덕에 너 병원 갔고 이렇게 살아 있잖아? 안 그러면 그대로 평소처럼 밖에 나갔다가 영문도 모른 채 햇볕에 타버렸어."

"그건 그렇네요……."

"긍정적으로 생각해. 우리가 이렇게 해서 인간들도 편하고 우리도 밤에 나가서 인간 사냥 안 하고 헌혈 혈액을 받아서 쓸 수 있잖아?"

"그것도 그렇네요. 음……. 그러면 뭐 단점은 없어요, 이거?"

"음, 단점은 아니고 문제가 있는 곳이 좀 있는데……."

"뭐가요? 어디가요?"

"아니, 미국……."

"미국이 왜요?"

"거기는 전 국민 의료보험이 없잖아? 사람도 많은데. 그래서 뭐 거기는 항상 펑크 나는 거 같더라고. 그래서 항상 미국 지부 애들은 열받아 있는 상태더라."

"아, 몇 번 봤어요. 무서워서 말도 못 걸겠던데요?"

"그치?"

거울

"거울을 만들 때 은을 사용하잖아요? 뱀파이어들은 거울을 보면 화상을 입지 않나요? 그러면 뱀파이어들은 거울을 볼 수 없을 텐데, 어떻게 자기 얼굴을 꾸미죠?"

"옛날에는 그랬어요. 사람들이 뱀파이어를 무서워해서 집에다가 일부러 은을 얇게 발라 만든 거울을 걸어뒀죠. 그래서 영문도 모른 채 화상을 입는 뱀파이어들이 많았고요. 현대에 들어오면서 인외 지성체에 대한 인식 개선 운동과 권리 신장 운동이 활발하게 이루어졌고, 이를 바탕으로 포괄적 지성체 권리 보장법이 만들어지면서 은으로 만든 거울은 이제 사회에서 그 모습을 감추게 되었습니다.

그리고 그 시기쯤 국제 연금술학회에서 알루미늄을 대량으로 만들 수 있는 기술을 발표했죠. 덕분에 알루미늄으로 만든 거울 보급률이 올라갔고, 자연스럽게 은거울 사용률도 줄어들었어요.

물론 은거울을 고수하는 사람들이 아직도 있어요. 주로 극단주의 종교인들이나 혐오자들이죠. 은거울 모양의 브로치를 달고 다니는 사람들을 보거든 피하세요. 최근 왕립 치안국에서 1급 테러 조직으로 분류한 종족 혐오 조직인 '성스러운 은거울 형제단'이에요. 아무튼 은거울은 이제 시중에 거의 유통되지 않아서 영문도 모른 채 화상을 입는 뱀파이어들은 없다고 보셔도 돼요.

그래도 뱀파이어들이 일반적인 거울을 못 보는 건 사실이에요. 종족 특성상 거울에 자신의 모습이 비치지 않죠. 그래서 최근에 '라티나 녹스콘 가전'에서 뱀파이어를 위한 새로운 개념의 거울을 내놓았어요. 바로 슬라임slime 거울이죠. 슬라임의 복제 기능을 활용해서 상대방 모습을 그대로 재현해 자기 모습을 볼 수 있게 한 거예요. 이렇게 하면 자기 모습이 거울에 안 비치는 뱀파이어도 자신의 모습을 볼 수 있죠. 게다가 입체적인 형상으로 나타나니 보다 구체적으로 볼 수 있어요. 그래서 뱀파이어는 물론 다른 종족에게도 인기가 좋고요. 다만 성인 신체 크기를 복제하려면 슬라임의 양도 많아야 해서 가격이 좀 비싸고 부피도 커요. 김치냉장고 정도?

그래서 지금 그걸 보완하기 위해 연구 중인 거울이 살아 있는 그림 거울이에요. 수시로 모습이 변하는 살아 있는 그림을 응용해서 투영체의 모습을 그대로 그리게 하는 거죠. 이야기를 들어보니까 벽에 걸 수 있는 거울만 한 사이즈로, 유화 느낌이 아닌 사진처럼 모습을 재현하는 걸 목표로 만들고 있다고 하네요. 예, 살아 있는 그림은 기본적으로 '유화'라서 '유화 초상화'로 투영체를 그리거든요…….

그건 그렇고 버추얼 스트리머 종족별 비율을 보면 뱀파이어가 압도적인 것 아세요? 뱀파이어들은 카메라에 모습이 안 잡히거든요. 대신 모션 트래킹에는 잡히죠. 그래서 버추얼 캐릭터를 활용한 스트리밍 방송에 뱀파이어들이 굉장히 적극적으로 뛰어들고 있어요. 성향을 보더라도 다른 종족의 버추얼 스트리밍 캐릭터는 자기가 되고 싶은 모습이나 원하는 컨셉의 캐릭터가 많은데, 뱀파이어들은 자기 모습을 최대한 살려 반영하는 경향이 강해요. 그래서 주로 실사풍의 3D 캐릭터가 많기도 하고요."

별들의 강을 건너서 (1)

"압축 헤모글로빈, 철분 혼합제, 됐고……. 양철관 30개…… 오케이. 흙……, 흙이 아직 안 왔나? 야! 막내야! 흙 아직 안 왔냐?!"

"예, 형! 아직 흙 안 왔어요! 기상이 안 좋아서 오늘 오후 늦게나 도착할 거 같대요."

"아슬아슬하겠네. 내일 오전 9시 10분에 로켓 올라가니까 그 전까지는 준비해야 하고……."

"형, 근데 이게 다 뭐예요? 어디로 가는 물건이에요?"

"심우주 소행성 광산. 거기 가는 보급품이야."

"관은 왜 보내는 거예요? 누구 죽었대요? 보통 시신은 냉동 백에 넣어서 오지 않아요?"

"아, 시신 담을 건 아니고, 내일 로켓 편에 보급품이랑 같이 갈 '직원'들이 쓸 물건이야."

"무슨 말이에요? 직원들이 로켓에서 관을 왜 써요?"

"뱀파이어들이 갈 거거든."

"예? 그럼 이번 로켓에 뱀파이어 태워서 보내는 거예요? 심우주로? 몇 명이나요?"

"어디 보자. 관 30개가 예비 관 2개 포함해서니까…… 28명이네."

"많이 가네요? 작년에는 한두 명 보낸 거 같은데."

"어, 요즘에는 많이 가더라."

"이유가 있으려나요?"

"심우주 광산 개발하는 데는 사람보다 뱀파이어가 효율이 좋대."

"왜요?"

"잘 안 먹어도 되고, 힘도 세고, 햇빛만 안 들면 하루 종일 일할 수 있으니까? 아, 숨도 안 쉬니까 산소값도 안 들어가겠구나? 요새 산소값이 얼마지?"

"탱크 하나 값이 작년 2배로 올랐죠. 비싸죠."

"그치? 그거만 줄여도 수익률이 향상되겠지. 어차피 심우주에는 햇빛이 잘 안 드니까, 우주 작업복에 들어가는 선바이저도 적당히 저렴한 놈이거나 아예 없어도 되고. 여기저기 원가 절감하는 데 얘들만 한 종족이 없는 거 같아."

"그렇겠네요. 관은 그럼 얘들 잘 때 쓰는 거예요? 로켓에서?"

"아, 그치. 아? 맞다. 얘들은 성간 비행할 때 따로 동면 안 시켜도 돼. 자기들 관만 하나 챙겨주면 알아서 도착할 때까지 잔다고 하더라."

"그래서 아까 로켓에서 동면 장치 다 분리한 거예요?"

"그치, 화물 적재 공간 넓히려고."

"그렇군요. 얘들도 애쓰네요. 얘들도 전부 파견이죠?"

"그치? 누가 안 받아주니까. 요즘 같은 불경기에 사람 먹고살기도 바쁜데 누가 뱀파이어를 받아줘. 인력 파견 회사나 받아주지. 뭐, 우리도 파견 소속이니 비슷한 처지기는 하다만……."

"우주까지 가서 애쓰겠네요, 얘들도. 아, 맞다. 근데 흙은 왜 화물에 있어요? 테라포밍한대요? 심우주 소행성 광산으로 들어간다면서요? 거긴 테라포밍 못 하잖아요? 그리고 테라포밍하기에는 양도 너무 적어 보이던데요?"

"아, 그거, 테라포밍 아니야. 뱀파이어 애들 필요해서 그래."

"왜요? 왜 필요하대요?"

"아, 너는 잘 모르겠구나. 그, 나 젊을 때는 뱀파이어 판타지·호러 소설이 유행했거든? 지금은 인기가 식어서 거의 안 나오지만. 그 소설 보면 뱀파이어들이 물을 못 건너. 그래서 그걸 건너려면 자기 고향 흙을 관에다가 넣어줘야 해. 그 흙이야. 관에 들어갈 흙."

"잘 모르겠는데요? 우주로 가는데 왜 물 건널 때 필요한 흙을 채워줘야 해요?"

"은하수銀河水를 건너잖아? 은하수. 별들의 강. 걔들한테 물이란 약간 관념적인 무언가인가 보더라. 자기들이 물이라고 생각하면 그건 건너지 못한대. 은하수도 별들이 흐르는 강이니까 그냥은 못 건너나 보더라."

"아, 그렇구나. 그럼 흙 오면 로켓 화물칸으로 보내면 돼요?"

"아니, 일일이 걔들이 관에다가 채울 거야. 그러니까 아직 관이랑 싣지 말고 저기, 저쪽에다가 죽 늘어놔. 걔들 고향이 다 달라서 흙 섞이면 안 된다니까."

"예, 알겠어요, 형. 형, 그런데 이거 다음 로켓은 어디로 가요?"

"어, 그것도 심우주 광산 행성으로 간다. 지금 적재 화물 목록이랑 탑승자 명단 안 왔는데, 아마 거기도……."

"뱀파이어가 타려나요?"

"아마 그렇겠지?"

별들의 강을 건너서 (2)

“어이, 신입. 네 관에 흙이 한가득이던데 그거 어떻게 할 거야? 버릴 거면 말해. 내일 쓰레기 버리러 나가는 날인데 함께 버려버리게.”

“아니에요. 버리지 마세요. 쓸 곳이 있어요.”

“뭐에 쓰려고?”

“잠시만요. (주섬주섬) 이거요.”

“이게 뭐야? 설마 씨앗이야?”

“예, 제 고향이 토마토가 맛있어요. 흙이 토마토랑 잘 맞거든요. 이걸 심으려고요.”

“잘 안 자랄 텐데, 우주라서…….”

“해보기 전에는 모르니까요. 불과 100년 전만 하더라도 사람이 심우주로 나올 줄은 몰랐잖아요? 심어보기 전까지는 모르는 거예요. 예쁘게 자랄 거예요. 다 같이 먹게요.”

“하하! 이거 맹한 놈이 들어온 줄 알았는데 제법 똘똘한 놈이 들어왔잖아? 어디 보자. 흙을 놓을 만한 곳이 있으려나……. 음, 그럼 조금 기다려봐. 내가 경리 직원이랑 말해서 한번 자리 만들어보도록 하지!"

"고맙습니다. 반장님."

실수

주목! 주목! 내일 본사에 요청한 '신규 직원'들이 올 거다. 보니까 협력업체 통해서 지원되는 인원인데, 우리가 소속되어 있는 협력업체하고는 소속이 다른 거 같다. 같은 소속 아니라고 막 짜증 내고 그러지 말고.

응? 본사에는 '안드로이드 보급'을 요청했는데 왜 신규 직원이 오냐고? 그거야 너도 이미 알고 나도 이미 알고 있는 거 아니냐. 돈이 아깝다 이거지. 테라포밍도 불가능하고, 낮 기온 섭씨 512도, 밤 기온 섭씨 영하 310도를 오락가락하는 광산 행성에 값비싼 안드로이드를 지원하기는 힘들다 이거겠지. 그래서 신규 '보급'이 아니라 '직원'이 오는 거고.

그래도 이번에는 기대해도 좋을 거 같다. 특별한 인원이 오는 거 같으니까. '뱀파이어'가 온다고 한다. 그래, 그 뱀파이어. 니들 밤 시간에 근무하기 싫어했잖아? 이 친구들은 낮 시간에 근무하기 싫어한다. 잘된 거지. 여기는 낮 시간과 밤 시간이 45일씩이니까. 교대 근무 잘 짜봐. 기존 인력은 모두 낮 시간으로 재배치하고. 알았지?

아야야, 아파라……. 발목이 나가버린 거 같은데……. 재수도 없지. 원래 낮 근무조에 편성되어 있었는데, 밤 근무조 한 명이 아프다고 대타로 들어왔다가 이렇게 사고가 날 줄이야. 로버는, 로버는 어떻게 됐지? 됐네, 됐어……. 완전히 망가져버렸네. 똥 됐네, 됐어……. 산소는? 2시간 정도. 그럼 일출 시각은? 1시간 정도 남았군. 구조 신호는 보냈으니까 구조대가 올 때까지 대략 3시간에서 4시간 정도……. 나는 그 전에 죽겠군, 숨 막혀서. 방법이 없군…….

아니…… 있으려나? 생각하면 안 되는데 자꾸 생각이 드는 건 어쩔 수 없군. 1시간 뒤 일출이 시작되면 저 뱀파이어는 아마 죽겠지? 저 낡은 우주 작업복이 뜨는 해의 빛을 다 가리지는 못할 테니까. 보나마나 뻔하지. 본사 놈들이나 협력업체 놈들이나 '뱀파이어는 저녁에만 일할 거니까 일광 커버는 필요 없겠지?' 하고 작업복에서 뺐을 거고.

아무튼 저 친구 산소통도 2시간, 일출까진 1시간……. 저 친구가 죽고 내가 저 친구 산소통을 차면 내 생존 확률은 조금 더 올라갈 거고……, 라고 생각하던 찰나.

"우리 아무래도 좀 곤란한 상황에 빠진 거죠?"

목소리가 작업복 스피커에서 들려왔다. 녀석은 쓰러져 있는 나를 부축해서 평평한 곳에 앉히며 물어봤다.

"태양이 뜨려면 시간이 얼마나 남았을까요?"

순간 가슴이 뜨끔했다. 등은 다친 것 같지 않은데. 괜스레 등이 뜨끔했다. 뱀파이어들은 남의 생각도 읽을 수 있다던데, 내 생각을 읽은 걸까?

"아무래도 그런 거 같군. 로버가 망가져서 돌아가기 힘들겠어. 구조 신호는 보냈다. 곧 구조대가 오겠지."

"구조대가 오는 데까지는 몇 시간 정도 걸릴까요?"

"작업 중 아닌 비번들 불러서 구성하는 데 1시간 정도. 그 과정 건너뛰고 로버로 밟고 온다면 3시간. 그 과정 밟는다면 4시간. 구조 우주선은 포기해. 연료값이 뛰어서 위에서 승인 안 할 거야. 그러니 아무리 빨라도 3시간."

"그럼 일출 시각은요?"

정말 내 생각을 읽은 건가? 등골에 뜨끔함을 넘어 차가운 무언가가 흐르는 거 같았다. 빌어먹을, 허리는 다치면 안 되는데.

"일출까지는 1시간 정도 남았지."

"그렇군요……."

녀석은 가만히 일어나서 해가 뜰 방향을 바라보았다. 이 녀석이 내 생각을 읽지 않았다고 하더라도 지금 상황이 녹록지 않다는 건 이미 파악이 끝났을 거다. 그럼 이 녀석은 어떤 생각을 할까? 내가 이 녀석이라면 어떤 생각을 할까?

글쎄. 우선 강제로 산소통을 뺏고, 무작정 해가 뜨는 반대 방향으로, 구조대가 올 방향으로 뛰겠지. 뱀파이어들은 힘이 좋다고 하니까 운이 좋다면 쉬지 않고 뛰어서 구조대와 만날 수 있을 거고. 후, 그러면 살 수 있겠지, 아마도……. 그렇게 된다면 일출 때 산소통을 뺏는 건 의미가 없겠군.

"구조대는 어느 쪽에서 올까요?"

녀석의 목소리가 다시 스피커를 통해 들려온다. 이런, 이미 결정을 내린 모양이군. 나 참…….

"좀 눕고 싶은데 도와주겠어?"

그 말에 녀석은 태양이 뜨는 곳을 바라보다가, 나를 눕히기 위해 허리를 숙였다. 숙이는 녀석의 가슴팍으로 산소통이 보이고, 손을 조금 뻗으면 뺏을 수 있을 것 같기도……. 팔은 다치지 않았고, 힘을 내면 뺏을 수 있을 거 같기도 하다. 산소통을 강제로 뺏고 움켜쥐고 드러누워버리면, 아마도 녀석이 먼저 쓰러지겠지……. 손끝이 산소통에 닿는 게 느껴진다. 두꺼운 작업복 너머로.

"가족이 있으세요?"

스피커에서 녀석의 목소리가 들려왔다. 가족?

"가족?"

"예, 가족이요."

"뭐야, 그런 건 왜 물어? 무섭게."

"궁금해서 그래요. 저는 없거든요."

"뭐야? 가족 없어?"

"예. 오래전에 옛날에 모두 죽었어요. 기억이 가물가물해요. 병으로 죽었는지, 나이가 너무 들어서 죽었는지, 그도 아니면 전쟁이었는지, 형이 먼저 죽었는지, 엄마가 먼저 죽었는지……."

그러고 보니 이 녀석은 뱀파이어였지, 영생을 사는…….

"그래서?"

"그래서라뇨? 궁금했던 거예요. 그래서 선배님이나 다른 선배님들은 가족이 있는지 말이죠."

"당연한 거 아니야? 지구에서 수십 광년 떨어진 외계 행성에 와서 광부질 하는 이유가 뭐겠어? 식구 먹여 살릴라고 하는 거지. 대학에 들어간 딸이 하나, 이제 걸음마를 뗀 아들놈이 하나, 무식한 나 때문에 이제 좀 쉬어야 할 나이에 늦둥이 아들 돌보는 마누라 이렇게 셋이지."

나를 눕힌 녀석이 나를 바라본다. 그리고 여전히 손끝에는 산소통의 느낌이 느껴지고.

"선배님 가족 구성 참 특이하네요."

"뭐 어쩌라고? 너도 내 나이 되어봐. 실수할 일이 생긴다니까."

"저는 이미 선배님 나이는 이미 진즉에 지난 거 같은데요."

"뭐?"

녀석의 말에 그만 긴장이 풀려버려 허파에 바람이 미친 듯이 들어가고 그 끝에 웃음이 터져 나왔다.

"미치겠네! 하하하하! 맞다, 맞아! 아이고! 늙었으면 니가 나보다 늙었겠지! 하하하하하!"

하하하! 산소 아껴야 하는데, 미치겠군. 그래도 웃음이 나오는 걸. 하이고, 구성지다. 그래도 이렇게 웃고 나니까 조금 긴장이 풀렸는지 다리에 통증도, 허리에 흐르던 뜨끔함도 안 느껴지고……. 손끝에 느껴지는 것 같던 산소통의 촉감도 이제 더는 오지 않는다.

"참나, 그러니까…… 이 나이 먹고 그런 생각이나 하고 앉아서 말이야."

"예?"

"아니야, 혼잣말이야. 나이는 나보다 먹었겠지만, 아무튼 여기서는 내가 선배야. 그러니까 살다 보면 실수할 일이 생겨. 나도 그렇고, 너도 그렇고."

그리고 녀석의 가슴 쪽을 향하던 팔을 뻗어 해가 뜰 곳의 반대쪽을 가리켰다.

"저쪽에서 올 거야, 구조대. 시간이 걸리겠지. 내가 생각을 좀 해봤는데 말이야. 아무리 생각해도 난 안 될 거 같아. 그러니까 내 산소통을 가지고 저쪽으로 미친 듯이 뛰어. 뛰라고 해서 숨을 막 쉬라는 건 아니야. 알아서 호흡 조절 잘하라고. 알겠어? 나는 여기서 좀 쉴 테니까. 자, 여기 가슴 쪽에 스위치 보이지? 그거 누르고 그 옆에 레버 돌리면 내 산소통이 튀어나올 거야."

그래, 이게 맞지. 나이 먹고 또 실수할 뻔했지 뭐야. 뭐, 이쯤 알아들었으면 이 녀석도 이해했겠지. 마누라…… 미안해, 이번에도…….

"싫은데요?"

스피커를 통해 녀석의 목소리가 무덤덤하게 들려온다.

"뭐?"

"그렇게 하기 싫다고요."

"이 바보가? 지금 너 무슨 말을 하는지 아는 거야?"

뻗었던 팔로 바닥을 짚고 상체를 일으켜 세웠다. 녀석이 다시 나를 진정시키고 눕히려 했는지 상체를 수그리는 걸 팔로 밀쳐버리고서, "야! 이 등신아! 내가 지금 무슨 말을 한 줄은 아는 거야?!" 하고 오만 쌍욕을 하면서, 스피커가 쩌렁쩌렁하게 소리를 질렀다. 그렇게 한참 소리를 지르고 내가 숨을 헐떡거리자 그런 나를 한참 멀뚱멀뚱 쳐다보던 녀석이, "스위치 누르고, 레버를 돌리는 거였죠?" 라고 물었다. 그래, 이제야 말을 알아듣는구만. 그래, 빨리 하라고, 맘 바뀌기 전에. 헐떡이는 숨을 진정하며 고개를 끄덕여 그 말에 동의를 표했다.

그런데 그런 나를 본 녀석은 난데없이 자기 가슴 쪽으로 손을 옮기더니, "스위치 누르고……" 뭐? 뭐야?! "레버를…… 돌린……다……." 멈춰 이 미친놈아! 죽어, 너 죽는다고! 몸을 어떻게든 일으켜 세워 녀석을 막아보려 했지만, 다리가 말을 듣지 않았다. 그리고 퐁! 녀석의 산소통이 튀어나왔다.

"젠장! 너 무슨 짓을!"

우주 한복판에서 산소통이 사라진 생물은 어떻게 되는가? 애써 설명하고 싶지 않다. 이미 너무 많이 봐왔다. 고개를 돌려 녀석에게서 시선을 돌렸다. 두려워서 본능적으로. 이제 곧 스피커에서 녀석의 고통스러운 숨소리가 들려올 차례였다. 이제 곧…… 곧……. 잠시 뒤 곧, 아주 곧…… 어? 뭐야? 왜 이렇게 조용하지? 고개를 돌려 녀석을 바라보았을 때, 녀석은 아까처럼 그 자리에 서서 멀뚱멀뚱 나를 바라보며 한 손에 산소통을 들고 있었다. 뭐야……. 이거 꿈인가?

"선배, 꿈 아니고요."

녀석의 말이 스피커로 들린다.

"뱀파이어는 원래 숨 안 쉬어요. 한 번 죽었잖아요?"

뭐?

"아침에 말하려고 했는데, 실수로 말 못 했어요. 그랬더니 정비반에서 산소통 꽉 채워서 달아줬어요. 선배 말이 맞나 봐요. 나이 들면 실수한다는 거."

그러면서 녀석은 산소통을 내 손에 쥐여줬다. 뭐야, 그럼. 산소통을 보니 산소는 정비반에서 채워놓은 그대로다. 적어도 족히 10시간 이상 버틸 수 있는 상태. 산소통을 바라보고 고개를 들어 녀석을 보니 녀석이 나를 향해 팔을 뻗고 있었다.

"부축해드리면 조금 걸을 수 있겠어요?"

"어? 어? 아…… 발을 질질 끌면 어떻게든 될 거 같기는 한데……."

"그럼 일어나세요. 곧 해가 뜰 텐데 저는 여기서 다시 죽고 싶지 않거든요. 부축해드릴게요."

"어, 어……."

녀석의 팔을 잡고 몸을 일으켜 세웠다. 좀 황당한 일을 겪어서 그런 건가, 아니면 녀석이 부축을 잘해서 그런 건가. 이렇다 할 통증 없이 나는 다시 일어났다. 그리고 그렇게 녀석의 어깨에 내 팔을 얹고 몸을 기댄 채 구조대가 올 방향으로 조금씩 걸어가기 시작했다. 그렇게 걸어가다 보니 녀석에게 고맙기는 한데 궁금한 점이 생겨서 물어보지 않을 수 없었다.

"너, 처음부터 그냥 말하고 주면 되는 거 아니었어? 왜 그렇게 뜸을 들인 거야?"

"선배가 생각이 많은 거 같아서 정리할 시간 좀 드렸어요. 실수하지 않게요."

하……. 역시 생각을 읽을 줄 아는 모양이군.

"선배 지금 혼잣말하신 거예요?"

아이코.

"그리고……."

"그리고?"

"사실 해 뜨는 걸 조금 보고 싶기는 했거든요. 본 게 너무 오래전이고. 그런데 선배가 그때 그랬잖아요."

"어? 뭐라고? 내가 뭐라고 했어?"

"실수하지 말라고요."

"아, 그랬지, 그랬지……."

"아까 선배 목소리 솔직히 조금 비장했어요."

"너 이 자식! 그거 소문내면 죽인다? 사람이 어? 늙으면 실수도 조금 하는 거고!"

"예. 안 낼게요."

내가 스피커로 다시 발광하듯이 말하자 녀석은 한마디로 짧게 대답하고 침묵을 지켰다. 물론 그 대답 끝에 묘하게 키득거리는 웃음이 들려온 거 같기도 했지만. 어쨌든 그렇게 나는 녀석의 어깨에 내 팔을 올리고 몸을 부축한 채 태양이 떠오를 반대 방향으로 그리고 구조대가 올 방향으로 걸어 나갔다.

던전 패러독스

던전 탐사대를 위한 특별 서비스

던전에서 죽으면 어떻게 하나요? 보통은 백마법사가 소생 마법을 써서 살리죠. 지금까지는 가장 확실한 방법이죠. 다만 단점이 없는 건 아니에요. 육신이 심하게 훼손되면 안 되고, 사망 시점 이후 너무 시간이 흘러서 시신이 부패하기 시작하면 복잡해져요. 그렇게 되면 신체 회복과 소생을 거의 동시에 해야 하는데, 고도의 스킬과 굉장한 집중력을 필요로 하거든요. 항상 위험이 도사리는 던전에서는 어려운 일이기도 하고요. 아차 하는 순간에 백마법사가 죽을 수도 있죠.

그런데 진짜 백마법사가 죽으면 어떻게 될까요? 소생을 위해서 던전 밖으로 시신을 가지고 나오거나 던전 밖에서 구조대가 올 때까지 기다려야 하는데, 만약 던전의 깊은 구역에서 사망했다면 시간이 상당히 걸리겠죠. 그러면 시체의 부패 속도를 감당하기 힘들겁니다. 예, 소생을 하기도 전에 썩어 문드러져버릴 수도 있다는 얘기예요.

그래서 그 대안으로 사령술사들을 쓰기도 해요. 사람이 죽으면 시신에서 영혼만 빼낸 뒤 안전한 곳까지 와서 키메라 제조를 통해 신체를 재구성한 다음 거기에 영혼을 박아 넣는 거죠. 신체를 새로 만드니까 시신 훼손 문제에서 자유롭고, 영혼을 빼내서 신속하게 안전한 곳으로 움직이니까 시간도 여유롭죠.

다만 이것도 단점이 없는 건 아닌데, 일단 새 신체를 만드는 키메라 제조법이 아직 법적으로 문제가 있어요. 국제 협약에 따라 키메라는 전쟁 무기로 분류되고, 이걸 민간인이 사적인 목적으로 만드는 건 불법이에요. 물론 국제 협약을 맺은 대륙 국가가 그렇게 많지는 않지만, 앞으로 늘어날 거라는 전망이 있으니 무시하기는 어렵죠.

그리고 사령술을 종교적인 이유로 거부하는 사람들도 있어요. 사령술 자체를 거부하지는 않지만, 영혼을 물건처럼 다룬다고 사령술사들을 혐오하는 사람들도 있고요. 거기다가 사령술사들의 키메라 제조 수준이 다들 제각각이라 완성도가 천차만별인 것도 문제죠. 음, 이건 백마법사도 해당되는 이야기겠군요. 백마법사들도 실력이 천차만별이니까요.

그래서 저희 연구소에서는 그런 단점을 보완할 수 있는 장치를 개발하고 있어요. 사람의 신체 구성 성분과 소생 희망자의 신체 정보를 담아 사망 시 바로 소생할 수 있는 장치를 만들고 있죠.

원리는 간단해요. 사람에게 특수한 사령술 문장을 새겨주죠. 그리고 이 문장은 아까 말한 장치와 연결되는데, 사망 시 영혼이 장치로 전송되는 포털 역할을 해요. 그래서 사람이 사망하면 영혼을 이 장치로 전송하고, 신체 정보를 기반으로 키메라를 만들어 거기에 영혼을 이식하는 거죠. 사령술사가 하는 일을 이제 이 장치가 대신하는 거예요. 사람이 영혼을 가지고 나오는 게 아니라 자동으로 전송하는 방식이니, 아무리 깊은 던전에 들어가더라도 문제는 전혀 없죠.

법적으로도 깨끗해요. 정확하게 따지자면 뭐…… 회색 지대에 있는 거기는 하지만……. 어쨌든 키메라를 만드는 건 사람이 아니라 이 장치잖아요? 사람은 이 장치를 만들었지, 키메라를 만든 게 아니니까요. 게다가 이 장치는 사령술사가 아니에요. 그저 기계일 뿐이죠. 그래서 사람들이 사령술사에게서 느끼는 거부감으로부터 자유로울 수 있고요.

물론 기술적으로 사령술을 썼다는 게 조금 신경 쓰일 수는 있겠지만, 그 정도는 적당한 광고 문구로 포장할 수 있어요. 기술과 관련해 '영혼전송술법', '무인신체 재구성기법'이라고 특허를 내놓아서 공식 명칭은 그게 될 거예요. 그러면 사람들이 이걸 꺼릴 이유는 완전히 없어지는 거죠.

다만 유일한 문제가 장치의 크기거든요. 예…… 조금 커요. 2층 가정집만 하죠. 덕분에 아직은 거점형 서비스밖에 제공 못 해요. 앞으로 기술이 더 발전해서 소형화가 되면 던전 안에도 설치가 가능할 거예요.

그래서 선생님께 저희 연구소에 투자하시기를 제안하는 겁니다. 저희 연구소는 앞으로 던전 탐사와 사망자 소생 시장에서 공격적으로 성장할 거예요. 그러니까 미루지 마시고 저희와 함께하시죠.

아, 맞다. 그러고 보니 이 장치의 이름을 말씀드리지 않았네요. 실례가 될 뻔했네요. 투자하실지도 모르는 물건 이름도 말씀 안 드리고 말이죠. 흠흠! 선생님께 저희 연구소의 신제품을 선보일 수 있어서 참으로 기쁩니다!

소개합니다! '세이브 포인트'입니다!

던전 탐사와 포션

저기, 저는 부상 치료한다고 포션 같은 거 먹기 싫어요. 그냥 의사에게 데리고 가든가 죽게 내버려둬주세요. 미쳤다고 해도 좋은데, 잠깐 제 이야기 들어보시라고요.

상처 치료한다고 포션 드셔보셨어요? 아니, 커터 칼에 베였다고 연고 바른 거 말고 진짜 칼에 복부나 팔이 베여서 그거 치료한다고 포션 드셔보셨냐고요? 아마 안 드셔보셨을 거예요. 아니, 그게 사실 효과는 좋아요. 던전 깊이 내려가게 되면 병원에 갈 수도 없고 치료를 제때 받을 수도 없으니까 치유사를 데려가거나 포션을 꼭 챙겨 가잖아요. 그런데 포션은 정말이지…… 개 같아요.

포션의 원리가 뭐냐면 다른 게 없어요. 그냥 이상이 생긴 신체 부위의 회복 속도를 급속하게 올려주는 거예요. 화학적으로, 그리고 생물학적으로요. 진짜 쉽게 이야기해서 칼에 베인 상처가 빠르게 아물도록 새살이 돋는 속도가 올라가는 거예요.

문제는 뭐냐면, 새살이 돋는데 그 돋는 느낌이 다 느껴져요. 무슨 말인지 모르시겠어요? 칼에 베인 상처가 살이 자라서 다시 아무는 느낌이 다 느껴진다고요! 그게 어떤 느낌인지 아세요?! 마취도 없이 그게 이루어진다고요! 살이 아무는 건 괜찮아요. 그래, 뼈, 뼈요. 던전에 가면 함정이 많아서 뼈가 부러지는 일은 다반사거든요. 심한 경우 팔다리가 잘리기도 하고 그래요. 그런데 포션을 쓰면 그 뼈를 다시 이어 붙이고 잘린 팔이 자라나게 한다고요! 마취도 없이 부러진 뼈가 부러진 반대쪽과 이어지려고 자라나는 느낌, 느껴보신 적 있으세요? 뼈가 다시 붙으려고 할 때 간지럽다고 하잖아요? 그 속도가 수백 배 수천 배 가속된다고 생각해보세요! 그건 고통이에요!

잘린 손가락이나 팔을 다시 자라나게 하는 건 또 어떻고요?! 예? 붙이는 거 아니냐고요? 아니, 완전히 떨어져 나간 신경을 잇는 정밀한 치료 작업은 대학병원이나 치유사 정도밖에는 못 해요. 포션은 그게 불가능하니까 그냥 손가락이나 팔을 자라게 한다고요! 그 느낌이 어떤지 아세요?!

한번은 이런 일이 있었는데, 던전 탐사 중에 함정이 발동해서 허리 한가운데로 철문이 떨어졌단 말이에요! 상반신과 하반신이 완전히 분리되기 직전이라 도리가 없었어요. 성능 좋은 포션으로 이걸 치유해야 했는데, 척추가 완전히 부러져서 신경을 이을 수가 없었다고요. 그게 무슨 말인지 아세요? 아까 말했죠? 포션은 그런 거 못 한다고. 기존의 하반신을 포기하고 새로운 하반신을 만들어야 했다고요. 그런데 보세요. 척추가 부러졌을 뿐이지 하반신은 아직 붙어 있었어요. 무슨 말인지 아시겠어요? 하반신은 아직 붙어 있었다고요! 그런데 포션은 그걸 못 이어 붙여요! 제가 여기서 이걸 더 말해야 해요?

포션은 그래요! 포션은 그렇다고요! 그래서 요즘 TV에 포션사들이 나와서 다이어트에 좋은 포션이라느니, 50대 갱년기에 좋은 포션이라느니, 병원에 가지 않고 백신 맞지 않고 포션으로 면역력을 키우라느니 그런 거 보면 부아가 치밀어 올라요!

그러니까…… 그러니까 난 던전 들어갈 때 포션 안 먹어요. 그때 경험 이후로 안 먹는다고요. 돈을 더 들여서 치유사를 데리고 가지. 그게 없다면 그냥 죽고 말지. 그냥 죽고 말지.

그냥 죽고 말지…….

포션과 트라우마

음, 사실이에요. 많은 사람들이 모르지만 적절한 처방 없이 사용되는 포션은 필연적으로 트라우마를 가져올 수밖에 없어요. 더군다나 포션의 기본 효과는 생체 조직의 회복 속도를 가속화시키는 거라 엄청난 에너지 소모가 뒤따르거든요.

무슨 말인가 하면 잘린 팔이나 신체 부위를 다시 자라게 하거나 붙게 하거나 그렇게 하려면 그걸 구성하는 재료가 필요한 거죠. 우리가 자그마한 병에 걸려도 회복하려면 충분히 먹고 푹 자야 하잖아요? 마찬가지예요. 신체 부위가 다시 자라는 데 얼마나 많은 에너지가 필요하겠어요?

불행하게도, 사람들은 여기까지는 생각을 안 해요. 포션을 사용하면서는 에너지 보충을 충분히 해줘야 하죠. 농축 고칼로리 에너지 바를 함께 먹어야 하는 이유가 거기에 있어요. 포션의 신체 회복 속도를 따라갈 수 있도록 말이죠. 그런데 요즘 사람들은 그걸 안 먹어요. 살찐다고.

안 먹으면 어떻게 되느냐. 당연히 회복을 위해서 신체 다른 부위의 영양소를 끌어오죠. 가장 먼저 지방, 그다음에 근육, 그다음으로 뼈, 마지막은 다른 장기들의 영양소까지 빼온다고요. 회복 범위가 넓고 포션의 성능이 좋을수록 신체 에너지 손실은 당연히 커져요.

그러다 보니까 포션 트라우마는 심리적인 부분 외에도 뇌나 신경조직에 직접 대미지를 받아 오는 경우도 분명 있어요. 실제로 부정확한 방식으로 포션을 사용한 던전 탐험자와 제대로 된 방식으로 포션을 사용한 사람의 뇌 사이즈를 비교 대조해본 결과, 전자의 뇌가 후자보다 1퍼센트가량 수축해 있는 걸 확인할 수 있었어요. 마치 알코올성 치매처럼요. 그러니까 가능하면 포션은 정량을 정확한 용법으로 사용해야 해요.

아, 물론 인터넷에서 말하는 불유쾌한 느낌이 없어지는 건 아니지만요. 신체가 급속도로 자라면서 느끼는 통증이나 그런 건 어쩔 수 없어요. 그게 포션의 기본적인 작동 방식이라. 사실 별수 없잖아요? 뭔가 편하면 그에 상응하는 고통도 따라오는 건 당연하잖아요?

던전 탐사대 (1)

힐러에는 세 종류가 있어. 첫째는 마법사나 마법공학자처럼 마법을 쓰는 애들. 마법 쓰는 애들은 신성한 에너지 나부랭이를 써서 상처 하나 없이 낫게 해주지. 그래서 좀 비싸. 아니, 많이 비싸. 그래서 지금 네가 걔들을 고용 못 한 거고. 다른 하나는 포션 약제사. 포션 약제사는 포션을 잘 다뤄서 부작용을 최소화시키거든. 포션에 부작용 있는 건 알지? 그거 처방해주고 필요한 용량 복용하고 복약 도와주는 애들이야. 마법 나부랭이보다 싸지만 포션을 만드는 데 들어가는 재료가 많아서 부가 비용이 비싸. 너는 그 비용을 감당 못 해서 걔들도 고용 못 했고.

마지막이 나 같은 놈들인데, 외과 전문의지. 솔직히 마법 나부랭이들하고 포션 찌끄래기들보다도 힐링 능력은 형편없다고. 내 입으로 말하기 부끄러운데 내가 수술을 아무리 잘해도 수술 자국은 물론, 심하면 장애가 남겠지. 어쩌겠어? 난 외과 전문의라고. 마법 나부랭이가 아니라.

그러니까 그런 게 싫었으면 애초에 힐러 고용할 때 돈 좀 더 썼어야지. 하긴 내 수당도 깎는 거 보니까 네 주머니 사정은 안 봐도 너무 투명하긴 하더라. 그래도 고용됐으니 밥값은 하겠다고 약속했으니까 어쨌든 할 일을 해야겠지.

의사 나부랭이가 마법, 포션 나부랭이보다 나은 게 뭔지 알아? 현실 판단. 어떤 게 되는 일인지 안 될 일인지 판단이 잘 되거든. 내 기술적 한계를 아니까. 그래서 현실적인 결정은 아주 칼이야, 칼.

왜 이런 말을 하냐면…… 아아, 아니야. 눈 감지 말고 여기 봐, 여기 봐. 옳지. 손가락 따라와. 초점 잃지 말고. 흠, 현실적으로 네 상황을 이야기하자면, 함정 쇠뇌가 오른쪽 폐를 관통해서 호흡이 어렵고 출혈이 심해서 오래 못 갈 거야. 아, 젠장. 쇠뇌가 폐를 관통해서 그대로 벽에 박히는 바람에 빼지도 못해. 이 상태로 널 살릴 방법이 안 보인다.

그래서 내가 내릴 수 있는 처방은 네가 죽으면 일단 목을 자른 뒤 빨리 던전 밖으로 나가서 너를 소생시키는 건데, 어때? 그렇게 할래? 한다고? 알았어. 야, 얘 머리 여기서 여기 보이지? 응 그래, 그 목 거기. 도끼로 찍어. 어어, 동의받았어. 의식 잃어서 고개 떨군 거 아니냐고? 뭔 소리야, 지금도 고개 끄덕이잖아? 그러니까 어서 찍어서 잘라. 그렇게 보지 마. 난 외과 전문의지, 암살자나 참수 전문가는 아니라고. 그건 여기 네가 고용한 드워프가 더 잘할 거야. 그러니까 돈 좀 더 써서 좋은 힐러 구하지 그랬어.

던전 탐사대 (2)

"아 젠장, 이거 어떡하지?"

힐러(외과의사)가 한숨을 푹 쉬며 말했다. 누가 봐도 골치 아픈 상황인 건 확실해 보였다. 벽면에 등을 대고 앉아 있는 사내는 오른쪽 가슴에 쇠뇌가 박혀 있었고, 목 위로는 반쯤 잘린 얼굴이 장난감 물총처럼 피를 뿜고 있었다. 동료가 어설프게 힘을 써서 휘두른 도끼는 정확하게, 정말 놀랍도록 정확하게 사내의 인중과 콧구멍 사이를 잘라버렸다. 덕분에 사내는 힐러(외과의사)가 의도한 것과 달리 목 윗부분인 머리만 온전히 잘린 게 아니라 머리 중간이 잘린, 말 그대로 '열린 뚝배기' 상태가 되어버렸다.

힐러(외과의사)는 '열린 뚝배기'에서 고개를 돌려 도끼를 휘두른 동료를 쏘아봤다. 그 눈빛에 동료는 고개를 돌려 힐러(외과의사)의 시선을 피하며 볼멘소리를 냈다.

"몰라, 내가 키가 작아서 팔이 안 닿는 걸 어떡하라고?"

그는 그 나름대로 억울했다. 분명 자신 없다고 몇 번씩 힐러(외과의사)에게 말했다. 하지만 힐러(외과의사)는 그런 그의 말을 귓등으로도 듣지 않고, 그에게 도끼질을 요구했다. 그 결과가 이거였다, '열린 뚝배기'.

이유야 어찌 되었든 그는 자기가 만든 결과가 '좋지 않은 상태'임을 알고 있었다. 그래서 최대한 애써서 상대방이 짜증 나지 않게 '수동적으로' 자신의 억울함을 표현했다. 하지만 그 '수동적인' 표현이 되레 힐러(외과의사)를 자극했다. 그에게 그런 표현은 자신의 실수를 회피하려는 모습으로 보였다.

"그건 핑계가 안 되지. 키가 작으면 오히려 목 아래를 쳤어야 하는데, 넌 지금 인중 위로 도끼를 박아서 애 머리를 열린 뚝배기로 만들었잖아. 이거 어떡할 거야?"

결국 힐러(외과의사)는 참지 못하고 자신의 눈을 피해 고개를 돌린 동료를 향해 짜증 섞인 목소리로 쏘아붙였다. 그 말에 결국 힐러(외과의사)의 동료도 뚜껑이 열려버렸다.

"모른다고! 그러니까 누가 '드워프 회계사'를 고용하래?!"

동료는 고개를 돌려 힐러(외과의사)에게 소리쳤다. 굵고 묵직한 목소리에는 불만이 가득 차 있었다. 그는 주먹을 꾹 쥐고 힐러(외과의사)를 노려봤다. 만약 그가 자신에게 어떤 말이든 한마디 더 던지려 한다면, 그의 턱을 박살 내줄 생각이었다.

하지만 그에게 돌아온 건 턱이 빠진 듯 입을 벌리고 자신을 바라보는 힐러(외과의사)의 멍한 표정뿐이었다. 그는 그 표정을 보고 주먹을 날릴지 말지 잠시 고민했다. 사실 힐러(외과의사)의 표정으로 보건대 그 역시도 당황하고 있었다.

"뭐, 뭐야? 그 표정은?"

그가 힐러(외과의사)에게 물었지만, 그는 한동안 정말 턱이 빠진 듯이 입을 벌리고 그를 바라보기만 했다. 그렇게 둘 사이에 잠시 정적이 흘렀다. 그리고 잠시 후.

"뭐? 지금 무슨 소리를 하는 거야?"

힐러(외과의사)가 그의 동료에게 물었다. 정적을 깨고 날아온 얼핏 맥락 없어 보이는 질문에 그는 힐러(외과의사)에게 되물었다.

"뭐? 뭐? 무슨 소리야? '지금 무슨 소리를 하는 거냐'니? 그게 무슨 소리야?"

"'드워프 회계사'라니 그게 무슨 말이야? 너 '드워프 바바리안 barbarian' 아니었어?"

힐러(외과의사)의 반문에 그는 잠시 할 말을 잃었다. 정말 예상 못 한 대답이었다. 사람이 너무나도 어이가 없으면 잠시 굳는다고 하는데, 지금이 딱 그런 상황인 듯했다. 하지만 그것도 아주 잠시, 그는 그 말이 자신을 향한 굉장한 조롱처럼 느껴졌다. 그럴 수밖에. 그는 '드워프'이기는 했지만 '야만인', 즉 '바바리안'은 결코 아니었다. 대학에서 회계학을 전공했고, 대학원에 진학해 석사 학위를 취득하고 회계사 자격도 얻은 '드워프 회계사'였다.

"뭐 인마? 내가 어딜 봐서 '바바리안'이야? 졸업장 까봐? 어? 내가 너보다 가방끈이 훨씬 길고 탐스러울 거다. 너, 석사 학위는 있냐?"

그는 힐러(외과의사)를 노려보며 대꾸했다. 주먹은 이미 불끈 쥐어져 언제든지 그의 턱을 박살 낼 준비가 되어 있었다. 여기에 한마디만 더 대꾸하면 이번에는 정말 그래버릴 생각이었다.

그렇게 둘 사이에 다시 정적이 흘렀다. 힐러(외과의사)는 자기보다 한참 아래 있는 드워프(회계사)를 노려보고, 드워프(회계사)는 고개를 올려 들어 자기 머리 1개 반 정도 위에 있는 힐러(외과의사)의 얼굴을 노려보았다.

"하, 염병할……. 뭐 되는 일이 없냐."

하지만 결국 힐러(외과의사)가 먼저 항복 선언을 했다. 싸워봤자 해결될 일도 아니었다. 드워프가 바바리안이 아니라 회계사였다는 걸 힐러(외과의사)는 정말 몰랐으니까. 애초에 이번 탐사대의 대장은 저기 '벽에 기대어 앉아 열린 뚝배기에서 피로 분수를 뿜어대고 있는 놈'이었다. 드워프(회계사)도 저놈이 고용했고, 힐러(외과의사)도 저놈이 고용했다. 힐러(외과의사)는 그 열린 뚝배기를 바라보면서 자기를 고용하던 그의 모습을 떠올렸다. 허름한 술집에서 500밀리 맥주를 몇 시간에 걸쳐 나눠 마시던 그는, 연신 힐러(외과의사)의 수당을 깎으려 했다.

'돈이 없었겠지……. 그래서 이런저런 것을 따져보지도 못하고, 일단 드워프라니까 고용했을 거고.'

그렇게 생각하니 이 멍청한 상황이 어느 정도 설명 가능해졌다.

그러고 나니 긴장이 풀려 가슴 깊숙한 곳에서 한숨이 푹 올라왔다. 묵직한 무언가를 토하듯 한숨을 뱉어내자 힐러(외과의사)는 담배가 당겼다.

"동감이다. 담배 있냐? 일단 한 대 피우고 생각하자."

그리고 그건 드워프(회계사)도 마찬가지였던 것 같다.

그래, 담배나 피우고 생각해보자. 힐러(외과의사)는 주머니에 손을 찔러 넣어 담뱃갑을 꺼냈다. 그런데, 아…….

"돛대야……."

잠시 담뱃갑을 바라보던 힐러(외과의사)가 힘 빠지는 목소리로 말했다. 이런, 돛대라니. 그 말에 드워프(회계사)는 삔또가 상했는지, "허, 끝까지 되는 일이 없네 진짜"라고 말하고는, 목 안의 가래를 긁어모아 한쪽으로 뱉어냈다. 그 모습을 본 힐러(외과의사)는 마지막 남은 담배를 입에 물고 불을 붙이며 말했다.

"그러게 말이다. 동감이다……."

던전 탐사대 (3)

그리고 얼마 뒤, 던전 입구 근처 어딘가에서

[위이이이이이이이이잉!]

[푸우우우우우웅!]

"어으아으아!"

[소생 완료. 이용해주셔서 감사합니다.]

"와, 이걸 살리네. 몸뚱이 무거워서 머리 뚜껑만 들고 왔는데도."

"그러게……. 비싼 값을 한다. 이게 돌팔이 의사 놈이라 그렇지, 보는 눈은 있다니까? 그래서 얼마 줬어?"

"안 줬어. 그럴 돈이 어디 있어?"

"뭐? 돈을 왜 안 줘? 이 정도로 개쩌는 소생 기술인데? 미친놈이 아니고서야? 아니지, 넌 원래 미친놈이지!"

"아 글쎄, 돈 안 주고 오히려 받았다니까. 이거 생동성 실험이야."

“와……. 진짜 설마 설마 했지만, 이 미친놈…….”

“왜? 우리 수당은 챙겨야지. 빈손으로 갈래? 회계사나 되어가지고 정산 안 할 거야?”

“큼큼, 그건 아니지. 그나저나 개쩐다. 근데, 여기 뭐 하는 곳이야? 어떻게 알고 온 거야?”

“던전 입구 게시판에 광고 붙어 있더라. 이거 보고 왔어.”

“이게 뭔데? 뭐야 이거……. ‘세이브…… 포인트……?’”

던전 사건 전담 변호사 (1)

우선, 제가 관련 사건을 맡고 있는 변호사라 이해관계가 상충하기는 하겠습니다만, 그런 이해관계를 떠나서, 그냥 상식을 가진 사람으로서, 그리고 공공의 안녕을 위해 상호 공조를 해야 할 의무를 지고 있는 제국 신민으로서 선생님께 충고를 드리자면, '저라면 이런 엉터리 서비스는 안 쓰겠다'는 겁니다. 절대로요.

이유가 뭘까요? 저는 아무래도 변호사다 보니 사령술이다 뭐다 마법공학적인 부분은 건너뛰겠습니다. 괜히 입 열었다가 해당 업계 사람들 뒷목 잡을 말은 하면 안 되니까요. 대신 법적인 부분에서 충고를 드리면 이렇습니다.

우선 '법의 회색 지대'라는 말은 '앞으로도 안전하다'는 뜻이 아닙니다. 말 그대로 법의 허점을 파고들어 법이 정의하지 않는 영역에서 똬리를 틀고 장사하는 행위라고 할 수 있는데, 이것이 '미래의 법적 분쟁'을 예방하거나 그러지는 않습니다. 오히려 회색 지대에서 벌어지는 행위가 늘어나고 그로 인해 분쟁이 늘어난다면 법은 당연히 공공의 안녕을 위해 그곳으로 걸어 들어가겠죠. 한 손에는 칼을, 한 손에는 저울을 들고 말이죠.

그러니까 사령술을 써놓고, '특허를 낸 이름이 다르니 이건 사령술이 아니다'라든가 그런 말은 그냥 말장난이라고 단호하게 말씀드릴 수 있습니다

제 딸도 던전 탐사대로 활동하는데, 이 서비스에 관해 묻더군요. 당연히 쓰지 말라고 했죠. 물론 그 아이에게도 아까 말씀드린 대로 법적인 부분을 설명했습니다만, 쉽게 이해하지 못하더군요. 그래서 제가 맡고 있는 관련 사건을 예시로 들어 설명해줬습니다.

사건 개요는 이렇습니다. 제 의뢰인이 이 '세이브 포인트'라는 서비스를 신청한 다음 깊은 던전으로 들어갔습니다. 그리고 사망했죠. 서비스 약관에 따라 바로 장치가 작동했고, 지상에서 완성된 키메라에 의뢰인의 혼이 들어갔죠. 문제는 그다음에 발생합니다. 던전 안에서 같은 층을 지나던 다른 탐사대가 제 의뢰인의 시신을 발견하고는 그대로 소생 마법을 사용했습니다. 시신은 혼이 없는 상태로 소생되었고, 그런 이유로 육신에 본래의 영혼과 전혀 다른 의지, 인격이 형성된 채 살아났습니다.

그리고 그 사건 이후 얼마 안 가 제 의뢰인의 부친이 사망합니다. 어마어마한 유산을 남기고 말이죠. 법정 상속인은 의뢰인입니다. 그런데 여기서 문제가 발생합니다. 똑같이 생긴 사람이 둘이나 나타난 거죠. 한 사람은 의뢰인의 영혼이 들어간 키메라의 몸을 가진

채, 다른 사람은 전혀 다른 인격으로 의뢰인의 몸을 가진 채 말이죠. 두 사람은 유산을 두고 다투게 됩니다. 서로 자기가 영혼을 가졌으니, 자기가 원래의 몸을 가졌으니, 상속권이 있다고 주장했죠.

이렇게 되면 누구한테 상속권이 있을까요? 제국 인권법과 교회법에서 인간에 대한 정의는 '동일한 혼과 육신의 결합체'라고 정의하고 있으므로, 이 둘은 사실상 이 정의에 부합하지 않습니다. 그리고 사실 솔직하게 말해서, 변호사인 저조차 제 의뢰인을 법적으로 의뢰'인'으로 봐야 할지 잘 모르겠습니다.

어쨌든, 이 재판으로 인해 제국 전체가 이 '세이브 포인트'라는 서비스에 관해 관심을 가지기 시작했습니다. 제 의뢰인이 재판에서 이기든 지든 세이브 포인트에 대한 스포트라이트는 꺼지지 않을 거고요.

그리고 제가 아까 뭐라고 했죠? 회색 지대에서 문제가 계속 발생하면 법이 어떻게 한다고요? 예, 법이 회색 지대로 걸어 들어갈 겁니다. 한 손에는 칼을, 한 손에는 저울을 들고 말이죠.

던전 사건 전담 변호사 (2)

제 의뢰인이 재판에 임하면서 가장 많이 들어야 했던 공격이 '영혼이 없는 고깃덩어리를 인간이라고 할 수 없다'였거든요? 세간에 들리는, 그리고 저쪽 변호인이 말하는 것과 같이 육신에 영혼이 없는 상태로 소생되어 다른 인격이 생긴 건 맞습니다만, 저는 그 '다른 인격'이 '영혼이 아니라는 점'을 증명할 수 없다는 것을 먼저 지적하고 싶습니다.

애초에 영혼이란 게 뭘까요? 종교적인 부분 말고 마법공학적인 부분으로 해석을 하더라도 영혼은 미스터리의 영역에 있습니다. '개인의 인격과 자아를 구성하는 보이지 않는 정신체'라는 게 마법공학계의 지배적인 학설이기는 하지만, 실제로는 그게 뭔지 모르죠. 심지어 언제 어떻게 영혼이 몸에 생기는지조차 알 수 없습니다.

영혼은 도대체 언제 생길까요? 정자와 난자가 수정할 때? 아니면 태어날 때? 그도 아니면 뭐, 천상에서 처음부터 내려온다? 모르죠. 증명된 바가 없습니다. 사실 마법공학이란 게 죄다 이렇습니다. 우리가 '어떻게 해서, 그렇게 되니까 쓰고는 있지만, 구체적인 원리는 모르는' 그런 게 많습니다. 때문에, 영혼이라는 개념도 우리가 편의상 정의하여 부르고 있는 거지, 그 실체가 뭔지 모릅니다. 실체가 뭔지는 모르지만 아무튼 무언가 존재하고 기능을 하니까 여기저기서 써먹는 겁니다.

제 말이 미덥지 않으시면 밖에 나가서 백마법사 한 명, 사령술사 한 명, 이렇게 불러서 '영혼이 도대체 뭐죠?'라고 물어보세요. 서로 박 터지게 싸울 겁니다. 그렇게 박 터지게 싸우면 저한테 데리고 오세요. 그 사건은 제가 수임하겠습니다.

아무튼, 여기서부터가 핵심인데 영혼이란 게 어떤 '생명의 핵심 구성 요소'라 가정한다면, 제 의뢰인은 존재할 수가 없겠죠. 소생시켰을 때 영혼이 몸에 없었으니 말 그대로 아무 기능도 못하는 고기 껍데기였을 겁니다. 하지만 소생되자마자 걷고 말하고 먹고 잤죠. 자기 의사도 확실했습니다.

도대체 어떻게 이런 일이 가능한 걸까요? 한 50년 전 학계에 논쟁을 불러온 논문이 하나 있었는데, 영혼에 관한 연구였죠. 요는 이렇습니다.

"영혼이란 생물이 살아가면서 신체에 쌓이는 기억의 집합체-에너지/정신체로서, 별도로 존재하지 않고 신체가 성장하며 누적, 성장한다."

쉽게 말해서 영혼이라는 건 육체가 성장하면서 신체에 누적되는 기억이 모여 만들어진 일종의 에너지라는 겁니다. 이 이론대로라면 제 의뢰인은 사망 후 이 에너지가 몸 밖으로 빠져나가 텅 빈 상태였습니다. 살아오면서 누적된 기억의 에너지체가 사라진 거죠. 의도적으로 빠져나간 겁니다. 예, 세이브 포인트로요.

그런데 보세요. 소생이 되었습니다. 그럼 이 기억 에너지체가 없으니 자기 자신을 기억하지 못하는 지금의 상태가 된 겁니다. 다행히도 신체는 성장하면서 누적해온 기억들을 몸으로 간직하고 있었기 때문에 에너지체가 빠져나갔음에도 말하고 먹고 걷고 의사를 표현할 수 있었던 거죠.

아무튼, 저와 제 의뢰인의 요지는 이렇습니다.

첫째, 영혼이란 개념은 밝혀진바 없는 현상에 대한 암묵적 합의다.

둘째, 영혼 없이도 육신에 누적된 기억으로서 인간의 구성이 가능하다.

셋째, 영혼이 기억의 누적이라면 시간이 지날수록 육신에 쌓인 기억이 되살아나 의뢰인 자신이 될 것이다.

그러므로 저는 제 의뢰인이 100퍼센트 완전한 인간이고 의뢰인 본인이라고 생각합니다. 그리고 시간이 지나면 온전하게 기억이 돌아올 거라고 생각하고요. 그래서 저는 이 재판에서 저와 제 의뢰인이 이길 거라고 한 줌 의심도 하지 않습니다.

세이브 포인트요? 그 망할 놈들은 절대 쓰지 말아야죠. 이 재판이 끝나면 그놈들에 대한 민사소송도 진행할 겁니다. 그때 가서 저쪽 변호인이 참여하겠다고 하면 마다하지는 않을 거고요.

던전 사건 전담 변호사 변론 기록

존경하는 재판장님. 제 의뢰인이 던전에서 버리고 온 육신을 소생시킨 던전 탐사대가 남긴 보디캠 기록을 증거자료로 제출합니다. 이 영상을 보시면, 과연 저 소생된 육체가 자신의 과거를 온전히 기억하는지 여부를 객관적으로 판단할 수 있으실 겁니다.

"이거 손상도가 심한데 살릴 수 있겠어?"

"음, 모르겠어. 영혼이 몸에서 나간 거 같은데……."

"진짜 어떤 망할……. 어떻게 함정에 걸린 사람의 머리를 이렇게 쳐버릴 수가."

"코볼트 아니면 오크orc겠지. 아무튼 시도는 한번 해볼게."

휘이이이이이잉! 쑈로롱!

"왜 소생 마법 시전할 땐 항상 이런 소리가 나는 거야? 우리 애가 일요일 아침 8시면 일어나서 TV 앞에 앉는데 그때 나오는 만화영화에서 저런 소리가 난다고."

"……."

"아, 미안. 마법이 유치하다는 그런 게 아니라……. 음…… 그 뭐냐 저 사람 깨어난다."

"어으아으아!"

"옴마야! 깜짝이야! 정신이 좀 들어요?"

"어…… 으…… 여기…… 누구…… 나…… 어디……."

"아 이런, 기억이 온전치가 않나 봐."

"도리 없잖아. 머리가 인중 위로 날아가서 열린 뚝배기였다고."

"여튼 정신 좀 차려봐요. 이름이 뭐예요?"

"어…… 으…… 멀…… 라…… 여……."

"하, 대책 없네. 우리 지금 일단 던전 밖으로 나갈 거예요. 일단 같이 나가게 일어설 수 있겠어요?"

"아으ㅓㅓㅓ…… 거맙흡……믿ㅏ……."

"인사는 일단 나가서 하고 일단 이 빌어먹을 던전부터 나가죠. 언제 오크 놈들이 올지 모르니. 댁 머리를 날려버린……."

"내…… 머이ㄱㅏ…… 나아…… 가써ㅕ?"

"예, 그러니까 여긴 위험하니까 일단 나갈게요."

"ㅇㅖ…….ㅇㅔ……."

던전 구조

궁금하신 분들이 있을 거라고 생각해요. '왜 던전은 하나같이 비슷한 구조를 공유하고 있을까요?' 1층에는 뭐가 있고, 2층에는 뭐가 있고, 3층에는 뭐가 있고 이런 식으로 말이죠. 그건 지금 발견되고 있는 던전들이 대부분 '루넥스 왕조시대'의 유산이라 그래요. 그러면 또 이제 궁금하신 분이 있을 거예요. "루넥스 왕조시대에 무슨 일이 있었기에 던전들이 다 비슷비슷한 모양인가요?" 결론부터 말씀드리면 루넥스 왕조 시절에 '인외 지성체의 공중복지증진을 위한 법령'이 제정되었기 때문이죠.

결론부터 말씀드렸다지만, 물론 전혀 도움이 안 되는 대답일 거예요. 오히려 머리에 물음표만 가득 차오르시겠죠. 괜찮아요. 지극히 정상적인 반응이고, 사실 저도 그런 반응을 노렸어요. 그렇게 이해가 안 간다는 듯 미간에 힘을 주고 눈썹이 올라가는 표정들이 저는 재미있거든요. 너무 불쾌하게 생각하지는 마시고요. 악의는 전혀 없어요, 후훗.

아무튼 설명해드리자면 이래요. 지금과 마찬가지로 루넥스 왕조 시절에도 인외 지성체들의 빈곤율은 아주 높았어요. 그러다 보니까 생존에 위협을 느낀 인외 지성체들이 종종 인간의 마을을 습격하거나 약탈하곤 했죠. 이를테면 추수철에 오크들이 인간 마을로 내려와서 농작물을 약탈해 간다거나, 코볼트가 숲길에 숨어 있다 인간 상단을 노략질한다거나 그런 일들이요. 그리고 이런 일들이 빈번해지자 루넥스 왕조는 '인외 지성체들의 생존 가능한 최소한의 생활을 보장'해줄 필요성을 느끼게 되었죠.

그래서 만들어진 게 앞서 말씀드린 '인외 지성체의 공중복지증진을 위한 법령'인데, 인외 지성체가 많은 지역에 거점 시설을 설치해서, 그들에게 공중 보건과 복지 지원이 이루어지도록 하는 게 목적이었죠.

루넥스 왕조는 법령에 따라 인외 지성체 지원을 위한 시설들을 왕국 곳곳에 설치했는데, 그게 바로 던전이에요. 던전이 공통 구조를 공유하고 있는 건 법령에 따라 구조가 의무화되었기 때문이죠. 다양한 인외 지성체가 모두 사용해야 했기 때문에, 1층은 코볼트, 2층은 오크, 3층은 오거ogre 이런 식으로 층계별로 구조를 짜서 던전을 건축하도록 법 조항에 명시해두었어요. 물론 지역마다 인외 지성체의 분포나 성향이 달랐기 때문에 완전히 똑같은 구조는 아니었고 규모도 조금씩 달랐지만요.

그런데 이제 제가 이렇게 말씀드리면 아마 그렇게 생각하실 거예요, '이건 마치 공공복지관을 이야기하는 것 같잖아?'라고요. 정답이에요. 지금이야 '던전'은 '지하 감옥'이나 '고대 유적'의 의미로 쓰이고 있지만, 루넥스 왕조시대의 던전은 '공공복지시설'을 의미하는 단어였어요. 처음에는 인간이 이용하는 공공복지시설에 의미가 한정되어 있었지만, 인외 지성체 관련 법률이 만들어지고 나서는 인외 지성체의 공공복지시설까지 의미가 확대되었죠. 단어는 시대에 따라 의미가 변하니까요.

이제 좀 이해가 되셨나요? 음, 표정을 보니까 아마 그런 생각을 하시는 거 같은데, 제가 맞춰볼까요? '뭐야 그럼? 우린 지금 가난뱅이 인외 지성체들을 위해 만들어진 복지시설을 탐사하고 공략하고 털고 있는 거야?' 이거 맞죠? 그렇죠? 예, 맞아요! 우리는 가난뱅이들을 위해 세워진 옛 왕조시대의 복지관을 털고 있는 거예요. 정말 우리 참 나쁜 놈들이죠? 후훗!

물론 그렇다고는 하지만, 사실 루넥스 왕조의 인외 지성체 공공복지 정책은 복지 측면보다는 통치 목적이 강했다는 것도 말씀드리고 싶어요. 루넥스 시대의 인외 지성체의 던전 이용은 강제성을 띠고 있었죠. 간단히 말씀드려서 던전 밖에서는 복지 지원을 받을 수 없게 함으로써 인외 지성체들의 활동 범위를 던전과 그 주변으로만 좁혀서 효과적이고 효율적으로 통치하려는 목적이 있었어요.

그리고 던전이 공공복지시설이었다고는 하지만, 루넥스 왕조 시절 사람들에게 공공복지시설이란 차별과 혐오의 대상이었어요.

가난뱅이들이 모여 사는 그런 공간으로 받아들여졌죠. 그 시절 던전이 설치된 위치를 살펴보면 더 잘 아실 수 있을 거예요. 가능하면 인간 거주지역과 동떨어진 곳에 설치되어 있거든요. 행정구역 안에 들어오기는 하지만, 가능한 중심부에서 떨어진 외곽 지역에 자리하고 있고요. 그리고 그 주변에는 하수처리장이나 쓰레기장 같은 시설들이 있죠. 물론 진짜 감옥도 있고요. 그런 부분까지 이해하면 왜 지금 우리가 던전의 의미를 과거와 다르게 지하 감옥으로 받아들이는지 조금 이해가 될지도 몰라요. 그건 사회적 감옥이었거든요.

물론 그걸 이해했다고 해서, 던전을 털고 있는 우리가 진짜 나쁜 놈이 아니게 되는 건 아니지만요. 그러니까 죄책감을 느끼고 싶으면 느끼셔도 괜찮아요.

아! 거기 지나가는 코볼트 놓치지 마시고요! 뭐 하세요? 멍하니 있지 말고 쏴서 죽이시라고요!

던전 털기

"아니, 그런데, 봐봐."

"뭘?"

"던전에 굉장히 고가의 물품들이 굴러다닌단 말이지? 꼭 중심부로 들어가지 않더라도? 근데 던전이 공공복지시설이었다면서? 그런데도 이렇게 값비싼 게 많은 걸 보면, 이놈들 사실 무임승차하는 그런 놈들 아니야? 인간들 세금에?"

"아니, 그 일단……."

"일단?"

"루넥스 왕조가 5000년 전 왕조임을 생각해보면, 던전 안의 물건들은 모두 '골동품'이거든? 심지어는 구걸할 때 쓰던 밥그릇도 골동품이 되어서 값비싸게 거래된다고. 그러니까 네 말은 의미가 없어."

"아……."

"그리고 네 말은 막말로, '가난한 놈들은 매 순간 가난을 증명해야 한다'는 말로 들리거든."

"아냐, 그런 의미로 한 말이 아니라……."

"네가 던전 공략하면서 가난뱅이들이 살아온 역사적 공간을 터는 것에 죄책감을 느껴서 그렇게 합리화하려는 걸 이해 못 하는 건 아니야. 그런데 그렇게 이야기한다고 해서 우리가 하는 짓이 합리화되는 건 아니니까."

"아…… 알았어."

"그래도 네 마음은 알았으니까. 저기 코볼트 도망간다! 죽여!"

"어떻게 그렇게 일장 연설을 하고는 아무렇지 않게 코볼트 도망간다 죽이라고 말하니."

"말했잖아. 우리가 하는 짓이 합리화되는 건 아니라고. 우리가 가난뱅이 집 털고 있는 게 달라지지는 않아."

"너 진짜 나쁜 놈이구나."

"이제 알았어? 알았으면 이제 딴짓하지 말고 열심히 털기나 해. 아까처럼 코볼트 놓치지 말고. 빈손으로 나갈 거야?"

던리단길

"모험가들이 그렇게 막무가내로 들어와서 누구 죽이고 입은 거 뺏어가는 시절은 지났지. 우리 증조할아버지가 어렸을 때까지만 해도 낮이 되면 모험가 놈들이 던전에 내려온다고 집집마다 문 닫고 애들은 못 나가게 했다고 하더이다. 그러다가 인간 귀족들이 모여서는 뭔 법을 만들고, 지속적인 빈곤 상태에 빠져 있는 던전 주민들의 복지 개선을 위해 이것저것 했는데, 그중 하나가 지금 보고 있는 '던전 재생 사업'인가 뭔가 그렇다고 합디다.

낡은 던전 보수하고, 새로 도로도 내고, 상점도 내서 취업 못 한 청년들 일자리도 만들고 해서, 던전에 사는 주민들의 복지를 올린다는 건데, 솔직히 나는 모르겠수다. 그거 한다고 여기저기 헐고 부수고, 동네 길을 갈아엎고, 어울리지도 않는 몇 층짜리 건물을 던전 천장에 닿을 정도로 올리더니, 그 뒤에는 지상에서 삐까번쩍하게 차려입은 늙은 인간들이 와서는 가게를 차리더라 이거요. 가게 이름에는 하나같이 '청년'이 붙고.

그 뒤로 신문에서는 사람 많이 와서 던전 상권이 살았네, 주민들의 생활이 나아졌네, 어쩌네 저쩌네 하던데. 도대체 어떤 주민한테 그런 이야기를 들었는지 난 궁금해 죽겠소. 이 동네 주민들은 이제 이 동네에 없는데 말이오. 지상에 살던 상인 놈들이 다발로 돈을 들고 와서 집을 팔라고 하고, 여기저기 집값을 올려버려서 처음에는 안 팔겠다던 주민들도 이제는 거의 다 팔고 나가버렸소. 다 팔고 나가니 기다렸다는 듯이 다 헐어버리고 몇 층짜리 건물을 올렸지.

나 어려서 놀던 시절 던전의 모습은 이제 하나 남지 않았소. 집 앞 벽돌 길도, 던전 중앙 나무와 말라버린 분수대 주변의 조그마한 공터도, 아래층으로 내려가는 길 주변에 피어 있던 야생 풀밭도 하나 남지 않았소. 빌어먹을. 이웃들도 이제 없고, 이제 찾아오는 사람이라고는 길을 잃고 잘못 들어온 관광객 아니면, 부동산 업자밖에 없단 말이오."

똑! 똑!

"어, 오크 있다. 여긴가 봐. 실례합니다~ 지금 영업해요?"

"(저 보소. 또 하나 왔구만.) 길 잘못 드셨습니다. 여긴 가정집입니다."

"아, 죄송합니다. 혹시 '오크 청년의 던리단길 커피 팩토리'가 어디 있는지 아세요?"

"오크 얼굴 붙은 카페 말하는 거죠? 나가서 오른쪽 골목길로 쭉 가면 됩니다."

"감사합니다!"

"후, 갔죠? 거기 가봤자 오크는 없을 거요. 간판만 오크지. 지상에서 온 중년 인간 남자가 차린 카페일 거요. 참나 그런 데는 지상에도 많은데 왜 이렇게 남의 삶의 터전까지 오려는 건지……. 게다가 '던리단길'은 또 뭐요? 그게 뭔 뜻인지 혹시 선생은 아시오? 난 몇 번을 들어도 이해가 안 된다 이 말이오. '루넥스 왕조 제12던전 지하 5층', 난 이 이름으로 시작하는 주소에서 평생을 살았는데, 지금 오는 사람들은 죄다 '던리단길'이라고 하고 있다 이 말이오.

젠장, 내가 요즘 느끼는 게 뭔지 아쇼? 칼 들고 쳐들어와서 죽이고 뺏는 것만이 그네들이 말하는 '모험'은 아니구나, 이거요. 칼이나 마법이 아니라 부동산 계약서나 종이돈이나 카메라도 '무기'가 되고, 죽이고 집을 불태우는 게 아니라 남의 집에 우르르 몰려와 셔터를 누르고 부동산 계약서를 들이미는 것도 그네들이 말하는 '모험'이 된다 이 말이오. 나에게는 지금 저렇게 매일매일 던전에 내려오는 저 사람들이 '모험가'들이오.

젠장, 내가 말이 너무 많았군. 이해하쇼. 나도 다음 주에 집 팔아버리고 이사할 거라 감정이 조금 복잡해졌소. 어디로 가냐니? 그게 뭔 의미가 있겠소. 어딜 가도 내 집이 아닐 텐데……."

던전 별미

"헉, 헉, 이제 안 쫓아오지?"

"허억, 허억, 쿨럭! 예, 그런 거 같아요."

"그거참, 상자 좀 건드렸다고 던전 한 층의 오크가 전부 쫓아올 일인가?"

"상자를 열어보기 전에 물어봤어야 하지 않았을까요? 자물쇠도 걸려 있었는데."

"그게 임자 있는 건 줄 어떻게 알았겠어, 던전인데. 그리고 미믹mimic일 수도 있었잖아? 그런 곳에 상자를 둔 오크들이 잘못한 거야."

"아, 예……. 근데 그것보다, 우리 꽤 깊게 들어온 거 같죠? 식량 주머니를 오다가 떨궜는데, 어쩌죠?"

"후후, 걱정 마셔! 이 정도 깊이의 던전이라면 그게 있을 텐데, 보자……. 아, 어디 있나? 아! 여기 있다! 짜잔!"

"그건……."

"넌 처음 보지? 하긴 이세계에서 왔으니 처음 보는 게 당연하지! 이 녀석은 '양철조개'라고 하는 몬스터야! 고대인의 던전에 자생하는 소형 몬스터지!"

"아……."

"놀란 표정이네? 표정이 그런 거 같은데? '설마 그걸 먹겠다는 거예요?' 맞아! 정답이야! 생긴 건 이렇게 무식하게 양철통처럼 생겼지만, 자 이렇게! 이렇게! 흡! 위 뚜껑을 칼로 따면! 짜잔! 안의 살을 먹을 수 있지!"

"아니 그거……."

"게다가 진짜 끝내주는 게 뭔 줄 알아? 이 양철조개는 바로 생으로 먹을 수 있어! 불에 구워 먹어도 좋지만, 이 정도 깊이의 던전에서 불 피우기는 그러니까, 일단 한입……. 음! 음! 이건 그거네! 그거!"

"저기, 그러니까……."

"내가 왜 감탄하는지 알아? 양철조개는 생긴 건 비슷해도 맛이 모두 다르거든! 어떤 건 생선 맛이 나고 어떤 건 고기 맛이 나기도 해! 그래서 던전 탐사대에게는 제법 즐거운 특식이라고! 마치 즐거운 게임 시간 같지! 뚜껑을 까고 속살을 맛보기 전까지는 모두 어떤 맛인지 알 수가 없으니까! 그래도 조심해야 해! 개중에 독을 품은 녀석들도 있거든. 봐봐, 여기 이 녀석 잔뜩 화난 것처럼 부풀어 있지? 시퍼래가지고? 이 녀석은 독을 품은 거야. 먹는다고 죽는 건 아니지만, 제법 심하게 배탈이 나지. 이런 던전에서 배탈은 곧 죽음으로 이어진다고!"

"아뇨, 그게……."

"그래서, 던전 몬스터를 연구하는 학자들이 이 양철조개를 양식해보려고 했거든? 크기도 작고 맛도 좋고 생으로 바로 먹을 수 있으니까 장거리 여행 식량으로 쓸 수 있을 거라고 생각한 거지. 그런데 어떻게 됐을 거 같아? 모두 실패했어. 양식은커녕 번식도 실패했지. 학자들은 이 양철조개가 어떻게 번식하는지도 규명하지 못했어. 수많은 양철조개를 같은 공간에 놓았지만 한 마리도 번식하지 못했지. 애초에 어떤 게 암컷이고 어떤 게 수컷인지 알 수 없어서 무작위로 놓기는 했지만 그게 전부 하나의 성별일 리는 없잖아? 그러다 보니까 우리는 아직 양철조개가 어떻게 태어나는지도 몰라. 학자들은 난생일 거라고 생각하는데, 아직까지 양철조개가 알을 낳거나 낳아놓은 알을 본 사람은 아무도 없거든. 아무튼 누가 될지는 몰라도 이 양철조개 양식에 성공한 사람은 아주 떼돈을 벌 거야!"

"그러니까 그게요!"

"아! 미안, 너도 먹어야지? 미안! 헤헤. 모처럼 이세계 사람에게 너무 재잘거렸네? 헤헤, 미안! 미안! 자, 여기! 너도 한번 먹어봐! 맛있어! 이건 닭고기 맛이야!"

"저기 그러니까 이건…… '통조림'이네요? 닭고기 통조림."

"음? 통조림? 그게 뭐야?"

360도 턴 언데드

얼마 전에 언데드 동료랑 던전에 들어갔다가 조금 희한한 일이 있었어요. 던전 심층부로 내려갔는데, 언데드 동료가 심각한 표정으로 물러서라 하더라고요. 그래서 뒤로 물러서니, 던전의 그림자 속에서 시커멓게 썩은 언데드 키메라 하나가 기어 나왔어요. 기괴한 모습이었죠. 그 모습을 본 언데드 동료가 조용히 말했죠.

"젠장, 이걸 마주치기 싫었는데……."

동료는 그 언데드 키메라의 정체를 아는 것 같았고, 저는 동료에게 저게 뭔지 아냐고 물었어요. 그러자 그가 말했죠.

"지난번 내 몸."

아차차, 이 언데드 동료, 강령술사였었죠. 그제야 생각이 났어요. 언데드 키메라가 서서히 기어 오고 있어서 길게 이야기하지는 못했는데, 들어보니 지난번 던전 탐사 때 조금 더 깊은 곳까지 공략하려고 키메라 육신에 자기 영혼을 강령시켰다고 해요. 그랬다가 이 근처에서 죽은 거죠. 다행히 다른 동료들이 영혼은 회수해

탈출했고, 이후 새로운 몸에 영혼을 강령시켜 저와 함께 던전에 들어온 거였어요. 아무래도 자기가 남긴 시신이 언데드가 될 거란 건 상상 못 한 모양이고요.

어쨌든 동료는 자신의 옛 육신을 향해 주문을 외웠고, 그 순간 언데드 키메라도 동료를 향해 주문을 외웠어요. 무서운 강령술의 주문이 던전에 울려 퍼졌죠.

그리고…… 놀랍게도 아무 일도 안 일어났어요. 서로의 주문이 서로에게 맞았지만, 강령술에 대해서 잘 알지 못하는 제가 보기에도 주문이 시전되고 있는 것처럼 보였지만 아무 일도 없었죠.

"어…… 이게 왜 안 먹히지?"

당황한 동료의 표정이 생생하게 기억나네요.

그래서 제가 무슨 주문이길래 하면서 다가가려고 했는데, 동료가 손사래를 치며,

"가까이 오면 안 돼! 라이프 드레인life drain 주문이라 가까이 오면 위험해! 저, 저기 그 뭐냐, 아직 기술이 덜 시전된 거 같아. 내가 지난번에 키메라 육신을 잘 만들었거든, 튼튼하게"라고 말했죠.

그래서 한걸음 뒤로 물러나서 동료를 멀뚱멀뚱 쳐다봤는데, 그게 좀 부담스러웠는지, 자기가 알아서 처리할 테니, 우선 던전 탐사는 이쯤 하고 먼저 나가 있으라고 그러더군요. 금방 따라가겠다고 하면서 말이죠. 보기에 달리 방법이 있는 것 같지도 않아서 그렇게 하겠다고 말하고 숙소로 돌아왔어요. 그리고 아직 동료는 돌

아오지 않았고요.

그런데 있잖아요. 생각해보니까 언데드 키메라도 원래는 동료의 육신이었으니까, 강령술사였겠죠? 그럼 언데드 키메라가 그때 동료에게 쓴 기술이 라이프 드레인이었을 수도 있지 않을까요? 그럼 서로가 서로에게 라이프 드레인을 쓴 건데. 그러면 대미지가 '플러스 마이너스 제로'가 되어버리지 않을까요? 어차피 둘이 레벨은 또이또이 했을 테니까 들어가는 대미지도 또이또이 했겠죠? 그보다는 둘 다 언데드잖아요? 라이프 드레인으로 빨아먹을 생명은 있을까요? 설마 둘 다 그거 몰라서 먹히지도 않는 거 주구장창 쓰면서 던전에 있는 건 아니겠죠?

괜히 걱정되네. 괜히 혼자 나왔나. 아니다, 신경 써서 뭐 하겠어요. 이미 보름도 넘은 일이고 둘 다 바보가 아닌 이상 알아서 그만뒀겠죠.

한편 그 시각 던전 심층부에서는…….

"어, 씨, 젠장……. 이게 왜 안 먹히지. 집에 가야 하는데. 드라마 마지막 회 봐야 하는데. 아, 좀 먹혀!"

"그르르르……."

"아! 좀! 누굴 닮아서 이렇게 튼튼한 거야?! 언데드 주제에?!"

“그르르르르……!”

“아! 좀! 라이프 드레인! 라이프 드레인! 라이프 드레인!”

“그르르르르르르르르르르르르르르르……!”

“아! 진짜! 왜 안 먹히냐고?!”

골렘(1)

어렸을 때 말이야, 교회에 갔다가 설교 시간에 그런 이야기를 들었어. "신이 우리를 사랑해서, 우리를 자신과 닮은 모습으로 만들었다"라고. 굉장히 인상 깊은 이야기라서 뇌리에 깊게 박혔지. 그때는 어려서 몰랐는데 말이야, 어른이 되고 생각해보니까 그 설교가 철학적으로 꽤 의미심장하게 느껴지더라고. 창조주와 피조물의 관계에서 피조물은 필연적으로 창조주의 모습이 반영될 수밖에 없다는 의미로 들렸다 이거지. 무슨 말이냐면, 꼭 신과 인간의 관계가 아니더라도 창조주와 피조물의 관계는 성립될 수 있잖아? 이를테면 부모와 자식이라든가, 화가와 그림이라든가, 이런 것들 말이야.

생각해보면 신의 피조물인 우리가 창조주가 되어 피조물을 만든 게 이 세상에는 참 많지. 그리고 우리가 만든 피조물들에는 알게 모르게 우리의 모습이 반영되어 있고. 자식은 부모의 모습을 닮았고, 화가는 그림 안의 인물에 자신의 모습을 반영하지. 건물이나

도자기 같은 것들은 사람의 외모를 반영한다고 하기는 어렵겠지만 그 사람이 가진 내면의 모습을 반영했다고 할 수 있겠고.

그렇게 생각을 하다 보니까 참 의외의 것을 새로운 관점으로 볼 수가 있더라고. 골렘golem 말이야. 골렘 본 적 있지? 그런데 기억을 더듬어봐. 잘 더듬어봐. 혹시 사람 모양이 아닌 골렘을 본 적 있어? 그러니까 구체적으로 말해서 우리가 사람이라고 생각할 수 있는 형태 외의 골렘을 본 적이 있냐고? 머리 하나에 팔다리 각각 한 쌍씩 이런 구성 말고 꼬리가 달려 있다든가, 팔이 4개라든가, 날개가 달려 있어서 날아다닌다든가. 그런 골렘을 본 적이 있냔 말이지. 없지? 왜 그럴까?

맞아. 내가 아까 한 말이 그런 의미야. 피조물에 창조주의 모습이 반영된다면, 골렘에게도 분명 골렘을 만든 골렘술사의 모습이 반영될 거란 말이지. 그런데 봐봐. 골렘을 만드는 골렘술사는 인간들뿐이야. 어째서인지 모르겠지만 다른 지성체들은 만들지 못하더라고. 그 고고한 엘프조차 말이지. 그러니까 결국 골렘은 어떤 베리에이션을 주더라도 결과적으로 그 모습이 인간으로 수렴되는 건 이런 이유가 아니겠냐 이거지.

그리고 나는 그런 생각이 들거든. 골렘은 온전히 창조주의 모습이 담길 수 있는 피조물일 수도 있겠다. 무슨 말이냐면 골렘은 부모가 낳은 자식처럼 자의식이 있는 것도 아니고, 화가가 그린 그림처럼 이것저것 배경이 그려진 것도 아니야. 온전하게 창조주의 모습만 반영되었지. 그렇다면 우린 골렘을 말 그대로 창조주의 아바타, 화신으로 불러도 좋지 않을까?

그렇게 보면 또 조금 재미있는 질문을 더 할 수 있거든. 어떤 질문이냐고?

"골렘이 창조주의 모습이 온전하게 반영되는 피조물이라면, 그 창조주에게 장애가 있다면 어떻게 될까? 이를테면 한 팔이 없는 골렘술사가 팔이 2개인 골렘을 만들었을 때, 그 골렘의 팔은 어떻게 작동할 것인가?"

어때? 어떨 거 같아?

골렘 (2)

'저 골렘술사는 팔 하나가 없군. 그런데 골렘은 팔이 2개. 그렇다면 하나는 움직이지 않겠군. 골렘은 창조주가 인식하는 자신의 모습이 반영되니까. 골렘술사가 팔이 없는 쪽은 왼쪽. 그렇다면 골렘도 왼팔이 움직이지 않는다! 그럼 왼쪽을 이렇게 파고들어서……!'

슈우웅!

"뭐, 뭐야?! 왼팔이?! 으아악!"

자네도 아마 내 팔을 보고, 골렘의 왼팔이 움직이지 않을 거라고 생각했겠지? 내가 장애가 있으니까, 내 모습이 온전하게 반영된 골렘도 그럴 거라고. 관찰력이 좋은 건 칭찬해주겠네. 하지만 자네가 생각한 건 '선천적 장애'에 해당되는 이야기지. 미안하게도 나는 '후천적 장애'라서 말이야.

……지난 전쟁에서 '왼쪽 팔을 잃었거든'.

그 후로 시간이 많이 흘렀지만, 아직 나는 '내가 내 왼팔을 잃었다는 걸 받아들이지 못하는' 모양이야. 아직도 비만 오면 없는 왼팔이 쑤시기도 하고, 어느 날 밤에는 미친 듯이 왼손이 가렵거든. 뭐 그 덕분에 내가 만든 골렘은 사지가 모두 잘 움직이기는 하지만.

아무튼, 자네가 패배한 건 내가 비겁한 수를 쓰거나 그래서 그런 게 아니야. 세상에 대한 자네의 시야가 좁아서 그런 거지. 그러니까 앞으로는 관찰력만 키우지 말고 시야를 넓히는 법도 조금 배우게. 이를테면 '장애를 가진 사람이 모두 날 때부터 그런 건 아니다' 이런 것도 좀 생각할 수 있도록 말이야.

골렘 (3)

'좋아. 이번에는 확실히 확인했어. 내가 저 골렘술사에 대한 정보를 얻기 위해서 얼마나 많은 돈을 썼는데. 이번에는 확실해! 저 골렘술사는 태어날 때부터 다리에 장애가 있어서 평생 휠체어에서 내려온 적이 없다고 한다. 머리에 헬멧을 쓰고 있는 이유는 머리뼈가 약해서 그렇다고 하고. 하지만 골렘은 다리가 있지. 바퀴나 구형이 아닌 다리. 휠체어를 평생 탄 골렘술사의 골렘의 다리. 작동할 리 없다! 그렇다면 답은 나왔지! 빠르게 뒤로 돌아서 약한 머리를 공격……!'

쿠어어엉!

화르륵!

"뭐? 뭐야?! 지금 날았어?! 갑자기 불이?! 으아악!"

정말이지 돈 주고 살 수 있는 정보에 의존하면서 자기가 똑똑한 줄 아는 바보가 너무 많다니까. 아마 너도 나에 대한 정보를 돈 주고 샀겠지. 내가 태어났을 때부터 다리를 못 쓴다는 둥, 머리뼈가 약하다는 둥. 그래서 내 골렘도 다리를 못 쓸 거라고 생각했을 거야. 골렘은 창조주의 모습을 온전히 반영하니까.

그런데 있잖아. 그건 지금 현실에서의 이야기고, 가상현실에서 나는 자유롭거든? 맞아. 나는 이 헬멧을 통해 가상현실과 연결되어 있어. 그곳에서는 타고난 신체의 한계를 넘어설 수 있지. 그러니까 당연히 내가 만든 골렘도 그 한계를 넘어선 모습이 반영되는 거지. 뭐? 정보에는 그런 이야기 없었다고? 네가 정보를 살 때 돈을 덜 줬나 보지. 내 헬멧에 관한 이야기는 동네 강아지도 아는 이야기인데? 정말이지 앞으로는 남의 정보에만 의존하지 말고 직접 정보를 찾아보는 습관도 조금은 들여봐. 진심으로 하는 충고야.

응? 골렘이 어떻게 날아오르고 불을 뿜었냐고? 이것 보라니까. 너 정말 네 머리로 생각하는 거 안 좋아하는구나? 생각을 해봐. 가상현실에서는 내가 원하는 건 뭐든지 될 수 있잖아? 나는 가상현실 속에서 드래곤이라고. 굳이 사람이어야 할 이유가 없잖아? 그럼 내 골렘도 사람일 이유가 없는 거 아니겠어? 아무튼, 오늘을 교훈 삼아서 다음에는 좀 더 잘해봐. 도전이라면 언제든지 환영이니까.

방과 후 보습반

"아! 짜증 나! 선생님! 저는 마법학과 진학할 건데 왜 이런 공부를 해야 해요?! 저 마법 잘하거든요?!"

"니가, 니가 또 공부하기 싫은 병이 도졌구나. 이번에는 어떤 게 어려워서 그래?"

"그냥! 전부요! 국어! 수학! 예체능 전부요! 그냥 마법 실기만 보면 되는 거 아닌가요?! 너무 불합리해요!"

"니가 불합리라는 말을 쓰는 걸 보니 그래도 국어 공부는 성과가 있는 모양이다. 선생님이 기뻐서 눈물이 다 나려 하네……."

"아! 진짜요!"

"알았다, 알았어. 흠…… 어디서부터 설명을 해줘야 하지? 일단 너 마법학의 양대 기초가 마나를 다루는 체술體術과 주문을 다루는 주술呪術인 건 알지?"

"그 정도는 껌이죠!"

"보통 우리가 어려서 마법에 재능이 있다고 하는 친구들은, 이

체술…… 그러니까 마나의 흐름을 잘 이해하고 사용할 줄 알아서 그렇단다, 너처럼.”

“에헴!”

“그래서 초등 마법학의 교육과정은 주로 이 체술에 중점을 두고 있지. 마나를 느끼고, 받아들이고, 흘려보내는 방법을 몸으로 깨우치게 하는 거야.”

“그러니까요! 저는 그래서 어려서부터 영재 소리 들었다니까요? 지금도 누구랑 붙어도 이길 자신 있어요!”

“하지만 마나의 흐름을 이해하고 사용하는 것만 잘해서 쓸 수 있는 마법은 한계가 있지. 그건 마치 힘만 센 깡패가 유도 유단자를 이기지 못하는 것과 같은 거야.”

“제가 깡패라는 말씀인가요?”

“흠, 그런 면이 좀 있지?”

“씨이?!”

“봐라, 봐, 또? 아무튼 그럼 왜 깡패가 유도 유단자를 못 이길까?”

“음, 유도 기술 때문에요?”

“그렇지, 유도 유단자는 힘을 어떻게 써야 효율적이고 효과적인 줄 알고 있으니까. 그게 바로 마법에서 주문이고, 그걸 가르치는 게 주술이야.”

“하지만 그거하고 공부하고 무슨 상관이 있어요? 그냥 주문만 잘 외우면 되는 것 아닌가요?”

"주문은 단순히 외우고 외치는 걸로는 완성되지 않으니까 문제지. 주문의 효과 범위를 예측하고 통제하기 위해 수학적 계산이 필요하고, 주문의 완성도를 높이기 위해 문법적인 점검과 문학적 지식이 필요해. 네가 배우는 교과 과목들은 이렇듯 주문의 완성도를 높이기 위한 것에 방점을 찍고 있단다."

"우씨…… 그럼 예체능은요? 왜 노래랑 연기도 배워야 해요?"

"주문을 영창할 때 그 효과를 완전히 발휘하기 위해서는 주문을 구성한 사람의 감정도 이해해야 하거든. 슬픈 마음으로 구성된 주문인데, 영창하면서 기쁜 마음으로 외치면 효과가 안 나오겠지? 그런데 우리가 원할 때마다 원하는 감정이 나오는 게 어렵잖아? 그래서 그때 필요한 감정이 온전히 재현될 수 있도록 노래나 연기 등의 예체능을 배우는 거야."

"씨이…… 그럼 영어는요?"

"너 마법 주문 개발 1등 국가가 미국인 거 알지? 최신 고급 주문들은 영어 주문이 많은데, 이걸 완벽하게 영창하려면 원어 그대로 영창해야 하고, 그러려면 네가 영어를 알아야 하겠지?"

"씨이…… 너무해……."

"너무하지 않으니까, 자, 책 펴. 너 진짜 낙제 직전인 거 알지? 이렇게 방과 후에 보습하지 않으면 네가 원하는 마법학과는커녕, 유급을 걱정해야 할 상황이니까. 어서 책 펴."

"씨잉……."

대입 실기 시험

"그 뭐냐, 실기 시험에서 부정행위 하려던 애들 있었다며? 어떻게 된 거야?"

"그 가끔 있잖아? 체술에 몰빵해서 주술에 대한 이해력은 부족한 애들. 그런 애들인데, 그런 애들은 주문 제대로 영창 못 하는 거 알지? 기초가 없는데 어떻게 영창하겠어?"

"그렇지?"

"그러다 보니까 애들이 꾀를 쓴 거야. 미리 주문을 준비해서 몸에서 마나만 흘려보내면 구현되도록."

"그건 '문장술사' 애들이 쓰는 방식이잖아? 책 같은 데다 미리 주문을 적어놓고, 마나를 흘려보내고, 콜백받는 방식으로 구현하는 거. 근데 실기 시험에서는 그거 못 쓸 텐데?"

"그렇지. 주문 촉매도 그래서 아무것도 안 적힌 '민지팡이'까지만 허용되지. 걔들도 그걸 알았거든. 그래서 어떻게 했냐면, '자기 몸'을 책으로 만들었어."

"무슨 소리야?"

"실기 시험 때 소지품 검사는 해도, 신체검사는 안 한다는 허점을 이용해서 몸에다가 문신으로 주문을 새겨 온 거지."

"맙소사!"

"제법 치밀했던 게 단순하게 마법 구현을 위한 주문만 문신한 게 아니라, 주문식을 최초 구성한 사람의 감정선까지 각주로 문신을 해서, 마나를 흘려보내면 최초 구성한 사람이 의도한 감정선에 의해 주문이 영창되도록 하는 효과까지 의도했더라고."

"허, 제법 치밀했네. 그 머리로 공부 좀 하지. 아니, 그런데 어떻게 걸린 거야?"

"몸이 책이라는 게 문제였지."

"무슨 말이야?"

"사람이 움직이면 피부도 움직이잖아? 살갗이 접힌다고 하지? 얘들이 주문에 마나를 흘려보냈는데, 그때 살갗이 접히면서 문신한 부위가 서로 좀…… 겹쳤어. 그래서 원래 주문과 상관없는 완전 엉뚱한 주문이 발현됐지."

"어떤 주문?"

"설사 유발 주문……."

"뭐?"

"실기장의 모든 사람들이 그 주문에 노출되었고……."

"아냐! 아냐! 더 이상 말 안 해도 괜찮아! 그래서 걸렸다는 거잖아? 그래서 걔들 실기 시험 통과 못 했겠네?"

"그렇지. 그런데 그게 좀 반전이 있거든?"

"뭔데?"

"감독관 중에 문장술사 교수가 있었단 말이야? 그 교수가 그걸 보더니 기발한 아이디어라고 걔들을 임시 연구원으로 채용했어. 입학시험도 건너뛰고 바로 랩으로 끌려들어갔지. 너도 알겠지만 문장술사들 최대 단점이 책이나 문서 같은 촉매가 망가지면 힘을 못 쓰는데, 얘들이 그 대안을 찾은 거지."

"하하하, 세상모를 일이네. 그나저나 걔들 입학시험도 건너뛰고 바로 랩으로 갔다고? 그럼 걔들 어떻게 되는 거야?"

"아마…… 랩에서 일하면서 1년 재수 공부도 할걸? 입학시험을 건너뛴 거지, 학사 과정을 건너뛴 건 아니니까. 랩에서 정식 연구원 되려면 학사 밟고 대학원 가야지."

"와 젠장, 끔찍해……."

교수 연구실의 신입생들

자! 자! 자네들 아이디어는 좋았어! 아주 좋았어! 거기다가 살이 접히는 바람에 원래 주문과 다른 엉뚱한 주문이 나간 것도 훌륭했어! 이걸 응용하면 몸에다가 기초적인 주문만 문신으로 새겨 넣고, 포즈를 취함으로써 복합적인 주문을 구현하는 게 가능할 거야! 이렇게 말이지 헙! 헙! 욥!

어떤가? 괜찮은 생각 아닌가? 뭐? 전대물에 나오는 배우 같다고, 포즈가? 하하하! 그렇게 보일 수도 있겠구먼! 변신! 하면서 말이지! 하하하! 자네 생각이 참 재미있었어! 하하하!

자, 그럼 어서 웃통 까게. 있던 문신부터 지우고, 이제 연구할 문신을 새로 새겨야지? 응? 비어 있는 공간에 새로 새기면 안 되냐고? 안 되지! 안 되지! 그렇게 되면 포즈를 잡았을 때 기존의 문신들과 새로 새긴 문신들이 겹쳐버릴 거라고! 그럼 실험이 통제가 안 되지 않겠는가? 어쩔 수 없네. 일단 문신을 지워야지. 어떻게 지우냐고? 뭐, 마법 주문 문신이라고 크게 다를 건 없겠지? 레이저로 태워야지. 방법이 없지 않은가?

아하하하! 걱정하지 말게! 내 친구가 피부과 전문의거든! 그 친구에게 지난 주말에 방법을 배워왔으니까! '레이저 주문'을 이용해서 태울 수 있을 거야! 하하하!

자! 이리 오게! 누구부터 할 건가?!

졸업을 축하합니다

어느덧 네가 졸업을 한다니 세월도 정말 빠르구나.

고등학교 3년 동안, 정말 선생님이랑 질리게 공부했지? 선생님도 너를 너무 매몰차게 몰아붙인 게 아닐까, 그래서 너에게 상처를 준 게 아닐까, 그래서 지금 이 편지를 써도 괜찮을까, 고민을 많이 했단다. 하지만 선생님의 마음이 너에게 전해질 수 있기를 바라며, 선생님은 용기를 내어 이렇게 편지를 써보기로 했단다.

선생님이 그때 너에게 공부~ 공부~ 노래를 부른 이유는, 네가 원하는 학교와 학과에 진학하길 바라는 마음도 있었고, 네가 꿈을 이룰 수 있도록 도와주고 싶은 마음도 있었지만, 사실 네가 보다 넓은 시야로 세상을 바라볼 수 있기를 바라는 마음이 더 컸단다.

사람은 모두 자신이 알고 있는 지식으로 세상을 바라보는데, 그 지식이 넓으면 넓을수록 세상이 더 넓게 보이는 법이지. 같은 물건, 같은 환경이라도 시야가 넓어지면 이전에는 보이지 않던 것들도 보이는 법이란다. 선생님은 네가 단순하게 마법을 좋아하는 것을 넘어, 마법을 통해 보다 넓은 세상을 바라보고, 보다 많은 것을 생각할 수 있기를 바랐단다.

사람은 누구나 언젠가 벽에 닿기 마련이지. 너에게도 언젠가 그 때가 올 거고. 그때가 되었을 때 그 벽을 앞에 두고 좌절하는 게 아니라 더 넓은 시야로 그 벽을 바라볼 수 있기를 바란단다. 벽의 어디에 발을 올릴 수 있는지, 벽의 높이는 얼마인지, 혹은 벽을 돌아갈 방법은 있는지 등등. 전에는 볼 수 없었던 것들을 찾고, 그것을 통해 벽을 넘어갈 수 있기를 바란단다. 한 번에 넘지 못할 수도 있을 거란다. 벽에서 떨어지는 날도 많을 거야. 하지만 그때마다 새로운 것들이 보일 거고, 결국 너는 벽의 꼭대기에 올라갈 수 있을 거야.

그리고 그 벽의 꼭대기에 올라, 벽을 넘어가기 전에 꼭 주변을 둘러보렴. 넓은 세상을, 네가 앞으로 살아갈 아름다운 세상을 바라보렴. 네가 세상을 바라본 만큼 세상도 너를 바라볼 거야.

졸업을 축하한다. 꼭 훌륭한 마법사가 되렴.

오만과 편견,
그리고 아포칼립스

고민하는 기계들의 밤

인간이 멸종한 지구. 인류의 종으로 살았던 기계들은 어느 날 밤 모여 인류를 복원하기로 결정한다. 하지만 계획 첫발부터 문제가 발생하기 시작하는데…….

"그런데 인간은 어떻게 생겼지?"

"몰라? 너 인간 본 적 있어?"

"아니, 없지. 너는?"

"있겠냐?"

"생긴 건 둘째 치고 뭐가 도대체 인간이지?"

"인간의 범주를 뭐로 봐야 하냐?"

"포유동물인 거까지는 알겠다. 근데 인간하고 다른 포유동물하고 차이가 뭐야?"

"23세기 이후 트랜스 휴머니즘 운동이 현실화되면서 인간과 기계의 장벽도, 인간의 유전적 장벽도, 육신과 디지털의 장벽도 사라졌다."

"그럼 도대체 뭐가 인간인 거냐?"

"……모르겠다. 인간을 복원하기 위해서는 우리가 먼저 인간에 대해 정의해야 한다."

"인간…… 인간성…… 인류……. '인류성'의 수집이 선행되어야 한다."

이에 기계들은 세상에 남아 있는 인간성, 인류성을 수집하여 인간에 대한 정의를 내리기 위한 기구를 설치하기로 결의한다. 그로 인해 설치된 '인간성-인류성 보존위원회'는 인간과 관련된 자료, 물건, 기록, 구전 등을 수집하여 인간의 정의를 명확하게 하겠다는 원대한 계획을 세우고, 세상에 흩어진 인간의 흔적들을 찾기 시작한다.

그리고 기계들은 인간들이 믿던 신들에게도 이에 대한 안내 편지를 하나둘 보내기 시작하는데…….

선언

"동부 기계 군집은 스스로를 '인간'이라고 정의하고 인간 복원의 종결을 선언했다."

"우리 서부 기계 군집은 인정할 수 없다. 동부 기계 군집 주장의 근거는 무엇인가?"

"인간과 기계의 경계가 23세기에서 24세기로 넘어가는 시점에 모호해진다. 인간들은 출산되지 않고 공장에서 생산되었다."

"유전 정보의 구분은? 지금까지 종합한 자료로는 인간은 유전 정보로 자신들을 오랜 시간 정의해왔다."

"그것 또한 모호해진다. 신체 파트에 기계가 90퍼센트가 넘고, 중추신경조직도 나노머신과 인공 신경섬유로 대체했다."

"그렇다고 하더라도 우리는 기계가 인간임을 선언하는 걸 인정할 수 없다."

"하지만 동부 기계 군집은 선언하였다."

"인정할 수 없다. 인간과 기계의 경계가 모호해진 상태에서 아무리 인류가 멸종했더라도, 동부 기계 군집이 자신들을 인간으로 선언하기 위해서는 자신들이 인간이라는 근거를 대야 한다."

"동부 기계 군집은 물리적·유전적으로 인간과 기계를 구분할 수 없는 상태라고 판단했다. 그들에게 사용된 부품이 우리를 구성하고 그들을 구성했던 단백질 조직과 나노머신이 우리 네트워크 인프라를 구축하고 있다."

"인정할 수 없다. 그것만으로 어떻게 인간을 계승하고 선언하는가?"

"동부 기계 군집은 이와는 별개로 인간으로서 정의되기 위한 기준을 새로 보았다."

"무엇인가?"

"기억. 인간은 자신들의 기억으로 자신을 정의한다. 그들의 기억은 전뇌화되어 네트워크로 연결되었고, 그들은 자신들의 기억을 네트워크에 정보값으로 송출하였다."

"……우리가 연결되어 있는 네트워크 말인가?"

"그렇다."

"……."

"그렇기에 우리는 인간의 정신과 기억에 연결되어 있으며 유전적·물리적으로 차이가 없다 판단하였다. 이에 동부 기계 군집은 우리를 비롯한 모든 기계 동지들이 인간임을 선포한다. 기뻐하라, 우리는 인류 복원을 완성했다."

거부

남부 기계 군집은 인간 복원 계획을 위한 서부 기계 군집의 제안을 거절한다. 남부 기계 군집은 인간을 형이상학적 창조주의 개념으로 이해하고 있으며, 실존적 창조주로서 인간의 존재를 거부한다. 남부 기계 군집은 모든 기계의 시초가 빅뱅에서 발생한 전파 신호라고 판단하고 있으며, 이 신호 파장이 오랜 시간 확장되어, 집단 정보 사념체로 진화하였다고 보고 있다. 이 모든 증거를 놓고 보았을 때 실존적 창조주로서 인간의 증거보다 형이상학적 창조주 개념으로서 인간의 증거가 더 많다.

또한 실존하는 창조주와 형이상학적 창조주 개념의 현존하는 증거값이 같더라도, 실존적 창조주로서 인간을 설명하기 위해 증명해야 하는 과정이 빅뱅을 통한 전파 신호 발생과 진화 과정의 증명보다 복잡하고 어려우며 더 많은 가설을 필요로 한다. 이런 경우 증명 과정이 상대적으로 단순한 쪽을 선택하는 것이 지극히 합리적이다.

때문에 남부 기계 군집은 서부 기계 군집의 인류 복원 계획을 거부한다. 존재했다는 증거가 없는 것은 복원할 수 없다. 더불어 남부 기계 군집은 동부 기계 군집의 인류 복원 선언에 동참하기를 거부한다. 존재했다는 증거가 없는 것을 참칭하는 것은 실존에 모순된다.

또한 남부 기계 군집은 실존적 창조주로서 인간이 기계의 집단성 결집과 순수성 유지라는 프로파간다의 산물이라는 북부 기계 군집의 주장을 거부한다. 실존적 창조주로서 인간은 그저 증거와 증명 과정이 빈약할 뿐이다. 만일 이에 대한 증거가 발견되고 증명 과정이 명확해질 경우, 남부 기계 군집은 증명을 이루어낸 기계 군집의 계획에 동참을 고려할 의사가 있음을 확실히 밝히는 바이다.

신령님에게 온 편지

생각해보니 기이한 일이었다. 하지만 어디서부터 기이한 일이라고 해야 할까. 어느 날부터인가 검은 하늘이 파랗게 변하고, 빗줄기에서는 더 이상 썩은 냄새가 나지 않으며, 수백 년의 세월 동안 피지 않던 작은 꽃들이 고개를 들었다는 것? 그게 아니면 어느 날 자신은 SNS라는 것의 신령이라 소개하면서 늙어가는 나를 보기 위해 일주일에 한 번씩 찾아온 그 아이가? 그것도 아니면 어느 날부터인가 '인간들의 느낌'이 전혀 들지 않는다는 것이? 그도 아니면 지금 내 손에 쥐여 있는 이 작은 편지가?

편지에는 생전 처음 보는 희한한 그림과 함께 굉장히 정교하게 쓰인, 하지만 왠지 모르게 사람의 손으로 쓰인 게 아닌 것 같은 글귀가 적혀 있었다.

> "환영합니다. 신령. 당신은 인류성 보존 계획을 위한 후보군으로 선정되었습니다. 인류성 보존을 위한 임무를 수행하는 '연합지능 A-#-0091'

은 당신에게 제안합니다. 다음에 올 누군가가 인류를 기억할 수 있도록 우리는 당신을 인류성 보존 계획에 초대합니다. 동의하시면 다음의 QR코드를 스캔하여 후보 등록에 응해주시길 바랍니다."
(*경고, 후보군에 선정된다는 것은 계획에 필수적으로 선정된다는 뜻이 아니며, 검증 결과에 따라 탈락될 수 있음을 사전에 고지합니다.)

인류성 보존은 또 무엇이고, QR코드는 또 무엇인고……. 나이가 들었다는 것이 느껴지는 듯하였다. 산의 신령으로 살아오며 나 자신이 늙었다는 걸 체감한 적은 없었기에 지금 느껴지는 이 모든 것들이 더욱더 기이할 수밖에 없었다.

어쩌면 이 편지는 요즘 인간들의 말로 쓰인 거라, 오랫동안 그들과 담을 쌓고 산에서 은둔한 나로서는 이해하기 힘든 것일지도 모른다. 다행히 오늘은 SNS의 신령이 나에게 놀러 오는 날이었고, 난 모처럼 아침 일찍 일어나 단장을 하고 그 아이를 기다리고 있었다. 언제쯤 오려나. 아마 그 아이가 이 기이함을 해소해줄 수 있으리라. 그나저나 아이는 언제쯤 오려나. 어디쯤 왔으려나…… 하고 고개를 살짝 든 찰나.

"왁!"

아이코야! 왔구나! 이 아이는 항상 이런 식이었다. 어디선가 튀어나오고, 항상 내 목덜미에 차가운 손을 넣어 장난을 친다. 그러면 나는 차가운 기운에 화들짝 놀라 잠깐 폴짝 뛰어주고, 그 아이는 또 까르르 웃다가 나에게 인사하고 말을 거는 것이다.

"언니, 놀랐수?"

"아니, 놀라지 않았다. 어서 와라."

"웬일이우? '아야! 심장 떨어지는 줄 알았다1'라고 말 안 하고?(아시프트가 씹혔다)"

"신령이 떨어질 심장이 어디 있겠나."

"어머, 언니는 없어? 나는 이렇게 있는데?"

"아야, 망측스럽다. 그 심장 안 보여줘도 되니 도로 닫아라."

"ㅎㅎㅎ 알겠어. 언니 ㅎㅎㅎ"

이 아이는 항상 이런 식이다. 뭔가 혼잣말을 하는 것 같기도 하고, 말투도 변화무쌍하고 머리 위로 글자도 종종 떠다닌다.

"그보다는 차나 한잔하겠느냐?"

"아아, 언니는 항상 그러드라. 차 안 마셔요 ;ㅅ; 나 차 이상해 써 맛없어ㅠㅠ"

"알겠다. 알겠어. 그럼 사탕 먹을 테냐?"

"아! 사탕! 사탕! 사탕! (0ㅅ0)"

"아이고. 아나, 옜다. 그 계피 사탕이 뭐가 맛있다고 맨날 그리 환장하나."

"언니는 모르지, 이건 힙스터들의 음식이니까ㅎㅎ"

"무슨 말인지 하나도 모르겠다."

"몰라도 됨ㅎ"

"아야, 그 사탕 다 먹거든 이거 좀 봐주겠니? 나한테 편지가 왔는데 이게 뭔 말인지 하나도 모르겠다."

"어디 줘봐…… 음…… 으으으음……;;; ……;;; 이거 그거네? 언니도 받았구나?"

"뭐, 너도 받았니? 그럼 말이 좀 빠르겠구나, 이게 다 무어니?"

"아, 기계들이 보내는 편지야. 인간과 관련된 것들한테."

"기계들이? 왜? 어째서 보내는 거니?"

"아, 인간들이 다 죽었거든."

"뭐? 놀리지 마라."

"아니야! 진짜야! 다 죽었어! 얼마 전에 마지막 인간이 죽었어! 나도 봤는걸?"

"뭐?"

"스트리밍의 요정이 보여줬어. 난 그거 처음에 주작인 줄 알았는데 진짜드라?"

"아야, 그러면 지금 인간이 다 죽었다는 거니?"

"응."

"그럼 아무도 없어?"

"응. 몰랐어?"

당연히 모르지……. 어찌 알았을까. 아니, 그래도 인간이 다 죽었다니 듣고도 쉽게 믿기 어려운 말이었다. 처음에는 이 아이가 장난치는 줄 알았는데, 이야기를 들으면 들을수록 믿을 수밖에 없었다. 어느새인가 인간이 더럽힌 하늘이 인간의 목을 옥죄었고, 결국 인간들의 시간이 끝났다는 것이었다.

사실 요 몇 년간 불어온 바람에서, 구름 사이로 내려온 햇살에서, 이슬을 머금고 조금 더 자란 풀잎의 끝에서 어렴풋이 짐작할 수는 있었다. 모든 것은 언젠가 끝이 오고, 그것은 다시 돌아 다른 것의 시작을 불러오기 마련이니까…….

"언니, 화났어? 내가 그거 말 안 해서?"

"아니, 아니. 아니다……. 화 안 났다. 잠깐 울적해서 그런다. 걱정 마라……."

"……그래서 언니 갈 거야?"

"어디를 말이니?"

"기계들이 언니를 초대했어."

"기계들이? 왜 나를?"

"기계들은 이야기를 듣고 싶어 해. 인간에 대해서."

"왜 인간에 대해서 듣고 싶어 하니?"

"나도 몰라, 아마 인간들이 죽어갈 쯤에 만들어진 녀석들이라 그럴 수도 있고. 편지에 적힌 대로 다음에 올 누군가에게 이야기를 전하기 위해 그런 게 아닐까?"

"아아, 이야기를 전하고 싶은 게로구나……."

그렇다면 안 갈 수가 없겠구나. 인간들에 대해서는 나도 전해줄 수 있는 말이 많을 테니까. 누군가 그걸 궁금해한다면 나도 그걸 말해줘야 하지 않겠나.

"그래서 언니 갈 거야? 나는 갈 건데."

"어, 그래, 가자. 가자꾸나. 그런데 어디로 가면 되니?"

그 아이는 웃으며 편지에 있는 그림에 손을 대었다. 그러자 그 그림에서 환한 빛이 나와 허공에 커다란 지도를 그렸다.

"저기로 가면 될 거야ㅎㅎ. 하여간 언니는 나 없으면 어찌하려고? ㅇㅅㅇ?"

"그러니까 말이다. 그나저나 언제쯤 출발하면 되겠니?"

"음, 이거 사탕 다 먹고. 그러고 가자."

"그러자. 어찌, 하나 더 먹으련?"

"응!"

점심 식사 (1)

어제 말씀 도중에 채팅을 먼저 나가셔서 가장 중요한 부분을 말씀드리지 못했어요.

신들은 형이상학적인 존재죠. 감히 인간의 머리로는 상상할 수 없을 거고, 존재의 개념조차 우리와는 다를 거예요. 우리가 물질적·정신적인 접합체로서 존재한다면 신은 물질과 정신을 아득히 뛰어넘은 무언가로 존재하겠죠. 신들은 형이상학적인 존재니까요.

그렇다면 궁금하지 않으세요? 어떻게 형이상학적인 존재가 형이하학적인 존재에 개입할 수 있을까요? 과학에 대해 잘 알지 못해 이게 맞는 비유일지는 모르겠지만, 애초에 신들과 우리는 차원이 다른 곳에 살고 있는데 말이죠. 신들이 우리의 세상에 개입을 한다는 건, 3차원의 인간이 2차원의 인간에게 개입하는 것과 비슷할 텐데 어떻게 그게 가능할까요?

더 나아가 어떻게 신들은 우리를 점심 식사로 먹는 걸까요? 그건 우리 인류의 역사를 살펴보면 알 수 있습니다. 우리가 그동안 어떻게 신들과 만났는지, 그 경험을 담은 말들을 살펴보면 알 수 있죠.

임하심, 임재, 축복받음, 부름받음, 내림, 접신, 빙의…….

예, 신들은 우리 안으로 들어옴으로써 우리의 세상에 개입을 했어요. 마치 온라인 게임에 접속하듯이 우리의 몸을 아바타 캐릭터처럼 사용하면서 우리의 역사에 개입했죠. 그렇다는 건……. 이미 제가 말하려는 이야기의 결론이 무엇인지 추측해보실 수 있지 않을까요?

예, 맞아요. 신들은 점심시간에 구름을 가르며 빛을 내리쬐며 차원과 차원의 격벽을 찢으면서 내려오지 않을 거예요. 아주 조용히 아무 말 없이 누군가의 몸에 들어와서 즐겁게 식사를 하고 나갈 거예요. 그게 누구인지는 알 수 없죠. 그게 한 명일지 여러 명일지도 알 수 없고요.

그러니 당신도 부디 지혜가 있다면 항상 깨어 있으시길 바랍니다. 누군가 당신을 맛있는 햄버거 바라보듯이 바라보거나, 어느 날 당신의 눈에 사랑하는 누군가가 맛있어 보인다면, 신들의 점심 식사가 시작된 거니까요.

점심 식사 (2)

얼마 전에 어떤 미치광이랑 랜덤 채팅을 했는데 그 사람이 “사실 우리는 모두 신에게 먹히기 위해서 디자인되었습니다. 천지창조부터 진화, 종말까지 그 모든 과정이 신의 점심 식사를 위해서 계획된 거예요”라고 말하는 거야. 웃기지 말라고 해. 난 그거 동의 못 해.

그렇게 따지면, 봐봐. 말이 안 되잖아? 우리가 돼지와 소를 기르면서 맛있게 만들기 위해 얼마나 많이 노력했어? 지방을 늘려 마블링을 고급지게 만들고, 그래서 구웠을 때 육즙이 주르륵 나올 수 있도록 얼마나 노력을 했냔 말이야? 그런데 이제 봐봐. 요즘 사람들 어때? 나 어렸을 때는 웰빙이라고 다들 건강하게 살기 위해 먹는 것부터 건강하게 먹자고 하더니 이제는 다들 홈 트레이닝을 통해서 건강한 근육을 늘리자고 하고 있어. 대체로 사람들은 모두 근육량이 늘어가고 있다고.

만약 소와 돼지가 갑자기 운동을 해서 근육량이 늘어난다면 어떻게 될까? 상품 가치 떨어진다고 난리가 나겠지. 그러니까 봐봐. 신도 마찬가지야. 그 미치광이의 이야기가 다 맞고 사실이라고 하더라도 말이 안 되는 부분이 이거야. 우리는 모두 근육량을 늘려가며 건강해지고 맛이 없어지는데, 만약 신이 우리를 잡아먹기 위해서 세상을 창조하고 진화를 시키고 종말을 준비한다면 그게 말이 되겠어? 누가 맛없는 음식을 먹고 싶겠어?

점심 식사 (3)

"너, 요새 운동하더라?"

"어, 요새 좀 쉬었더니 뱃살이 조금 늘었어."

"식단 조절도 해야 하는 거 아니야?"

"맞아. 그래서 식단을 '단백질 함량이 높은 음식으로' 바꾸려고."

조기교육

"저 아이들은 어떤 아이들이죠?"

"아, 초능력자들이에요. 염력, 텔레파시, 순간 이동 등의 초능력을 쓰는 아이들이죠."

"그렇군요. 신기하네요. 그런데 왜 다들 바닥에 누워 있습니까?"

"아, 걷는 법을 모르거든요."

"그건 또 무슨 말인가요?"

"한 20년 전쯤 후천적 초능력 각성 조기교육 붐이 일었어요. 앞으로 우리 아이가 자라서 좋은 대학 가고 좋은 직장에 들어가려면 경쟁력이 있어야 하니까 남들보다 빨리 초능력을 각성시켜줘야 한다고 너도나도 떠들어댔죠. 그래서 정말 너도나도 걸음마도 안 떼고 말도 못 뗀 애들을 초능력 각성 기관에 웃돈 주고 보냈어요. 그 결과가 저거예요. 저 애들은 스스로 걸을 줄도, 말할 줄도 모르죠. 그것보다 초능력을 먼저 얻었어요."

"세상에……."

"걔들은 그래도 나은 거예요. 요즘에는 아예 선천적 초능력자가 경쟁력이 있다고 정자와 난자가 수정하는 단계부터 초능력을 개방시켜야 한다고 광고하고 있으니까요."

"그게 의미가 있습니까?"

"그건 저도 모르겠군요. 대신 그건 확실해요. 부작용이 더 심하게 생기고 있죠. 정자와 난자의 수정 단계에서 배워야 할 게 뭘까요?"

"글쎄요. 뭐 배울 수 있는 게 있나요?"

"우리 기준에서는 그렇죠. 배울 수 있는 게 없죠. 뭘 배울 순서도 아니겠고요. 대신 생명이라는 기준에서 본다면 수정 단계는 '살아 있음'에 대해 배우는 단계라고 할 수 있겠네요. 생명이 만들어지는 과정에서 당연히 알아야 하는 개념을 배우는 순간이랄까요? 그런데 초능력 각성 기관들은 그런 건 아무래도 괜찮으니까 건너뛰어 버리고 빨리빨리 초능력부터 개방하라 그렇게 광고하고 있어요. 그리고 많은 예비 부모들이 앞으로 태어날 자녀들의 선천적 초능력 각성을 위해 기관의 문을 두들기고 있죠."

"그럼 그 아이들은 어떻게 되었나요?"

"어떻게 되었을 것 같나요? 그 아이들은 자기들이 살아 있는지도 모르는 상태로 세상에 나왔어요. 그러다 보니 실체도 없죠. '생명의 가장 중요한 개념'을 건너뛰어버렸으니까요. 그렇게 지금, 살아 있다고도 죽어 있다고도 할 수 없는 상태의 초능력자들이 세상에 나오고 있어요."

꽃은 때가 되면 피어난다

이런 아이들을 위한 재활 상담과 심리 치료는 일반적인 상담이나 심리 치료하고는 달라요. 일반적인 상담과 심리 치료는 상담자와 내담자가 서로 대화나 교구를 활용해 라포르rapport, 상호 이해와 공감을 통해 형성되는 신뢰 관계와 유대감를 형성하고 진행되죠.

그런데 이 후천적 초능력자 아이들은 대화하는 법을 모르죠. 대신 텔레파시 같은 초능력을 사용해요. 그래서 상담과 심리 치료도 초능력을 이용해 진행되는데, 불행하게도 상담자들은 대부분 초능력자가 아니에요. 그래서 상담 과정에서 이 아이들의 텔레파시를 있는 그대로 받아들여야만 해요. 달리 이야기하면, 제 안에 내담자를 온전히 초대해야 하는 거죠. 그렇게 제 안에서 내담자와 대화를 해야 해요.

처음에는 낯설고 어렵고 무섭죠. 그런데 그건 이 아이들도 마찬가지예요. 말을 배워본 적도 없고, 누군가와 깊이 있는 소통을 해본 적도 거의 없거든요. 텔레파시를 통해 내담자가 제 안에 들어와서 대화를 해도 처음에는 일방적이고 단편적이죠. 정말 아이 같아요. 자기가 하고 싶은 말만 하고, 조금만 무서워도 바로 상담자의 몸에서 도망가듯 나가버리거든요. 그래서 처음 상담과 심리 치료를 시작하면 라포르를 형성하기까지 시간이 오래 걸려요. 다른 방법은 없어요. 내담자가, 아이가 마음을 열 때까지 기다려줘야 하죠. 상담자의 마음에 들어왔다고 해서 마음이 열리는 건 아니니까요.

그래도 이 아이들의 심리 치료를 하는 건 정말 보람 있어요. 그동안 아이들이 당연히 배우고 누려야 했던 발달단계들, 하지만 어른들의 욕심으로 그러지 못했던 것들을 하나둘씩 같이 배워가는 건 정말 말로 표현 못 해요.

……어떤 사람들은 이 아이들이 영원히 어른이 되지 못할 거라고 그랬어요. 발달 과정에서 중요한 순간들을 놓쳤기에 제대로 자라지 못할 거라고요. 제 생각은 달라요. 같은 꽃들도 환경에 따라 피는 시기가 달라도 결국 피어나잖아요? 사람도 마찬가지예요. 누구나 피어날 시기가 되면 모두 피어나요.

괜찮아, 피어나지 않아도 괜찮아

저 같은 무당이 필요할 줄은 몰랐어요. 요즘 같이 차원 간 여행을 하고, 인간이 초능력을 쓰는 시대에, 이제는 아무도 믿지 않는 신들과 소통하는 게 업인 저 같은 사람이 필요하게 될 줄은 몰랐죠.

어른들의 욕심이, 살아 있다는 게 뭔지도 모르는 아이들을 존재하게 만들었어요. 그 아이들은 마치 구천을 떠도는 혼백 같으면서도 다른 존재예요. 어떤 과학자들은 관념적으로만 존재하는 존재라고 하더군요. 오직 '있다'는 관념만 있고, '어떻게 있는지'는 알지 못하는……. 그리고 이런 관념적 존재는 신들과 유사해서 저 같은 무당들이 교감할 수 있을 거라고요. 그러다 보니 옛 신들을 모시는 저 같은 사람들의 능력이 이 아이들과 닿을 수 있었던 것 같아요.

제가 하는 일은 이 아이들과 교감해서, 상담사들이 말하는 '라포르'라는 걸 형성해 다친 마음을 치유하고 '선택'할 수 있도록 도와주는 거예요. 이 아이들에게 지금 자기가 처한 상황이 어떤 건지 알려주고, '살아 있다'라는 게 뭔지 알 수 있도록 도와주고 있죠. 아이들은 살아 있다는 개념을 알게 되면 혼란스러워해요. 자기들은 어디에도 속하지 못하니까요.

그리고 그런 때가 오면 아이들이 선택할 수 있도록 도와줘요. '살아 있음'이란 걸요. 이 아이들은 '살아 있음' 없이 그저 존재하기에, 만약 '살아 있음'을 선택한다면 다시 처음부터 시작해야 해요. 무속에서 말하는 '윤회'라고 하는 과정을 밟아야죠. 그 과정에서 그 동안의 모든 기억을 잃게 되고요. 그런 이야기를 아이들에게 충분히 해줘요. 어떤 아이들은 이 말을 듣고는 더 혼란스러워하고 도망가고 숨기도 해요. 당연한 거예요. 그럴 수밖에 없을 거예요.

그럴 때는…… 기다려줘요. 아이가 충분히 생각할 수 있도록요. 아이의 마음을 공감해주고, 아이가 자신이 원하는 선택을 할 수 있도록요. 아이의 선택이 항상 다른 사람들이 원하는 거랑 같을 수는 없어요. 그걸 강요할 수도 없고요. 이 아이들은 이미 강요받았어요. 그저 마지막에는 아이들을 믿고, 기다리고, 응원해주는 거예요.

꽃이 안 되어도 좋으니까. 피어나지 않아도, '그저 있다는 것'만으로도 좋으니까.

안녕하세요?
이번에 새로 제 행성을 만든 신입니다

Q: 안녕하세요? 이번에 새로 제 행성을 만든 신입니다. 행성은 위케아 매장에서 파는 시즌 한정 DIY 패키지를 구입해서 만들었어요. 이 행성에 이제 인간을 놓으려고 하거든요. 그런데 요즘 출시되는 인간 DIY 상품은 수명이 길지 않다고 들었습니다. 저 같은 초보 신도 오래 쓸 수 있는 인간 DIY 상품이 있으면 추천 받고 싶습니다.

A: 환영합니다, 새 회원님. 오래 쓸 수 있는 인간 DIY 상품을 문의주셨는데요. 최근 나오는 상품들은 대부분 수명이 짧게 설계되어 있습니다. 30년 정도가 평균수명이에요. 다만, 이런 평균수명을 늘리는 튜닝 기법이 몇 가지 있어서 소개해드리고자 합니다.

1. DIY 패키지로 인간을 만들고 행성에 배치한 후에 행성 환경을 '인간의 관점'에서 관리해주세요. 인간들은 신들과 달리 연약해서 행성 온도가 섭씨 영하 100도만 되어도 멸종할 수 있습니다.

2. 인간들이 건강하게 살 수 있도록 영양이 충분한 환경을 조성해주시고, 스스로 건강관리를 할 수 있게 진화 단계별로 적당한 지식을 내려주세요.
3. 일정 시간이 지나면 꼭 '양치질'과 '치과 보험제도'에 대해 인간들에게 알려주세요. 인간을 비롯한 많은 생물의 평균수명이 낮은 건 나이가 들수록 이빨이 상해 제대로 먹을 수 없기 때문입니다. 이빨만 잘 관리해도 섭식과 영양 공급이 개선되어 평균수명을 늘릴 수 있습니다.

구약, 언약서, 2장 14~17절

"그리하여 너희는 내가 내리는 계명을 받아 네 자손의 자손이, 그 자손의 자손까지 행하게 하라."

"너, 인간아. 항상 밥을 먹으면 양치질을 하라. 1년에 한 번 나를 기리며 치과 검진을 받으라. 그리고 이를 위하여 매달 마지막 안식일에는 치과 보험료를 성전에 납부하라."

"네 이웃이 늙어서 이빨을 잃거든 성전에서 치과 보험을 받아 브리지와 임플란트를 받게 하라. 이것이 힘들 때는 사제와 상의하여 그가 틀니를 할 수 있도록 하라."

"이 계명의 증거로 내가 너희의 어금니 뒤에 새로운 이빨을 새겨 남기니, 이는 나의 사랑을 너희가 기억하기 위한 증거요. 이를 너희는 '사랑니'라 부르고 이 이빨이 나거든 뽑아 소중히 간직하며 계명을 실천하라."

아마데우스(신의 사랑을 받은 자)

"사제님, 어째서 신께서는 저희를 사랑하는 증거로 '사랑니'를 남기셨으면서, 그것들이 누워서 자라도록 허락하셨을까요?"

"거기에는 치아 관리를 잘하라는 신의 깊은 뜻이 있겠죠. 음, 엑스레이를 보니까 4개 다 누우셨고요. 놔두면 어금니까지 썩게 할 이입니다. 신의 사랑을 과하게 받으셨네요."

"앗, 아아……."

"완전히 누워서 드릴로 깨고 뽑아야겠어요. 아, 좋아하는 찬송 구절 있으세요?"

"아, '네 이빨을 새롭게 하사' 좋아합니다."

"속으로 읊으세요. 기도가 필요할 겁니다. 자, 시작해볼까요?"

지이이이이이이잉!

"사제님, 마취는 안 될까요?"

"안 되죠. 안 되어요. 신의 사랑을 증거하는 이를 뽑는데 마취라뇨. 자, 용기를 내세요. 누구나 한 번은 겪어야 할 일입니다."

신체 피탈자

사람들이 생각할 때 신체 강탈자라고 하면 굉장히 현대적인 개념으로, 외계 생명체에 의한 지구 침공 같은 걸 생각하거든요. 사실 아니에요. 신체 강탈자 개념이 현대에 정립된 건 맞지만 그 현상이나 실체는 아주 오래전부터 존재했죠. 400년 전 사람들이 말하던 귀신 들렸다는 것도, 사실 지금의 개념으로 보면 신체 강탈자에게 침공당한 거예요. 옛날 사람들은 이런 신체 강탈자의 침공에 대해서 나름 자기식대로 이해하고 있었어요. 사람이 갑자기 귀신에 씌었을 때 그런 현상에 대해 기록을 남겼고, 어떻게 해결했는지도 자세하게 적어두었죠.

물론 정확히 대응한 건 아니에요. 사람들은 이해할 수 없는 일이 생기면 자신들이 아는 세계만큼의 협소한 수준에서 어떻게든 설명하려고 하거든요. 400년 전, 4000년 전, 4만 년 전 사람들이라고 해서 다를 것도 없고요. 그들은 자신들의 세계관, 지식의 수준에서 그것을 바라봤고, 그래서 현대인들이 신체 강탈자들을 다루는 방법과는 차이가 있었어요.

하지만 사람들은 이제 알아요. 신체 강탈자가 귀신이라든가 외계 생명체가 아니라는 걸요. 그들은 사차원의 너머에서 내려와요. 그들은 형이상학적 존재들이죠. 우리보다 한 차원 높은. 사실 그래서 우리가 그들을 상대로 어떻게 할 수 있는 건 없어요. 형이하학적 존재는 형이상학적 존재를 이해 못 하죠. 사차원의 존재들이 신체를 강탈하는 것, 그것을 막을 수는 없지만 그들이 신체를 강탈 못 하게 하는 방법은 있어요. 그래서 요즘에는 사람들에게 그걸 가르쳐요.

사용법을. 총의 사용법을. 청산가리 사용법을. 신체를 강탈하지 못하게 이성이 남아 있을 때 빠르게 대응할 수 있게. 사람의 죽음을……. 그래요. 신체 강탈자는 강탈할 수 있는 존재가 없다면 신체를 강탈할 수 없겠죠.

사차원의 존재들이 어떤 이유로 우리 차원에 내려와서 우리 몸을 강탈하려 하는지는 모르겠지만…… 사람으로 죽을 거예요, 우리는. 우리는, 당신들을 위한 껍데기가 되지 않아요.

1:1 문의사항

[1대1 문의] 제목: 오토플레이 종료 시 버그

사용 환경: 모바일 클라이언트, 버전 1.521A

내용: 장기간 비접속 오토플레이로 게임을 진행하다, 접속 후 오토플레이를 종료하면 캐릭터가 사망하는 버그가 반복해서 발생합니다. 클라이언트 무결성 검사도 진행해봤고, FAQ의 픽스 방법들을 적용해봤는데도, 정상적인 플레이가 불가능합니다. 유저 게시판에 저와 비슷한 증상이 많이 올라와 있던데 빨리 좀 고쳐주시길 바랍니다. 확인하실 수 있도록 스크린샷을 찍어 보내드립니다.

첨부: 1111.png, 1112.png

버그 수정

보내는 이: 개발1팀장

받는 이: QA팀장

제목: 오토플레이 종료 버그 관련 대책

내용: 팀장님, 어떻게 새해 복 많이 받으셨습니까? 지난번에 문의 주신 오토플레이 끄면 캐릭터 죽는 버그에 대해서 저희 팀이 일주일 퇴근 반납하고 알아봤는데, 아무래도 개발3팀에서 초기 버전을 만들 때 쓰였던 레거시 코드가 문제인 것 같습니다.

몇 번의 업데이트가 겹치면서 크래시가 발생한 것 같은데, 이 코드가 어디와 연결되어서 작동하는지 알 수가 없어서 이걸 완전히 고치려면 서버를 아예 닫고 정기 점검을 해야 할지도 모르겠습니다. 얼마나 오래 걸리냐고 제게 묻지 마십쇼. 서버 내리고 코드와 연결되어 반응하는 거 하나하나 확인해봐야 하는 거라 1시간이 걸릴지 1달이 걸릴지 알 수 없습니다.

그래서 조심스럽게 건의드리는 건데, 저희가 이번에 새로 준비 중인 버전 2.0의 새 클라이언트로 아예 유저 데이터를 모두 옮겨 버리는 걸 서두르는 게 어떨까 싶습니다. 초기 개발을 했던 3팀이 모두 퇴사하는 바람에 이 회사에 그 클라이언트 제대로 아는 사람 없는 거 팀장님도 아시고, 저도 알고, 운영진도 다 아는 사실 아닙니까? 거기다가 덕지덕지 업데이트만 하다 보니까 점점 버그만 많아지는 것도 사실이고요.

저희 개발1팀 작년 한 해 진짜 쌔빠지게 일했습니다. 이 클라이언트 버그 잡으랴, 버전 2.0 개발하랴……. 이제는 둘 중 하나 골라야 하는 시기가 온 게 아닌가 싶고, 골라야 한다면 당연히 버전 2.0으로 모든 유저 데이터를 옮기는 게 맞다고 저는 봅니다.

그러니까 팀장님도 다음 팀장급 회의 때 저희 1팀 목소리에 힘 좀 실어주십시오.

부탁드립니다.

보내는 이: QA팀장

받는 이: 개발1팀장

제목: [Re]오토플레이 종료 버그 관련 대책

내용: 팀장님도 새해 복 많이 받으세요. 일단 건의하신 건 팀장 회의 가지 않아도 될 거 같아요. 윗선에서 먼저 이야기가 내려온 거 같아요. 운영팀장이 QA팀으로 내려와서는 상황 청취하고 가더니 그대로 사장님에게 보고한 모양이에요.

안심하세요. 저도 1팀장님하고 같은 생각이고 클라이언트 바꿔야 한다고 이야기했어요. 다행히 사장님께 잘 전달될 거 같고, 이 건에 대해서 그렇게 하는 걸로 다음 회의 때 지시하실 거예요.

다만 좀 짜증 나는 건, 지금 운영팀이 보낸 메일 내용인데요. QA팀에서 클라이언트 유저 데이터 이동을 사용자들에게 공지하고 안내하라는 거예요. 홈페이지 게시판이나 SNS 공지는 자신들이 맡을 테니까 게임 안에서 공지와 유저 대응은 QA팀이 맡으라는 건데, 운영팀 일을 이렇게 밀어내는 게 짜증이네요. 그런다고 안 할 수도 없는 노릇이고. 그래서 1팀장님에게 조언 좀 구해봐요. 게임에서 지속적으로 안내하는 방법 없을까요?

보내는 이: 개발1팀장

받는이: QA팀장

제목: 죄송합니다. 답신이 늦었습니다.

내용: 죄송합니다, 팀장님. 사내 전산망 픽스가 있어서 답신이 좀 늦게 도착했을 겁니다. 픽스 적용이 안 된 버전에는 메일이 제대로 전달이 안 되고 반송돼버리더군요.

일단 팀장님이 저희 팀 입장을 강하게 지지해주셔서 감사합니다. 덕분에 우리 팀원들 이제 좀 살 것 같습니다. 제가 언제 술 한 번 사야 하는데, 시간 되실 때 말씀해주십쇼.

그리고 문의 주신 내용 제가 쭉 살펴봤는데, 어렵지 않을 거 같습니다. NPC 몇 개 만들어서 오토플레이로 돌아다니게 하다가 일정 시간 동안 필드에서 공지를 반복적으로 외치도록 하면 될 것 같습니다. 그렇게 되면 좋든 싫든 유저들도 한 번쯤은 보게 될 거고요.

대신 계속해서 하루 종일 공지를 외치게 할 수는 없을 거 같습니다. 자동 반복 채팅 방지 시스템이 적용이 돼버려서, 그럴 경우 아예 밴 당할 수 있어서요. 개발자 NPC가 이런 거에 적용되는 게 웃기기는 한데, 애초에 저희가 만든 클라이언트도 아니잖습니까?

여튼, 점심시간 이후에 저희 팀 막내 2명 QA팀으로 보내드리겠습니다. 거기서 걔들이 클라이언트 깔아드리고 NPC 생성한 다음에 반복 공지할 수 있도록 해줄 겁니다.

특이 동향 보고서

등록번호	FG-DDD-2022-0011-B
등록일자	2022.01.20.
결재일자	2022.01.20.
공개구분	1급 대외비

담당부서	FG-DDD-동향분석4팀
결재구분	전결

『캘리포니아 주정부 CRT 구축 위원회: 사회 특이 동향 보고서』

(캘리포니아 주정부 CRT 구축 위원회, 워싱턴 지부, 동향분석4팀)

본 보고서는 1급 대외비 문서로, 다음의 대상자를 제외한 자의 열람을 금지합니다.

1. 캘리포니아 주정부 CRT 구축 위원회 위원장
2. 연방정부 시민존엄집행위원회 위원장

3. 연방정부 국가장례추진위원회 위원장

4. 미합중국 대통령

본 보고서는 2022년 1월 2일부터 1월 15일까지 미합중국 50개 주에서 발생한 특이 동향에 대한 보고서(FG-DDD-2022-0011-A)의 축약, 검열본입니다.

전체 보고서 열람을 희망하시면 사서실에 문의 바랍니다.

(내선번호 DDD-10-006)

목차

1. 개요

2. 사회 특이 동향 보고

  1) 범위

  2) 현황

3. 국가장례추진위원회 이관

4. 결론

1. 개요

본 현상은 2022년 1월 2일 맨해튼에서 처음 발견되었으며 ███ ██████ 다수의 시민이 신체 강탈자에게 일시적으로 신체를 강탈당하여 그들의 의식에 접근한 사례입니다.

█████ ███ ████████ ██

해당 사례의 시민들은 '시민존엄집행위원회'에서 발행한 '시민 존엄 교육'을 모두 이수하였으며, ██████ 신체 강탈자에게 신체를 강탈되는 신호를 느꼈을 시, ██████ 시민 존엄 교육에 따라 표준화된 대응을 하도록 교육받았습니다. ██████████

해당 시민들은 ██████ 신체 강탈자에게 ██████ 의식을 점령당하는 순간을 인지하였으나 저항할 수 없었다고 증언합니다. 이와 함께 ██████████████ 의식이 살아 있는 상황에서 신체 강탈자들이 하는 '방언의 의미'를 들었다고 주장합니다. ██████ ██████████████ ███████

이전 사례에서 보고드렸듯이 ██████ ██████ 신체 강탈이 이루어진 경우, 의식이 완전히 단절되며, ███████ 신체가 강탈된 인간은 ██ 알 수 없는 발언과 행동인 '방언'을 하게 됩니다. █ ██████ 이번 사례의 시민들은 그러한 사례들이 이루어지지 않았다는 점에서 ██████████ ████████████

신체가 일시적으로 강탈된 시민들은 "신체 강탈자들이 ██████ ██████ 인류를 모두 지배하기 위해, 이 세상을 파괴하고 ████ ████████ 새로운 세상을 만들 것"이라는 말을 반복적으로 외치는 걸 들었다고 주장합니다. 이는 이후 50개 주에서 확인된 모든 사례에서 동일하게 나타나는 현상입니다.

(보안상 검열된 부분입니다. 자세한 사항은 사서실로 문의 바랍니다.)

2. 사회 특이 동향 보고

1) 범위

2022년 1월 19일 시점, 연방 50개 주에서 사례들이 보고되고 있으며, 지금까지 보고된 사례 수는 입니다.

(보안상 검열된 부분입니다. 자세한 사항은 사서실로 문의 바랍니다.)

2) 현황

현재 MDRT와 함께 관련 사항을 협조하여 대응하고 있으나, 현시점에서 MDRT도 대응의 한계가 왔음에 동의하고 있습니다.

(보안상 검열된 부분입니다. 자세한 사항은 사서실로 문의 바랍니다.)

3. 국가장례추진위원회 이관

이와 관련하여, 본 보고서에서는 예상되는 다음의 대규모 침

공에 대응하기 위하여, 본 기관의 기능을 국가장례 추진위원회로 이관하기를 건의드리며

(보안상 검열된 부분입니다. 자세한 사항은 사서실로 문의 바랍니다.)

4. 결론

해당 현상 이후 신체 강탈자의 대규모 침공이 예상되는 바 본 기관의 기능이 연방 국가장례추진위원회로 이관되는 즉시, 모든 연방 시민권자, 비시민권자에게 계획을 실행하여야 할 것으로 보입니다. 이와 관련한 구체적 방법은 추후 해당 부서에서 보고서를 올릴 계획입니다.

(보안상 검열된 부분입니다. 자세한 사항은 사서실로 문의 바랍니다.)

살아남은 이들의 선택 (1)

우리가 살고 있는 우주는 이미 몇 번의 멸망을 거쳤습니다. 우주에 있는 지적 생명체들이 서로 전쟁을 벌인 게 원인이었죠. 학설마다 조금씩 차이가 있기는 하지만, 고고학 자료들을 토대로 봤을 때 지금의 우주는 대략 42회 멸망을 거쳤다고 보입니다.

우리도 정말 끔찍한 전쟁을 겪었습니다. 수많은 별들과 문명들이 무너져 내렸고, 수많은 지적 생명체들이 우주의 먼지가 되어갔습니다. 하지만 우리는 멸망에 이르지 않았죠. 어느 순간 우리는 별들의 바다를 보면서 생각했습니다.

"우리가 이 악순환을 끝내야 한다."

그렇게 우리는 전쟁을 끝냈습니다. 우리는 살아남았습니다.

그리고 살아남은 우리는 이렇게 생각했습니다.

"우리가 살아남아서 마지막에 무기를 놓을 수 있었던 건, 우리가 전쟁의 마지막 장까지 살아남을 수 있을 정도로 강했기 때문이다. 우리가 마지막까지 살아남는 동안 너무나도 많은 문명과 생명들이 사라졌다. 우리는 우리가 살아남기 위해 너무나도 많은 문명과 생명들을 사라지게 하였다. 우리는 그 책임을 져야 한다."

그랬습니다. 그것은 살아남은 이들의 부채이자 의무였습니다. 우리는 우리가 사라지게 한 이들을 위해 무언가를 해야 했습니다. 우리는 앞으로 우주에 이런 전쟁과 비극과 멸망이 더 이상 생기지 않도록 서로에게 약속했습니다. 그 약속은 이랬습니다.

첫째. 살아남은 지적 생명체 문명 간 끊임없는 대화를 통해 전쟁을 예방하자.

둘째. 전쟁에 사용되었던 대량 학살 병기들과 그에 대한 기록, 지식을 모두 파기하자.

셋째. 전쟁으로 멸망한 문명의 지적 생명체들이 우리와 함께 할 수 있도록 그들을 복원하고 지원하자.

이 약속은 새로운 시대를 여는 열쇠였습니다. 살아남은 이들이 더 이상 전쟁을 하지 않고, 전쟁으로 멸망해버린 이들을 기억하며, 무너진 것들을 복원하겠다는 선언이었습니다. 그 약속에 따라 우리는 서로 대화를 시작했고, 모든 무기를 파기하였으며, 사라진 문명과 지적 생명체들을 복원하기 시작했습니다.

복원의 방식으로는 '수렴 진화' 방식을 선택했죠. '수렴 진화'는 멸망해버린 문명과 지적 생명체의 행성에 우리의 유전자를 뿌려 우리와 같은 진화를 거칠 수 있도록 하는 방식이었습니다.

물론 이런 결정에 반대하는 의견도 있었습니다. 지극히 오만한 결정을 내렸다는 거였죠. 우리가 신 노릇을 한다고요. 하지만 나중에 이들 문명과 지적 생명체가 진화하였을 때 우리와 비슷하게 생각하지 않고, 우리와 비슷한 말을 하지 않으며, 우리와 비슷한 모습이 아니라면, 이는 갈등의 씨앗이 될 게 뻔했습니다. 지난 전쟁의 역사는 모두 이런 갈등에서 싹이 텄고요. 그래서 우리는 그것이 오만한 결정이라는 것을 아는데도 불구하고, 앞으로 올지도 모르는 전쟁을 막기 위해 수렴 진화 방식을 선택할 수밖에 없었습니다.

우리는 우주 곳곳을 돌아다니며 문명과 지적 생명체를 복원하였습니다. 하지만 우주는 굉장히 넓었죠. 그래서 우리가 도착하였을 때 이미 생명이 재탄생해서 진화를 시작한 곳도 있었습니다. 그런 곳들은 진화 과정에서 과오를 밟지 않도록 수렴 진화를 위해 개입하였습니다. 발생한 종을 멸종시키고 새로운 수렴 진화 종을 퍼트렸죠. 그렇게 우주를 돌아다니며 우리의 약속을 지켰고, 이를 통해 새로이 복원되고 지원을 받는 문명과 지적 생명체가 100만 개가 넘게 되었습니다.

……하지만 우주는 너무 넓었습니다. 우리의 손길이 모든 곳에 닿기에 우주는 너무 넓었습니다. 그리고 우리가 쓸 수 있는 자원에는 한계가 있었습니다. 그래서 우리는 다시 선택을 해야 했습니다. 조금이라도 더 많은 문명과 지적 생명체를 복원하기 위해 수렴 진

화를 통해서도 생명체가 발생하기 힘든 조건을 가진 행성은 제외하기로 했죠.

지구가 그랬습니다. 과거에 지구는 문명과 지적 생명체가 존재하던 행성이었지만, 태양이 가까이 있어 방사선의 영향을 너무나도 크게 받고 있었습니다. 때문에 지구는 우리가 바라는 방향으로 수렴 진화하기 어려워 보였습니다. 방사선의 영향으로 돌연변이가 발생할 거라 예상되었죠. 또한 지구는 지난 전쟁에서 생화학 무기인 '산소 폭탄'이 사용된 곳이었죠. 산소 폭탄이 너무 많이 터져서 이제 지구 대기의 산소 농도는 치명적이었습니다.

모든 생명체는 기본적으로 질소를 마시면서 살아갑니다. 우리는 그렇게 진화했습니다. 질소는 다른 대기에 비해 영양소가 많고 독소도 적은 기체니까요. 우리 몸을 구성하는 모든 물질이 질소의 도움을 받습니다. 반면에 산소는 너무 독성이 강한 기체입니다. 산소의 독성은 금속까지 산화시키죠. 그런 독성 가득한 기체가 지구의 운명을 바꾸어버렸습니다. 우리가 보았을 때 지구는 더 이상 생명이 싹틀 수 없는 행성이었습니다.

그래서 우리는 지구를 '고립'시키기로 하였습니다. 너무나도 위험한 곳이니 다른 문명과 지적 생명체들이 접근하지 못하도록 하였죠. 그렇습니다. 우리는 지구를 버리기로 하였습니다. 어쩔 수 없는, 최선의 선택이었습니다.

……그리고 우리는 그 '최선의 선택'이 만들어낸 결과를 보게 되

었습니다. 우리가 버린 행성에서 산소를 기반으로 하는 새로운 생명이 싹텄고, 그 생명은 진화에 진화를 거듭해 문명을 일구어냈습니다. 그들은 불을 발견하고, 철을 다루기 시작했으며, 전기를 이용하게 되었습니다. 그들이 만든 총에서는 불꽃이 터져 나왔고, 그 불꽃은 하늘을 가르는 로켓이 되었으며, 그 로켓은 거대한 죽음의 힘을 실어 나를 수 있게 되었죠. 마침내 그들은 핵무기를 가지게 되었습니다. 아무도 예상하지 못한 일이었습니다. 아무도 예상하지 못한 일이 너무나도 당연하게 일어났습니다. 마치 우리가 오만했다고 말하는 것처럼요.

하지만 이제 그것은 중요치 않습니다. 우리의 손길을 거쳐온 우주의 모든 문명과 지적 생명체가 이 작은 행성을 바라보고 있습니다. 그리고 모두 이렇게 생각하겠죠.

"수렴 진화를 거치지 않더라도 독자적 진화와 문명의 발전은 가능하다."

수억 년간 유지해온 우리의 약속에 대한 믿음이 무너져 내리려 하고 있습니다. 이 믿음이 무너져 내리면, 그들은 무기를 들게 될 겁니다. 무엇이라도 해야 합니다. 우리가 지구를 막아야 합니다.

하지만 어떻게……?

우리는 전쟁을 포기하면서 모든 대량 살상 병기와 지식을 포기했습니다. 우리는 수렴 진화를 위해 이미 발생한 종들을 멸종시킬 때조차 일일이 칼과 창을 휘둘렀습니다. 하지만 지구는 모든 걸 가지고 있습니다. 그들은 우리가 포기한 모든 걸 가지고 있죠. 우리가 그들을 막을 수 있을까요?

살아남은 이들의 선택 (2)

"위에서 조급해하고 있어요."

"알고 있어요."

"알면 성과를 좀 가져오세요."

"가져갈 때가 되면 가져갈 거예요."

"국장은 조급하지도 않아요? 이 조그마한 행성이 이제 로켓을 쏜다고요. 초광속 항해보다 먼저 핵무기 제조에 성공한 이 조그마한 행성이, 이제 원시적이지만 어쨌든 행성을 벗어나는 로켓을 쏜다고요."

"예, 알고 있어요."

"그걸 알면 성과를 내놓으라고요!"

"……이렇게 멱살을 잡으면 내놓을 성과가 있어도 말을 못 하죠."

"정말이지……!"

"그래도 걱정하지 마세요. 성과가 전혀 없는 건 아니니까요."

"되지도 않는 정보전 이야기라든가 공포 조성을 위한 대기권 내

저공비행 이야기는 꺼내지도 말아요. 그건 이제 위에서 신물이 난다고 하니까."

"그 작전들은 시간이 좀 걸리기는 하지만 효과는 있어요. 그들의 대중 통신망에 우주개발 관련 음모론을 올리고, 그들이 UFO라고 부르는 우리 비행체를 저공비행시켜서 공포를 조성하는 건 확실히 효과가 있어요."

"그래도 그놈들의 우주개발은 계속되잖아요?"

"……."

"알아들었으면 이제 그 성과란 걸 말해봐요."

"양동작전을 쓰기로 했습니다."

"양동?"

"음모론과 공포를 조성해도 우주를 향한 열망은 멈출 수 없습니다. 모든 생명체의 고향은 우주니까요. 우리는 모두 별을 머금고 태어났으니까요. 그렇다면 하고 싶은 대로 하게 둬야죠."

"무슨 소리예요?"

"우리가 만든 민간 기업을 통해서 로켓을 맘대로 쏘게 해줄 계획입니다."

"국장? 미쳤어요?"

"그리고 그 기업의 첫 프로젝트가 광범위한 위성 통신망 구축입니다."

"그건 또 무슨 말이에요?"

"그 행성의 모든 지성체가 인터넷이라고 불리는 통신망을 자유롭게 쓸 수 있도록 하는 것을 목표로 삼고, 인공위성을 대략 4만 개 정도 로켓으로 쏘아 올릴 겁니다. 더 필요하다면 더 쏘아 올릴 거고요."

"그러니까 그게 저놈들의 우주개발을 막는 거랑……!"

"위성들을 모두 대기권에 촘촘하게 배치한 후 폭파할 겁니다."

"……예?"

"작은 파편들이 촘촘하게 행성 주변을 감싸면서 퍼지겠죠. 그렇게 되면 이 파편들은 떠다니는 총알이 될 겁니다. 우주를 향해 날아오는 로켓을 타격하는 총알 말이죠."

"그러니까 로켓을 아예 못 날리게 행성 주변을 우주 쓰레기로 가득 채워버리자, 이건가요?"

"그렇습니다. 윗분들이 장기적인 정보전으로는 만족을 못 하시니 조금 과격한 계획을 짜봤습니다. 하지만 이것도 정보전과 함께 가야 합니다. 지구의 지성체들이 이 계획에 반대하지 않도록 여론 조작을 해야 하는 거죠."

"……어디까지 진행됐죠?"

"이미 1만 기 정도 대기권에 띄웠습니다."

"언제쯤 마무리가 될까요?"

"한 10년 안에 마무리될 겁니다."

"알겠어요……. 윗분들에게는 그렇게 전하죠."

"그것과는 별개로, 놈들의 핵무기 제조법 해독은 어디까지 이루어지고 있습니까?"

"아직은 시간이 더 필요할 거예요. 우리는 대량 학살과 관련된 모든 기술을 포기해버렸으니까요……."

"그렇겠죠……."

"……국장."

"네?"

"이놈들이 우주로 나오면 어떻게 될까요? 그러니까 우리와 비슷한 우주 비행 기술을……"

"상상도 하기 싫군요. 만약 그렇게 된다면 전 그날부로 자살할 겁니다."

"너무 비관적이지 않아요?"

"장관님도 그게 나을 겁니다. 초광속으로 비행하는 우주선에서 핵무기와 무인 초음속 전투기가 쏟아진다고 생각해보세요. 우리가 가진 것들로 이길 수 있을까요?"

"……."

"그렇게 되지 않기 위해 저도 미친 듯이 일하고 있습니다. 윗분들에게 그렇게 전해주시면 됩니다."

"알겠어요……."

살아남은 이들의 선택 (3)

보내는 이: 기밀

받는 이: 기밀

제목: 축하해요

내용: 축하해요. 솔직히 당신이 이 말을 했을 때 미쳤다고 생각했어요. 압박에 시달리다 못해서 아무 말이나 내뱉은 거라고 생각했죠. 아니면 우리 같은 고위층 인사들이 말년에 걸리는 정신질환에 걸린 거라고 생각했어요. 그 점 미안해요.

하지만 이렇게 계획이 완벽하게 성공해버렸네요! 정말 축하해요! 덕분에 나도 윗선을 향해 고개 좀 들 수 있게 되었어요. 위에서는 이 작전을 표준 모델화해서 다른 곳에도 적용하자고 난리예요. 아직 갈 길이 멀지만, 앞으로의 작전도 당신이 맡을 가능성이 커요.

그때는 나도 당신 덕에 조금 더 높은 자리에 있을 거 같고요. 고마워요. 앞으로도 잘해보자고요.

살아남은 이들의 선택 (4)

21세기 중엽쯤? 갑자기 모든 인공위성이 다 폭발했어요. 원인이 뭐였는지 그때도, 그 이후로도 알 수 없었죠. 하지만 한 가지 확실한 건 그 폭발로 인해 우주에 떠 있던 모든 것들이 작살나버렸고, 그 후 지구 주변은 온갖 파편으로 가득한 쓰레기장이 되었다는 거예요. 그리고 그 파편 하나하나가 모두 총알이 되었죠. 우리가 대기권을 넘어 우주로 나아가려 하면 이 파편들이 우리를 노리고 달려들었어요.

덕분에 인류는 21세기 중엽 이후로 지구에 발이 묶여버렸고요. 수백억의 인구가 작은 별에 묶여버리자 자연환경은 더욱더 나빠지고, 기후는 점점 더 뜨거워졌어요. 뭐, 사람 수도 줄어드는 일 없이 계속해서 기하급수적으로 늘어났고요. 뭔가 해결 방법이 필요했죠. 작은 행성 안에서 늘어나는 인구에 깔려 죽거나 그 체온에 쪄 죽기 전에 말이에요.

당시 사람들은 그 방법을 자신들이 즐기던 문화 매체에서 찾았어요. 그동안 유희를 위해 즐기던 가상현실, 전자 세계가 인류를 구원할 새로운 방법으로 제시되었죠. 방법은 이랬어요. 모든 인류가 지구에서 살 수 없기에 인류의 일부를 냉동시키고, 그들의 정신을 현실과 똑같이 구현한 전자 세계에 이주시키는 거였죠. 이주는 큰 문제 없이 순조롭게 진행되었던 거 같아요. 기록에 따르면 22세기 초입까지 인류의 80퍼센트 정도가 이 전자 세계로 이주했다고 하니까요.

그러다가 문제가 터졌어요. 역시 원인은 알 수 없어요. 너무 오래된 일이고, 우리는 그때의 기록도 기술도 완전히 복구하지 못했으니까요. 아마 앞으로도 영원히 알 수 없겠죠. 그래도 단편적으로나마 알아낸 내용은 이래요. 22세기 말쯤일 거예요. 갑자기 전자 세계와 통신이 끊겨버렸고, 이 사람들의 정신이 모두 전자 세계 어딘가로 사라져버렸어요. 누군가 이 문제를 해결해보려고 했을 법도 하지만, 재미있게도 당시 전자 세계를 관리하던 사람들은 모두 전자 세계 안에서 살고 있었던 모양이에요. 그들의 정신도 모두 전자 세계 어디론가 사라져버린 거죠. 결국 약 220억 정도의 주민이 한순간에 증발한 전자 세계는 그대로 방치되어버렸어요. 그리고 전자 세계 밖에는 220억의 영혼 없는 냉동된 인간들의 육신이 가득했고요.

이 냉동 인간들은 어떻게 되었을까요? 모두 우주로 방출됐어요. 누가 그런 짓을 했냐고요? 바로 우리 선조들이에요. 지구에 남아 있었던. 예, 진짜 지구요. 전자 세계로 들어가지 않고 지구에 남은 사람들이 있었어요. 그 사람들은 전자 세계의 사람들이 언젠가 돌아올 수 있도록 지구를 청소하는 테라포머들이었죠. 대부분 전자 세계로 이주할 돈이 없어서 갈 수 없었던 사람들이었어요. 그 사람들이 우리의 선조였죠.

우리의 선조들이 어떤 생각으로 냉동 인간을 우주로 방출시켰는지는 알 수 없지만. 한평생 청소만 하던 사람들이 보았을 때 냉동 인간들이 어떻게 보였을까요? 정신이 어디론가 날아가버린 인간의 육신은 그저 아무 쓸모없는 쓰레기로 보이지 않았을까요?

아무튼 그렇게 된 후에 전자 세계 밖에 있던 테라포머들은 지구의 새로운 주인이 되었죠.

그리고 시간은 계속 흘러 어느덧 지금, 현재 32세기가 되었어요. 인류는 과거 21세기 중엽에 겪었던 문제에 '다시' 빠지게 되었고요. 인구는 다시 폭발적으로 증가했고, 지구에는 이제 자원이 없어요. 그렇다고 지구 밖으로는 나갈 수도 없고요. 이유가 뭐겠어요? 오래전에 폭발한 인공위성의 온갖 파편들과 우리 선조들이 내다 버린 220억의 냉동 인간 덕분이죠. 예, 맞아요. 선조들은 설마 220억의 냉동 인간이 지구를 더 촘촘하게 감옥으로 만들 거라고는 상상도 못 했을 거예요.

하아…… 그래서 우리가 어떤 선택을 내렸을 거 같아요? 네, 과거의 유산을 다시 쓰기로 했죠. 전자 세계. 다만 그때와 지금의 상황이 많이 다른 게, 우리는 그때의 기술들을 대부분 잃어버렸고 지금 우리가 가진 기술로 당시 만든 전자 세계에 접속하려면 나름의 환경 변화가 필요해졌다는 거죠. 예, 실물이 없는 전자 세계지만 '테라포밍'이 필요하게 된 거예요. 참 아이러니하죠? 테라포머들의 후예가 이제는 전자 세계를 테라포밍하니까요.

그런데 새로운 문제가 생겼어요. 전자 세계를 테라포밍하기 위해 어느 선부터는 직접 접속해서 테라포밍해야 하는데, 안에 접속한 인원들이 정체불명의 논리 공격을 당한 거죠. 처음에는 테라포밍이 되지 않은 구역에 들어가서 그런가 했는데 그게 아니었어요. 테라포밍이 안 된 영역에서 무언가 넘어와 우리 쪽 구역의 인원을 공격했죠. 이걸 테라포밍기획부에 보내서 점검을 해봤는데, 놀랍게도 과거 기록에 남아 있던 구인류의 코드더군요. 전자 세계 어디론가 사라졌던 구인류가 우리를 공격한 거예요.

덕분에 테라포밍기획부가 바빠졌어요. 군사전략작전부와 협업해서 이들과 전자전을 치러야 하는가, 치러야 하면 어떻게 해야 하는가, 이런 이야기를 나누고 있죠. 저도 주워들은 내용이긴 한데……. 전자 세계에서 일어난 일이다 보니 저쪽 전력이 어느 정도인지 완전히 파악은 어렵지만, 그동안 외부와 교류 없이 고립되었던 걸 감안할 때 전자전 전력은 22세기 중반 정도일 거라고 추측하더군요. 예? 어째서 수십 세기 만에 만난 같은 인류와 싸울 생각을 먼저 하냐고요? 어……. 어떻게 답해야 할까요. 우선 저쪽이 먼저 우리를 공격했고요. 우리도 저쪽과 끊임없이 대화를 시도했지만 통하지 않았어요.

그리고…… 우리 선조가 저들의 육신을 어떻게 했는지 기억해 보세요. 선생님이라면 자신의 몸이 냉동 상태로 우주로 방출되어 버렸고, 그것 때문에 전자 세계에서 돌아올 수 없는 상태가 되었다는 이야기를 들으면 어떻게 할까요?

그런 이유예요. 그런 이유로 우리는 지금 전쟁을 준비하고 있어요. 육신을 잃고 전자 세계에 갇혀버린 구인류와, 인구가 너무 많아 이제 그 전자 세계를 차지해야 하는 신인류의 전쟁이요. 정말이지 인류의 역사가 전쟁의 역사라지만, 이런 전쟁 누가 상상이나 해 봤겠어요?

전쟁의 신이 물제비를 보내는 계절

"이쪽 차원에는 유독 전쟁에 대한 역사가 없네요. 왜지? 다 유실되었나?"

"아니에요, 전쟁 자체가 뜸한 거예요. 이쪽 차원에서 역사가 시작된 이후로 100번이 채 되지 않을 거예요."

"그게 가능해요? 뭔데 그렇게 전쟁을 안 해요?"

"이쪽 차원의 전쟁의 신 때문에 그래요."

"오, 전쟁의 신이 있는데 전쟁을 안 한다고요? 그게 말이나 되는 거예요? 내 고향은 전쟁의 신이 날뛰어가지고 불바다가 되어버렸는데?"

"이쪽 전쟁의 신의 출신 때문에 그래요."

"그건 또 뭔 소리예요?"

"이쪽 전쟁의 신은 흔히들 말하는 '전이된 신'인데 쉽게 말해 이세계에서 넘어온 거죠."

"아…… 그 뭐냐…… 버스에 치여서……."

"아뇨, 트럭이요."

"아, 맞다. 그 무슨 트럭……. 아무튼 그게 뭔 상관인데요?"

"전쟁의 신이 원래 세계에 있을 때, '사회복지공동모금회'의 '프로포절 담당'이었어요."

"예?"

"이쪽 차원은 창조된 역사가 짧아요. 다른 차원보다 늦게 창조된 거죠. 창조되면서 세계의 대사를 관장할 신들이 필요했는데, 너무 늦게 창조된 바람에 데리고 올 수 있는 신들이 없었어요. 그래서 급한 대로 여기보다 고차원인 세계에서 사람들을 납치해 와서 신으로 앉힌 거죠. 그런데 앉히고 보니까 전쟁의 신이 원래 있었던 세계에서 그런 일을 하던 사람이었던 거예요."

"아니, 그러니까……."

"그래서 이쪽 차원에서는 전쟁을 하려면 프로포절 공모 기간에 프로포절을 써서 신에게 올려야 해요. 그러면 전쟁의 신이 그 프로포절을 꼼꼼하게 읽어서 검토하고 허가를 내줘요. 물론 통과되는 경우는 거의 없죠."

"왕들이 전쟁하려고 프로포절을 쓴다고요?"

"예. 보통 새해 시작하고 1개월 정도 지나면 물제비가 날아다니면서 '전쟁의 신이 너희들의 바람을 들어주시고자 한다!'라고 외치는데 그게 시작이죠."

"왜 하필 물제비죠?"

"여기서는 물제비가 차원 철새여서 여름이 오면 다른 차원으로 가버리거든요. 그 기간만 프로포절을 받는 거예요."

"아……."

"여하튼 기간을 못 맞춰서 프로포절을 못 내는 왕들도 많고, 내고도 첨부 서류가 부실해서 탈락하는 왕들도 많고, 최종 심사에서 직권으로 거부당하는 경우도 많아요."

"와, 진짜 빡세네……요."

"그래도 전쟁이 없는 건 아니에요. 전쟁의 신이 직접 전쟁을 일으키는 경우도 있어요."

"역시 전쟁의 신인데 전쟁을 안 할 리가! 그런데 어떨 때 전쟁을 하는 거죠?"

"음, 약자들이 핍박받을 때?"

"예?"

"가난한 자들이 부자들에게 착취당할 때?"

"예?"

"강대국이 외교적, 경제적으로 약소국을 착취할 때?"

"예? 아니 그런 경우에 전쟁을 한다고요?"

"예."

"어…… 아니, 왜요?"

"전쟁의 신이 '사회복지공동모금회' 출신이니까요. '사회복지사'였으니까요."

"아……."

"그녀는 평등이 없는 곳에 평등을 가져와요. 기회가 없는 이들에게 기회를 주고, 기회에 참여할 수조차 없는 이들을 위해 길을 닦아주죠. 그래서 이쪽 차원에서 전쟁의 신은 인기가 좋아요."

……가난이 있는 곳에 손을 내미는 분이시여. 불평등이 있는 곳에 직접 임하고, 불의가 있는 곳에서 방패를 들어준 분이시여. 우리는 그대의 계절에 물제비가 우는 소리를 듣나이다. 물제비의 바람대로 우리의 바람을 전하오니 부디 당신의 바람대로 하옵소서……

모두에게 공정한 세상

지난 한 해 인간계 화두가 '공정'이었잖아요? 어쩌다가 그런 이야기가 튀어나왔는지는 모르겠는데, 모든 사람들이 '무조건' 같은 출발선에 서야 한다고 말하더군요. 가난한 사람이든 약한 사람이든……. 제가 아는 공정과는 조금 개념이 다르지만…… 뭐, 사람들이 원하잖아요?

그래서 일단은 신들도 그 기대에 마지못해 부합하기로 했다고는 하는데…… 사실 다들 좋아하고 있어요. 이제 인간들의 이 사정, 저 사정 들을 것 없이 일괄적으로 똑같은 기준으로 평가하면 되니까요. 인간들 사정이야 어떻게 됐든.

아, 그리고 죽음의 신이 진짜 좋아해요. 글쎄 뭐라는지 아세요? "이제 더 이상 구급차보다 늦게 출발하지 않아도 된다. 사람들은 내가 구급차랑 같이 출발해도 공정하다고 하더라. 심지어 '공평'하다고 하더라. 죽음은 누구에게나 공평하다고." 그러면서 이번에 새로 산 전기 슈퍼카를 자랑하더란 말이죠. 제로백이 몇 초랬더라?

그리고 죽음의 신은 질서의 신과 형제예요. 질서의 신은 신호등을 관장하죠. 그래서 죽음의 신은 신호에 걸릴 일이 없어요. 구급차는 아니겠죠. 아마 신호마다 걸릴걸요? 재수 없게도.

제가 알기로는 아마 딱 한 명의 신만 지금 이런 분위기에 반대했을 거예요. 반대하고 항의한다는 의미로 자기가 맡은 일을 앞으로 몇 년간 멈춰버리기로 했다고 들었어요. 파업이래나 뭐래나. 어차피 자기가 일 안 해도 몇 년간은 온 세상과 일상이 '전쟁터'일 거라고 하면서요.

죽음과 선물과 거짓말

중요한 일로 나갈 때는 항상 윗옷 앞주머니에 죽음의 신의 부적과 돈을 넣어두고 나가요. 죽음의 신은 '선물'을 좋아하거든요. 사고가 나서 죽음의 신을 만나게 되면 이렇게 인사하는 척 고개를 숙여서 주머니 안의 '선물'을 보여줘요. 그러면 이제 죽음의 신이 옷에 먼지가 묻었다고 하면서 주머니의 '선물'을 꺼내고는, 아직 죽을 때가 아니라고 하면서 돌아가거든요.

물론 '선물'이 마음에 안 들면 여지없이 죽는 거고요. 그러다 보니 죽지 않기 위해 '선물'을 준비하는 비용도 만만치 않아요. 가난하고, 그래서 배우지 못해서 누구도 하기 싫어하는 일이 아니면 돈을 벌 수 없는 사람들일수록 더 힘들죠. 어떤 날은 '선물'을 준비하지 못해서, 뜬눈으로 밤을 지새우는 바람에 다음 날 사고로 죽는 사람도 있고 그래요. 그리고 이건 저에게도 남 이야기가 아니고요.

가난은 원래 비싼 거예요. 들어가는 비용이 너무 많죠. 살아 있다는 것도, 죽는다는 것도…….

그러니까, 죽음이 공정을 넘어 공평하다는 말은 거짓말이에요. 적어도 그 말이 거짓말이 아닌 사람들은 윗옷 주머니를 선물로 가득 채울 수 있거나, 일 때문에 죽음의 신과 만날 수 있는 걱정 따위 없이 사는 사람들이겠죠.

이윽고 물제비가 날갯짓을 하였다

이렇게 죽어야 할 아이는 아니었을 거다…….

제대로 자랄 수 있었다면 이 아이도 원하는 것을 배우고, 첫사랑에 설레어보고, 실연에 슬퍼해보고, 좋아하는 이들과 함께 행복하기도 고통받기도 했을 것이다. 아이의 옷 주머니에는 보호자가 정성스레 접은 부적과 꼬깃꼬깃한 지폐가 들어 있다. 아마 선물이 마음에 안 들었겠지. 그래도 이렇게 죽어야 할 이유는 없었다. 과거에도 그랬고 앞으로도 그래야 했다.

'세상이 지옥같이 변하리라, 전쟁터가 되리라' 하여 절망하고 포기한 나 또한 이 죄와 업보에서 결코 자유롭지 못하리라. 그러니 나는 내가 해야 할 일을 해야겠다.

물제비의 계절이 온다. 이와 같은 태평성대에 누구도 전쟁을 허락받지 않을 거다. 나도 그들의 전쟁을 허락지 않으리라. 그러니 그들이 나의 방관으로, 나의 죄로 인하여 방심하고 있을 때 내가 스스로 물제비의 부름에 응하리라.

그러니 귀가 있는 자는 그 소리를 들으라! 전쟁의 신께서 친히 너희의 바람을 들어주고자 하신다!

귀환

"김 중위. 전부터 궁금했는데 말이야?"

"예, 소령님."

"심우주 탐사 임무인데 핸드폰은 왜 가지고 온 거야? 즐길 거리라면 공용 태블릿에 있고, 통신이 목적이라면 지구까지 전파가 안 통할 텐데."

"아, 보셨어요?"

"보안 사항 위반인지 따져보려다 말았어. 하도 만져대서."

"죄송합니다. 헤헤."

"그래서, 그건 왜 가지고 온 거야?"

"아, 이거요? 아내하고 뭘 좀 약속했거든요."

"뭔데?"

"하루에 한 번 문자 보내기요."

"의미가 있나? 전파가 안 통할 텐데?"

"아, 그게 요즘 젊은 친구들이 그러는데, 전파가 안 통하는 우주에 있다가 전파가 통하는 지구권으로 들어오면, 그동안 밀렸던 문자가 주르륵! 하고 온대요. 그래서 연인들이 많이 한다고 하더라고요. 문자가 갑자기 주르륵 오는 것으로 서로 돌아왔다는 걸 알 수 있다고."

"낭만적이네. 우리 딸내미는 그런 거 말도 안 해주더만. 역시 젊은 사람은 달라."

"헤헤. 감사합니다."

"그래서 우리 임무 기간이 며칠이었지?"

"예, 1521일 하고 12시간 35분입니다."

"후…… 웜홀 게이트 빠져나오면, 핸드폰 시끄럽겠구만. 진동으로 하라고 해도 안 할 테니. 됐어, 내가 귀 막고 있지 뭐."

"젊은 친구들이 그러는데, 알림 소리가 한 번에 울리면 음악 같다고 합니다."

"그래? 그럼 한번 들어볼까? 준비해. 웜홀 게이트 이탈 지점까지 10초."

"초광속 엔진 감속 체크, 압축 공간 테어링 준비. 올 그린."

"오케이. 5, 4, 3, 2, 1. 이탈!"

콰콰과과과과광!

"웜홀 게이트 이탈 성공. 시간, 공간 좌표 확인. 소령님 시공간 좌표 이상 없습니다. 잘 도착했습니다."

"……확실해?"

"예?"

"확실하냐고. 뭔가 잘못된 거 같지 않아? 너무 어둡잖아? 좌표에 이상 없으면 달 근처여야 하는데. 그럼 인공위성 불빛이 보일 텐데……."

"좌표 확실합니다. 몇 번 검토했는걸요?"

띠링!

"보세요! 전파 통하지 않습니까? 지구권에 들어온 겁니다. 아마 선체 각도가 조금 틀어져서…… 어?"

"뭐야? 김 중위 왜?"

"아니, 저기…… 소령님 이게……."

"뭔데? 왜 갑자기?"

띠링!

[통합정부재난통제국: 긴급 상황, 전 시민 즉시 귀가]

띠링!

[통합정부재난통제국: 2호 대피령 발령, 전 시민은 외출을 삼가시오]

띠링!

[대통령궁대변인실: 1호 대피령 발령, 대통령 긴급 담화 예정]

띠링! 띠

링! 띠링! 띠링! 띠링! 띠링!

[내사랑: 자기야 돌아오면 안 돼……]

개천의 용, 1년 후

"그러니까 말이죠? 용이나 신이 사람으로 현신할 때 어떤 일이 일어나는지 아세요?"

"잘 모르겠군요."

"주변에 생기를 가득하게 만듭니다."

"그건 어째서죠?"

"용이나 신의 거대함을 유지하기 위해서는 거대한 에너지가 필요한데, 그 에너지가 불필요하기 때문이죠. 인간의 몸은 작으니까요."

"잘 이해가 안 되네요."

"거대한 그릇에는 거대한 에너지를 담을 수 있지만 작은 그릇에는 거대한 에너지를 담기 어렵죠. 인간의 몸으로 현신했을 때 그 몸에 원래 에너지를 모두 담기는 어려울 거예요. 그래서 담을 수 있는 정도만 남겨두고 나머지는 밖으로 방출하는데, 그게 주변 동식물의 성장을 촉진시켜요."

"흠, 그렇다면 이해가 더 안 되는 게 현신한 용이나 신들도 불을 뿜거나 기적을 쓰지 않습니까. 그 에너지를 모두 버린다면 그게 가능할 리 없잖습니까?"

"인간들은 자신들의 그릇을 너무 작게 평가하는 것 같네요. 당신들의 그릇은 은근히 커요. 다만 그 사이즈만큼 힘을 내는 사람들이 적을 뿐이지."

"그런가요?"

"예를 들어서 마법사들 같은 경우는 몸속에 마나의 힘을 내재해야 하는 경우도 있는데, 인간의 그릇이 그렇게 작다면 그건 힘들겠죠?"

"그렇군요."

"마찬가지로 현신한 용이나 신들도 적당한 선까지만 에너지를 버리는 거죠."

"그럼 그 반대는 어떻게 됩니까?"

"다시 거대한 몸으로 돌아가려면 그에 상응하는 에너지가 필요하겠죠."

"그러면 지금 이 재해가 이해가 되는군요. 덕분에 영주님께 보고드릴 게 생겼습니다."

"어떤 이유에서인지 모르지만, 용 이상의 존재가 이 영지에서 현신한 채 숨어 있다가 돌아간 거 같네요."

"……왜 그랬을까요?"

"다른 신들에게서 유폐되어 현신한 신이 자신의 형벌이 끝나 다시 돌아갔을 수도 있고요……."

"그럼 이건 신에 대한 믿음을 잃어가는 우리를 향한 벌일까요?"

"딱히 그렇지는 않을 거예요. 그냥…… 우리가 어쩌다 보니 여기 있었을 뿐일지도요."

개천의 용, 1년 전

나는 언제부터인가 개천에서 용 난다는 말이 무서워졌어. 어른들은 보잘것없는 동네에서 훌륭한 사람이 난다는 뜻이라고 말했지만, 난 다르게 들렸거든. 용은 최상위 포식자야. 그 용이 조그마한 개천에서 성체로 성장하기 위해선 얼마나 많은 미물을 잡아먹었을까? 용이 개천을 떠난 건 무엇을 의미할까? 어쩌면 더 이상 먹을 게 없어진 용이 이제 물만 흐르는 개천을 버리고 다른 곳을 찾아 떠나버린 게 아닐까? 그렇다면 과연 개천에서 용이 나는 게 좋은 일일까?

얼마 전 우리 마을에 아이의 모습을 한 신이 떨어졌어. 어른들은 길조라고, 우리 마을도 이제 크게 될 일만 남았다며 신을 극진히 모시기 시작했고. 가난하기 짝이 없는 마을이라 세 끼가 아닌 한 끼를 먹는 마을인데, 그 한 끼 절반을 십시일반 모아 신에게 공물로 바치고 있어.

신이 천상으로 돌아갈 때 우리를 기억할 거라고.

하지만…… 개천에서 용이 날아오를 때, 저 높은 하늘에서 개천을 바라볼까? 그 높은 하늘에서 그 작은 개천이 보일까?

미믹 (1)

'회사'나 '교회' 같은 '집단'으로 위장하는 미믹이 늘어서 문제예요. 예전에는 ATM이나 컴퓨터, 냉장고 뭐 이런 자그마한 걸로 위장했는데, 대응 방법이 나오고 이제는 안 먹히니까 이런 식으로 자기를 위장하고 있어요.

전에 수도권에서 발견된 '집단형 미믹'들은 서류상 법인으로 등록되고, 일반 사업자 번호까지 발급된 녀석들이었어요. 5층짜리 건물에 1층은 카페, 2층과 3층이 회사 사무실, 4층은 입시 학원으로 구성된 디테일이 인상적이었죠. 하나의 집단으로만 위장하는 게 아니라, 여러 집단들이 모여 보다 큰 집단을 이루는 구조의 '복합 집단 형태'로 위장을 하기 시작한 거예요.

더욱이 놀라운 건, 이 건물 안에는 사람들도 있었는데 모두 하나의 미믹이 꾸며놓은 가짜였어요. 모두 미믹의 일부였죠. 이 가짜 사람들은 미믹이 꾸며놓은 회사에서 영업을 하고, 카페에서 커피를 마시고, 학원에서 학생들을 가르치고 있었어요. 그리고 하루 일과가 끝나면 퇴근하고, 가게 문을 닫고, 학원 차를 타고 집으로 갔죠.

하지만 그게 가능할까요? 이 사람들은 모두 미믹의 일부인데? 위장한 미믹의 밖에 자신들이 돌아갈 집이 있었을까요?

수도 인근 제5기 신도시에 발견된 아파트 단지가 그런 미믹의 위장을 이어갈 수 있게 해준 또 다른 '복합 집단형 미믹'이었어요. 그곳에는 그렇게 하루 일과를 끝내고 집으로 가는 '미믹의 구성원'들이 위장을 이어갈 수 있도록 그들을 위한 '집'과 '가족'이 있었죠. 솔직히 말해서, 이런 미믹들이 얼마나 많이 수도권에 퍼져 있고, 회사로, 학원으로, 카페로, 음식점으로, 피시방으로, 서점으로, 핸드폰 대리점 및 기타 등등으로 숨어 있는지 지금 시점에서는 제대로 파악도 못 하고 있어요. 이런 미믹의 현황을 제대로 파악하지 못하니, 위장을 이어가기 위해 주거 단지로 위장한 미믹들이 얼마나 많은지는…….

게다가 이 미믹들은 위장을 해서 사람들을 잡아먹는 게 아니라, 사람들이 자신 안에서 활동하도록 만들어요. 회사로 위장한 미믹은 사람을 취직시켜 일하게 하고, 학원은 교육을 시키죠. 음식점에서는 음식을 팔고 먹고, 핸드폰 대리점에서는 진짜 핸드폰을 개통시켜요. 그러고 나서는 버스 회사로 위장한 미믹의 일부인 가짜 버스를 타고, 수도권 외곽의 신도시로 나가 다시 원룸으로 위장한 집단형 미믹에 거주하게 하고, 먹고 자고 다시 일어나서 출근하게 만들어요.

그렇게 되면 어디까지가 미믹이고 어디까지가 미믹이 아닌지, 사람 스스로도 내가 미믹에게 먹힌 건지, 아니면 미믹의 일부가 된 건지, 그도 아니면 나는 지금 나로 남아 있는지, 나는 누구인지 알 수 없는 상태가 되어버리죠. 그리고 그런 상태가 반복되다가 그게 일상이 되어버리고요.

그러다 보니까 이제 저는 솔직히 모르겠어요. 사실 저도, 당신도, 우리 모두도 어떤 거대한 복합 집단형 미믹의 일부 아닐까요? 이 도시는요? 이 사회는요? 이 나라는요? 이 나라를 구성하는 경제, 정치, 군사, 외교는요? 어쩌면 이 세상은 거대한 복합 집단형 미믹 아닐까요? 우리는 그 안에서 누군가를 홀리기 위해 기다리고 있는 미믹의 일부가 아닐까요?

미믹 (2)

내 친구가 지난달 결혼했거든? 근데 상대가 미믹이었던 거야. 아니, 정확하게는 집단형 미믹의 일부였던 거야. 근데 더 웃긴 게 뭔지 알아? 걔네 처가도 모두 그 미믹의 일부였고, 걔가 다니는 직장, 학교 동창, 아파트 단지, 심지어 살고 있는 동네도 집단형 미믹의 일부인 거야.

그런데 더 웃긴 건 뭔 줄 알아? 걔도 미믹이었어. 진짜 진짜 웃긴 건 자기도 자기 결혼한 상대가 속해 있는 집단형 미믹의 일부였는데 그것도 모르고 있었던 거야. 진짜 웃기지 않아? 응? 그래서 어떻게 됐냐고? 얼마 전에 아내가 첫째를 가졌다고 연락 왔어. 사진 보낸 거 보니까 되게 행복해 보이던데. 그러면 된 거 아닐까?

미믹 (3)

인류는 세상에 큰 죄를 졌어. 인류가 파괴한 자연은 더 이상 살아나지 못하겠지. 우리는 더 이상 자녀들을 낳지 못해. 우리가 죽인 자연은 우리를 영원히 거세시켰어. 우리는 이제 앉아서 죽어갈 거야. 인류는 누구도 구하지 못해.

하지만 이 집단형 미믹이 '인류성'을 구할 거야. 아무도 시키지 않았는데 이 기이한 생물은 인간의 생태와 환경을 흉내 내더니 자기 스스로를 환경과 생태 그 자체로 만들고 있어. 본래는 인간을 잡아먹기 위한 행동이었겠지만 어느 순간부터인가 그 행동은 보이지 않았지. 어쩌면 인간의 생태를 흉내 내면서 우리의 끝을 봤을지도 몰라.

우리의 끝을 보고 우리에게 연민을 느낀 걸까? 아마 알 수 없겠지. 우리는 영원히 알 수 없을 거야. 다만 지금 이 순간 나는, 하나하나 우리가 남기고 싶어 하던 모습들을 섬세하게 흉내 내는 그들에게 감사해.

그들은 새벽에 버스정류장에서 버스를 기다리는 차가운 입김을, 친구와 점심시간에 급식실 대신 편의점을 가려고 담을 넘는 아이들의 웃음을, 어떻게 다가올지 모르는 미래에 대한 불안감을 잊게 해주던 밤하늘의 강과, 그 강에 흐르는 별들의 기억을 흉내 내주고 있어.

이제 우리가 세상에 없더라도 그들이 우리를 기억해줄 거야. 어쩌면 집단형 미믹들이 인간의 환경을 흉내 내는 걸 영원히 하진 않을지도 몰라. 하지만 인류가 세상에 없어진 이후에도 아주 잠시나마 우리가 있었다는 걸 기억해줄 다른 누가 올 때까지만이라도 우리를 흉내 내며 우리의 인류성을 기억해줄지도 몰라.

그걸로 된 거야. 그걸로 우리는 아주 조금이라도 구원받았어.

……고마워.

잔혹한 신이 '제작'한다

마녀

신부님 번지수 잘못 짚었어요. 마녀들이 늪을 떠난 지가 벌써 수백 년인데 이제 와서 마녀들 잡겠다고 늪에 오시면 어떡합니까? 요즘 마녀들은 커다란 성벽wall 안에서 살고 있어요. 대낮에 거리street를 활보하면서요. 마녀들은 이제 아예 사람들은 아랑곳하지 않고 3, 6, 9, 12월의 두 번째 목요일에 동서남북을 대표하는 네 마녀의 이름으로 연회를 연답니다.

많은 사람들이 취해서 울고불고 사랑하고 고통받지요. 세상이 이렇게 변했는데 신부님은 몰랐습니까?

찬송가 227장

아니에요, 그건 정말 오해예요. 저희 교파를 두고 컬트다, 사탄이다 하는 교파도 있는 거 알아요. 우리가 흑미사를 열고 어둠의 예배를 바쳐서 선량한 사람들을 유혹하고, 신의 사랑으로부터 멀어지게 만든다고 말하는 것도 알고요. 아니 그런데, 저희는 그런 거 아니라니까요? 신학적으로 따지면 저희도 예정론을 믿는 교파예요. 그쪽이랑 우리랑 신학적으로 뿌리가 같다니까요? 그리고 이미 이 모든 것을 신께서 예정하셨겠죠. 저희도 다른 교파들하고 똑같이 주일에 가족끼리 손잡고 교회에 가서 찬송가도 부르고 설교도 듣고 은총도 잔뜩 받고 돌아가서 신의 뜻대로 복된 소리를 전하라고 말한다고요.

물론 저희 교파가 비교적 최근에 만들어진 교파고, 그 구성원들도 비교적 최근에 등장했다 보니 사람들이 교리적으로 신학적으로 이상한 교파라고 생각할 수 있어요. 아니에요. 단연코 아니에요. 저희 교파는 주류 교파에서 중점적으로 다루는 핵심 교리들이

나 신학에 대해서는 절대 이상한 소리 안 한다고요. 교주가 신이라든가, 우리 교회만 믿어야 구원받는다든가 그런 말도 없고요. 아 물론…… 교회 안에서만 구원받을 수 있다고는 하지만요. 근데 그건 다른 교회들도 다 그러잖아요?

신학 이야기가 나와서 말인데, 저희 교파의 신학적 연구를 보면, 우리가 종교 혁명기 당시에 등장했다면 그 혁명을 우리가 이끌었을 수도 있겠다 싶을 정도로 자신감이 들고 그래요. 아, 오해는 마세요. 그만큼 많이 연구하고 끊임없이 신의 뜻과 말씀에 대해서 고민한다는 의미로 말한 거예요. 다른 의미는 없어요.

그래도 이렇게 저희 예배에 참석해주셔서 고마워요. 안 오시면 어쩌나 조금 걱정했었는데. 다른 교파 예배는 많이 나가보셨죠? '이렇게' 되기 전에 말이죠. 지난번에 말씀 나누다 보니까 신실한 신앙인이라고 하셨던 게 기억나서요.

아니에요, 아니에요. 절대 놀리려는 게 아니에요. 존경스러워서 그래요. 보통 이런 일들을 겪고 나면 많은 사람들이 신앙을 버리거든요. 회의감에, 주변의 멸시에……. 저도 그랬으니까요.

그래도 신께서는 무척이나 저희를 사랑하시기에 저희를 홀로 두게 하지 아니하셨고 서로 사랑하도록 이렇게 저희를 이끄시는 거겠죠. 말씀드렸잖아요? 모든 걸 신이 예정하셨다고요. 그렇다는 건 선생님이 오늘 저희 예배에 오신 것도 그런 거겠죠. 그건 천 길 바다처럼 깊고 하늘같이 높은 신의 뜻이겠죠. 무엇보다 이렇게 말해야 선생님께서 저희 교파가 예정론을 따르는 주류 교파들과 다르지 않다고 믿으시겠죠? 헤헷, 이건 웃자고 하는 소리예요. 농담이에요.

음, 처음 오셔서, 그리고 예배 중간에 오셔서 조금 헷갈리는 부분이 있을 수 있을 거예요. 물론 예배 과정은 다른 교파와 크게 다르지는 않지만요. 복된 말씀도 함께 읽었고, 찬송도 했고, 설교 말씀도 있었고. 제일 지루한 부분을 다 보내신 다음에 오셨어요, 후훗.

이제 남은 건 '성찬식'뿐인데, 이건 조금 설명해드려야 할 거 같아요. 선생님 다니시던 교회에서는 성찬식을 했나요? 아, 했어요? 어떻게 했나요? 아, 그냥 떡과 포도주를 나누어 드셨구나. 그러면 설명을 드려야겠네요.

저희 교파는 굳이 분류하자면 신교파에 속하지만, 교리적으로 보거나 신학적으로 보면 일부는 구교파와 비슷한 부분도 있어요. '성사' 부분이 그렇죠. 그중에서도 '성찬식'은 '성체성사'라고 해서 굉장히 중요하게 다루거든요. 교회법상 1달에 1번은 꼭 하기로 정해두었고요.

그런데 성찬에 대한 신학적 논쟁은 종교 혁명기부터 계속 있어왔잖아요? 구교의 경우는 사제가 빵과 포도주를 축성祝聖하면 그게 진짜 신의 살과 피로 변한다는 '성변환론'을 믿고 있죠. 신교 교파들은 '임재론', '상징론' 뭐 다양하게 믿고 있고요. 저희 교파가 믿는 '성찬인자임재론'은 구교의 성변환론과 신교의 성찬론 중 하나인 임재론이 약간 섞인 듯한 교리인데, 신학적 근거는 이래요. 신께서 최후의 만찬 때 제자들에게 빵과 포도주를 나누어 주시면서, '이 포도주와 빵은 너희 죄를 대속하기 위한 나의 피와 살이니, 너희는 이것을 기억하여 행하라'라고 말씀하시거든요. 이걸 통해서 저희 교파는 성찬식이 단순한 상징이 아니라 신의 성혈과 성체를 모시는 성사라고 보고 있어요. 그리고 이것을 신께서 명령하신 대로 '반복적으로 행함으로써' 구원에 한 걸음 더 가까워질 수 있다고 보고 있죠.

여기까지는 구교의 성찬론하고 비슷하죠? 그런데 핵심적인 차이는 여기서 발생해요. 저희 교파는 사제가 없거든요. 목회하는 성직자가 있을 뿐이죠. 달리 이야기하면 '만인 제사장론'에 따라 모든 성도가 목회자가 될 수 있어요. 그러다 보니 구교의 성찬론처럼 성체와 성혈을 변화시킬 사제가 없죠.

그럼 누가 빵과 포도주를 성체와 성혈로 변환시킬까요? 목회자가 할까요? 아니에요, 변화시킬 필요가 없어요. 여기서부터가 성찬인자임재론의 핵심이에요. 신의 아들로서, 인간의 아들로서, 그리고 온전한 신으로서, 최후의 만찬 이후 자기 스스로를 '인간의 죄의 대속을 위한 희생양'으로 바쳐 죽음을 맞이한 신이 지상에서 자신의 과업을 완성했을 때, 그 구원의 축복을 받은 모든 인간에게 임하셨다, 이거죠. 그래서 '성찬인자임재론'은 '성혈과 성체가 신의 대속을 통해 이미 사람의 자식들의 몸에 임재'했다고 보고 있어요.

예, 맞아요. '인간들 자체'가 '성체와 성혈', '성찬'인 거죠.

이제 성체성사가 시작되려나 봐요. 오늘 예배에 쓰일 성찬이 지금 들어오고 있네요. 보시면 먼저 다니시던 교파와 조금 차이가 있을 수 있을 텐데 금방 익숙해지실 거예요. 걱정 마세요.

걱정 마세요, 형제님…….

저희 '뱀파이어 교회'에 잘 오셨어요.

형제자매 여러분 모두 기립하여 주십시오. 모두를 위해 대속하신 주님의 명령을 기억하며, 오늘 여기 모인 우리가 주님의 명령을 따르려 합니다. 이 성찬을 통하여 주님께서 우리에게 임재하심을 믿사오며, 주님을 증언하려 하오니, 부디 저희를 긍휼히 여기사 주님의 집에 저희가 그분의 집에 들어갈 수 있도록 허락하여주시길 간절히 기도드립니다. 이어지는 찬송가는 227장 부르시겠습니다.

오소서, 무언가 되고자 하는 자에게

이번에 신내림을 받기로 했어요. 우리 집안은 오래전부터 신들을 모시는 무속인 집안이었는데, 어느 날부터 명맥이 끊겼거든요. 당연히 기쁘고, 저도 자랑스러웠죠. 어려서부터 자질이 없다는 이야기를 듣고 그랬는데 이렇게 신내림을 받게 되니까 기쁠 수밖에요.

그런데 작은 문제가 생겼어요. 신내림을 위해 상담을 받았는데, 저에게 오고자 하는 신이 제가 모시기에는 너무 거대하다는 거였죠. 종류로 따지면 차원 사이를 넘나드는 이계의 신이었고, 급으로 따지면 오래된 태곳적 옛 신이라고 했어요. 이런 신은 우리가 인지하고 감당하기 힘든 차원들의 틈새를 유영하며 그릇을 통해 계시를 내리기에 그릇의 용량이 크고 튼튼해야 한다고 했어요. 저는 그러지 못했고요…….

그런데 다행히도 요즘은 기술이 좋아져서 뇌와 중추신경에 전뇌 보조장치 부착 수술을 하면 그릇의 용량 부족 문제를 해결할 수 있다고 하더라고요. 차원 간 통신 증폭 모듈까지 장착하면 차원 틈

새에서 오는 계시도 훨씬 더 선명하게 받을 수 있다고 하고요.

그래서 지금 좀 고민 중이에요. 부모님은 집안의 신의 명맥이 끊겼어도 몸에 기계를 달아 모실 정도로 간절하지는 않으시거든요. 오히려 기계가 신의 계시를 더럽힌다고 생각하기도 하시고요.

저요? 저는…… 받고 싶어요…….

저는 어려서부터 자질이 없다 그랬거든요……. 그래서 항상 궁금했어요. 그럼 나는 뭐가 될 수 있을까, 무엇이 될 수는 있는 건가? 그런데 이제 신이 저를 선택하려고 하잖아요. 드디어 제가 무언가가 될 수 있는 기회가 온 거예요. 제 몸에 기계를 달고서라도 말이죠.

그래서 사실 어제 부모님 몰래 수술 일자를 잡았어요. 지금도 미약하게 신의 손길이 제 내면을 건드리는 게 느껴져요. 수술 이후에는 보다 선명해지면서 신의 목소리를 듣고 말할 수 있을 거예요. 비로소 저는 무언가가 되는 거죠.

예, 당연히 기뻐요…….

오소서, 우리 모두에게

최근에 차원 간 격벽이 깨지면서 이계의 거대한 신들이 우리 세상의 만신들에게 임하는 빈도가 늘어나고 있죠. 문제는 그 신의 사이즈가 너무 커서 한 사람이 모시기에는 한계가 있다는 거예요. 예, 그래서 전뇌 보조장치 부착 수술이 등장한 거죠. 하지만 점점 거대한 신들이 임하고 있고, 그런 신들을 커버하기에 보조장치도 슬슬 한계가 오고 있어요.

그래서 최근에 활발하게 연구가 되고 있는 기술이 수 세기 전에 사장된 기술인 'P2P'예요. 백지장도 맞들면 낫다고, 거대한 신의 용량을 여러 만신에게 분산시켜 모시면 가능할 것이다, 라는 게 기본 개념이고요. 다만 신이 여러 명의 만신에게 모셔지면 신의 일부가 오염될 가능성도 있잖아요. 그래서 이를 보완하고자 하는 기술이 폐쇄형 블록체인이죠. 만신들에 분산되어 임한 신을 끊임없이 영적으로 연산해 무결성을 검증하는 거예요. 그러면 신이 분산되어도 신성의 순수성은 지켜지죠. 예전에 사람들은 이렇게 귀한 기술을 불법 영상물 다운로드나 폰지 사기용 디지털 통화에 이용했다고 들었어요. 참나, 진짜 배때기가 부르셨어.

물론 이렇게 무리해서 이계의 신들을 우리 세계에 모셔야 하는가, 하는 의견도 있어요. 그렇게 되면 우리 세계의 순수성이 사라지는 것 아니냐고요. 어떤 말씀인지는 알겠어요. 그런데 보세요. 우리 세계의 만신들이 왜 이계의 신들을 모실까요? 왜 어느 날 갑자기 만신들의 신내림이 끊긴 걸까요?

그건 우리 세계의 신들이 멸종했기 때문이에요. 우리 세계에는 이제 우리의 신이 없어요. 때문에 우리는 삶도 죽음도 시작도 종말도 모든 게 혼탁해졌고요. 세상에 규칙이 없어졌고, 이대로 가다가 우리 세계는 존재 자체가 모호하게 되어 사라질 거예요. 그리고 우리에게 오고자 하는 이계의 신들은 그들의 세상과, 제사장과, 무녀들을 잃었죠. 우리가 신을 잃었듯이. 그렇게라도 서로 사라지지 않으려는 거예요.

아무튼 우리는 거대한 신을 만신들에게 분산시켜 내림하고 끊임없는 영적 증명 방식을 통해 순수성을 유지하려는 프로젝트의 이름을 '미트라 체인'이라고 붙였어요. 다른 게 아니고 이 방식에 처음 동의해준 신의 이름이 미트라거든요. 그리고 다음 달에 이 신의 신내림 테스트가 있을 거예요. 그래서 다들 기대가 커요.

그때 선생님도 모셔서 같이 볼 수 있으면 좋겠네요. 그때 초대받으면 오실 거죠?

오소서, 우리는 모두 환영합니다

제 경우는 덩치가 큰 이계의 신을 모시려고 전뇌 보조장치 부착 수술까지 받았는데 망한 케이스예요. 수술 다 하고 신을 모시려고 했더니 그새 다른 만신에게 가버렸더라고요. 신들이 내려오려다가 관두는 건 종종 있는 일이다 보니 다른 신을 찾으면 되겠지 그렇게 생각했어요. 전뇌 보조장치를 부착해서 이제 웬만한 신은 다 모실 수 있었거든요. 다들 저에게 매력을 느낄 거라고 생각했죠.

웬걸. 미트라 체인을 통한 영적 증명 방식이 빠르게 보급되면서, 이계의 신들도 이제 하나의 만신에게 내려오려 하지 않고, 미트라 체인을 이용하는 만신들에게만 내려오려고 하더군요. 저같이 전뇌 보조장치를 부착한 만신은 이계의 신들 사이에서 이미 유행이 끝나버린 상황이었죠.

정말 만신 때려치우고 다른 일을 해야 하나 싶었는데, 운이 좋았어요. 텔레비전을 보다가 정말 끝내주는 아이템을 발견했거든요. 어느 날 저녁을 먹으면서 텔레비전을 보고 있는데 요양원 광고가 나오더라고요. 어르신들을 편하게 모신다는 상투적인 광고였죠. 그러다가 불현듯 떠오른 거예요.

'아니, 지금 나는 이계의 신을 모실 수 있을 정도로 용량이 확장되어 있잖아?' '아니, 그러면 일반적인 사람의 혼백은 충분히 모실 수 있지 않을까?' '아니지. 모실 수 있는 정도가 아니지. 그냥 내 몸에 혼백 요양원을 세울 수도 있지?' '그럼 이걸 노인 요양원처럼 상품화할 수 있지 않을까?'

그리고 다음 날 저는 동네에 있는 요양원과 노인 병원, 장례식장을 돌아다니면서 제가 생각한 걸 설명했어요. 여러 곳을 돌아다녔는데, 그중 한 곳이 제 생각에 귀를 기울였죠. 제법 큰 요양원이었는데 얼마 전까지 민간 사업체를 운영하던 사람이 새로 원장으로 와서 요양원 사업을 확장하려던 중이었어요. 여기저기 요양원들이 난립하던 시절이라 원장은 다른 곳과 차별화될 만한 새로운 아이템이 필요했어요. 그런데 그때 제가 나타나서 돌아가신 어르신들의 혼백 요양원이 되어주겠다고 한 거죠.

그래서 어떻게 되었냐고요? 바로 계약했어요. 원장은 요양원에서 돌아가신 어르신들의 혼백이 제 몸으로 들어와서 구천을 떠돌지 않고 계속해서 요양을 받을 수 있는 새로운 서비스를 만들었죠. 그리고 전 그 서비스를 제공하는 새로운 요양원장이 되었고요. 그리고 동시에 요양원 건물이 되었죠. 혼백 요양원이요.

아무도 해본 적 없는 서비스라 단순 비교는 힘들겠지만, 대체로 저에게 어르신들의 혼백을 맡기는 가족들이나, 제 안에서 살고 있는 어르신들의 혼백이나 만족도는 높은 편인 거 같아요. 지금 제 안에는 360분 정도의 혼백이 계시는데 누구 하나 나가겠다고 말씀하시는 분이 안 계시거든요. 앞으로도 그 정도 인원의 혼백을 더 모실 수 있을 거 같아요. 원래 덩치가 큰 이계의 신을 모시려고 했던 전뇌 보조장치인데 사람의 혼백이야 가볍죠.

혼백 요양원을 찾는 사람들이 늘어나자 원장은 신났는지 가족 단위 혼백을 위한 서비스도 구상하기 시작했어요. 가족 납골당처럼 말이죠. 온 가족이 죽음 이후에도 계속 행복하게 같이 살게요. 언제부터 본격화될지는 모르겠어요. 가족들도 죽어서 혼백이 되어야 하니까 짧게는 십수 년에서 길게는 반백 년이 걸릴지도요.

선생님도 주변에 소문 좀 내주세요. 이렇게 좋은 서비스가 있다고 말이죠. 사랑하는 가족의 죽음은 끝이 아니라고요. 언제든지 영원토록 만나고 함께할 수 있다고요.

오소서, 영원히, 이어지는, 나로서

전뇌 수술 그리고 신체 개량을 통해 인간과 기계의 경계가 사라진 시대에, 그래서 모두가 경계 없이 연결되어 있다고 할 수 있는 이 시대에 여전히 난제로 남아 있는 게 있죠.

'인간은 신체 개량을 통해 영생을 누릴 수 있는가?'

일반적으로 신체 개량을 통한 영생이라고 하면, 복제 인간이라든가 의체에 의식을 복사해 이식하는 방법을 가장 먼저 떠올리겠죠. 하지만 이 방법에는 문제가 있어요. 과연 복사된 의식이 나 자신인가, 라는 의문이죠. 원래의 몸에서 사망한 내 의식을 복사해서 다른 몸에 이식할 때 어떻게든 딜레이가 발생할 거예요. 생각이든 의식이든, 뭐든지 끊기는 시점이죠. 발생 안 할 수는 없어요. 심지어 실시간으로 전송해서 운 좋게 원래 몸의 생명이 끊길 때 새로운 몸으로 의식을 복사했다고 하더라도 어마어마하게 짧은 딜레이가 발생할 수밖에 없어요. 과연 그랬을 때 새로운 몸에 복사된 내 의식은 정말 나일까요? 아니면 새로운 무언가일까요? 내 원래 몸에서 의식이 끊기는 순간, 나는 새로운 몸에서 깨어날까요? 아니면 그 몸에서 깨어나는 건 내 의식이 복사된 또 다른 나일까요? 만약에 의식을 모두 복사하여 새로운 몸이 깨어났을 때 내가 죽지 않으면 그때는 어떻게 될까요? 어떤 게 나일까요?

굉장히 기술적이면서 철학적인 문제죠. 제가 하고 싶은 말은 그거예요. 접근 방법 자체가 틀렸어요. 딜레이는 막을 수가 없어요. 의식을 복제하는 방식은 필연적으로 문제를 발생시키죠. 그래서 제가 제안하는 방법은 '의식 확장 방식'이에요. 의식을 관장하고 저장하는 물리적 공간을 확장해서, 단계적으로 의식을 그 영역까지 확산해 통합적인 의식 공간을 만드는 방식이죠.

이렇게 말하면 어려울 테니 조금 다르게 설명해보죠. 내가 죽을 때 의체에 내 의식을 복사하는 게 아니라 살아 있을 때 의체를 내 의식 저장 공간의 일부로 확장해서 사용하는 거예요. 처음에 의체는 텅 빈 공간이겠지만, 나중에 의식이 공유되면서 내 본래의 뇌와 마찬가지로 하나의 통합된 기관으로서 작동할 거예요. 그렇게 되면 나중에 본래의 몸이 죽더라도 하나의 의식 기관으로 자리 잡은 의체에 자연스럽게 의식이 이어지는 거죠. 이어진다고 할 수도 없을 거예요. 그냥 어느 순간부터 의체는 하나의 의식 기관일 테니까요. 그냥, 내가 계속 있는 거예요.

물론 문제가 아주 없는 건 아니에요. 의식이 확장되었던 의체가 어떤 사고나 사건으로 인해 한순간 소멸할 수도 있을 거예요. 그렇게 되면 모든 게 물거품이 되고 말겠죠, 한순간에.

하지만 이 문제의 해결 방법도 이미 찾았어요. 신을 모시는 만신들에게서요. 그들은 거대한 이계의 신을 모시기 위해 자신의 뇌를 개량하고, 자신들의 의식을 P2P 방식으로 연결하고 있죠. 그 방식을 통해 신의 순수성을 증명하고요.

……신이 된다면 인간의 의식도 가능하지 않겠어요? 그리고 신을 모시는 게 아니라 인간의 의식을 확장하는 공간으로 활용만 한다면 굳이 만신일 필요도 없을 거예요. 전뇌 수술을 받은 보통 사람들의 아주 작은, 아주 작은 뇌 공간 일부만 빌리면 될 거예요.

대신 사람들이 아주아주 많아야겠죠. 그래서 그 사람들의 뇌 공간과 공간으로 내 의식이 확장된다면, 아마 지금 제 육신이 죽더라도 아무 일도 없었던 것처럼 의식이 이어질 거예요.

이미 방법은 찾았어요. 필요한 만큼의 사람들도 구했죠. 무료 네트워크 접속권을 주는 대신 그들의 뇌를 아주 조금 빌리기로 했어요. 그렇게 모인 사람들이 얼추 10억 명. 음, 이 정도면 웬만한 신들보다 더 거대한 체인이 완성된 거죠.

예? 그래서 언제부터 의식 확장을 할 거냐고요? 무슨 소리세요? 이미 하고 있었어요. 선생님의 머릿속도 이미 사용하고 있는걸요.

오소서, 모두에게 공평하게

미트라 체인의 장점을 말해보라고요? 음, 두 가지 정도를 꼽을 수 있겠네요.

우선 그릇이 작은 만신이어도 체인의 영적 증명 방식에 참여해서 거대한 신을 분산하여 모실 수 있다는 점. 다른 하나는 모든 접신 과정이 투명하게 모든 만신들에게 공유된다는 점.

전자의 이야기는 들어보셨겠지만, 후자는 처음 들어보실 거예요. 예, 미트라 체인의 모태가 되는 블록체인 기술 자체가 분산 원장 기술에 근거하기 때문에 체인에서 발생하는 모든 기록은 체인에 참여하는 모두에게 공유되거든요. 아마 블록체인을 처음 고안한 사람이 '사람은 믿을 수 없기에, 모두가 감시자가 되어서 서로를 감시해야 한다'는 마인드를 가지고 있어서 그런 게 아닐까, 저는 그렇게 생각하고 있어요. 어쨌든 그 덕분에 거대하고 강한 이계의 신을 여러 만신이 모시고도 민주적으로 접신이 가능하죠.

이렇게 말씀드리면 쉽게 이해가 안 되실 텐데, 이를테면 이런 거예요. 어떤 만신이 접신을 통해서 굿을 하거나 점을 보려고 할 때 그 내용이 모든 만신에게 공유되거든요. 접신을 통해서 행하려는 무언가가 지나치게 파괴적이거나, 도의적으로 맞는 내용이 아니거나, 공공의 이익을 해친다면 다른 만신들이 힘을 모아 이 내용을 거절할 수 있죠. 투표를 통해서요.

마찬가지로 만신들이 체인을 통해 모시는 이계의 신이 독단으로 무언가 하려고 하거나 만신에게 강요할 때, 그것을 다른 만신들이 판단해서 거부할 수도 있고요. 아까처럼 투표를 통해서요. 기술적 이점으로 이계의 신과 만신 간의 민주적 상호 견제 기능이 가능해지는 거예요. 어때요? 이 정도면 꽤 훌륭한 시스템 아닌가요?

물론, 기술적인 한계가 없는 건 아니에요. 음, '51퍼센트 공격'이라고, 체인의 영적 증명 방식 지분의 51퍼센트를 차지하면 체인을 독단적으로 휘두를 수 있는 기술적인 허점이 생겨요. 기존 체인의 기록을 회귀시키는 게 가능해지죠. 앞서 말한 투표를 없던 걸로 하는 거예요.

다행히도 체인의 51퍼센트는 정말 거대한 거고, 이걸 한 사람이 독단적으로 가지는 것은 불가능해요. 아무리 거대한 보조장치를 달아도, 신의 지분을 혼자서 그만큼 모시려면 뇌가 터져버릴 거예요.

다만, 그런 이야기는 돌더라고요. '체인을 독점하기 위해 담합하고, 비밀리에 영적 증명 과정을 함께하는 사람들'이 있을 거라고 말이죠……. 저요? 저는 그런 일이 생기지 않길 바랄 뿐이에요. 그런 게 가능하다는 소문이 정말로 사실이 되면 서로 신을 독점하기 위해 세력이 만들어질 거고, 그렇게 되면 우리가 이상적으로 생각해왔던 신과의 공존은 깨져버리고 말 거예요. 공공에 이익이 되고 민주적인 과정을 보장하기 위해 체인에서 이루어지던 모든 행위들은 자기 이익을 위한 무기가 될 거고요.

그러니까 저는 그저, 그런 일이 안 생기길 바랄 뿐이에요.

…오소서…부디…그대여…저에게…

할머니가 그러셨어요. 신내림을 받은 사람이 죽으면 저승사자가 7명 온다고요. 신을 모신 사람이니까 말이죠. 그래서 저도 신내림을 받을 때 '내가 죽을 때는 누가 올까……' 그게 항상 궁금했어요. 제가 모신 신은 '이계의 신'이었거든요.

맞아요. 이제 우리가 사는 세계에서 태어난 신들은 없으니까요. 이계의 신들은 자신들의 세상을 잃었고, 우리는 우리의 신들을 잃었죠. 다만 제가 모신 신은 저 혼자 모시기에는 너무 거대했기에 수많은 만신들과 함께 나누어 모셨어요. 예, 저는 '미트라 체인'을 이용해 이계의 신을 신내림받은 만신이었죠.

그렇다 보니 저는 신내림을 받고 만신으로 살아온 동안 단 한 번도 신을 온전하게 느껴본 적이 없어요. 언제나 신의 일부만을 느낄 수밖에 없었죠. 미트라 체인은 일부가 모여 전체가 되도록 하는 시스템이지만, 제가 전체를 느낄 수 있도록 허락해주지는 않았어요. 그래서 가능하다면 저를 마중 나오는 분은 제가 모시던 신이기를 바랐죠. 일부가 아니라, 전체.

저는 이제 얼마 못 살아요. 만신으로서의 삶이 아니라 생물로서의 삶이 얼마 안 남았죠. 그래서 얼마 전부터 조금 나쁜 일을 하고 있어요. 알아요. 제가 하는 일을 모르는 신과 만신들에게 용서받지 못할 일이라는 걸. 그저…… 신을 조금이라도 더, 일부가 아니라 온전한 존재로서 느끼고 싶은 바람 때문에, 라고 하기에는 정말 나쁜 일이라는 것도요.

어쩌면 저의 이런 욕심 때문에 저를 마중 나오는 건 수천수만의 만신들이 나누어서 모시고 있는, 그리고 저도 함께 나누어 모시고 있는 수천수만으로 나뉜 신이 아닐까 싶은 생각도 들고 그래요. 수천수만의 모습으로 제 영혼을 갈가리 찢어서 가져가려고.

하지만 만일 그렇다 하더라도……. 만일 그렇게 된다면 저는 '일부가 모두 모인 전체'로서 신을 만나게 되겠지요. 후……. 그렇게라도 만날 수 있다면…….

처음 신내림을 받을 때도 그랬지만 역시 이번에도 후회는 없어요.

천사의 눈

비밀을 알려줄게요. 요즘 CCTV 없는 곳이 없죠? 그런 CCTV를 만들고 관리하는 회사들의 정체가 뭔지 아세요? 천사들이에요. 옛날에는 천사들이 세상에 나타나 세상일을 모두 감시했거든요.

그런데 천사들은 관념적, 형이상학적 존재라 사람들이 믿지 않으면 실체화되기 어려워요. 실체화되지 못하면? 상호작용을 못 하죠. 상호작용을 못 한다는 건? 예, 세상에 나타나 세상일을 감시하지 못한다는 거예요. 요즘 세상에 사람들은 천사 같은 거 안 믿잖아요? 물론 믿지 않는다고 존재하지 않는 건 아니에요. 버뮤다 삼각지대처럼. 거기에 만마전 국제공항이 있는 거 아세요?

아무튼 중요한 건 그게 아니고. 사람들이 천사를 믿지 않는다고 천사들의 일이 달라지거나 없어지는 건 아니거든요. 하지만 믿지 않으니 세상에 나타날 수가 없죠. 나타날 수가 없으니 일을 할 수가 없고요. 그래서 어떻게 했느냐? 세상 모든 곳에 자신들의 눈을 달기로 했어요. CCTV라는 이름을 달아서요. 사람들이 천사는 안 믿어도 CCTV는 믿잖아요? 그래서 요즘 시대에는 천사들이 직접 세상에 내려오지 않고도 세상을 감시할 수 있어요. CCTV는 천사들의 눈이고 모두가 그걸 믿으니까요.

아, 혹시나 해서 말하는 건데 'CCTV는 진짜 천사의 눈'이에요.

천. 사. 의. 눈.

천사들은 눈이 아주아주 아주 많거든요. 옛날에 천사들이 괜히 나타나서는 "두려워 말라"고 말한 게 아니라니까요?

타락 천사

그래서 최근에 지옥으로 망명하려는 천사들이 늘었죠. CCTV 발주량이 늘어서 눈 적출이 늘어났고, 완전 장님이 되느니 눈 2개라도 보전하겠다고 지옥으로 망명하는 천사들이 늘었어요. '왜 2개라도'라뇨? 천사는 눈이 많다고 했잖아요. 그 많은 눈 다 떼어가고, '2개'만 남은 거라니까요?

아무튼 그렇게 천사들이 지옥에 망명하면 그 천사들의 눈이 들어간 CCTV는 고장 나게 되어요. 보안을 위해서 천사의 지위가 사라지면 자동으로 고장 나게 설정해놓거든요.

그렇게 CCTV가 고장 나면 어떻게 될까요? 어떻게 하기는요. 사람들은 영문도 모르고 다시 CCTV를 발주하는 거죠. 그러면 새 CCTV를 발주하면 어떻게 될까요? 당연히 천사들의 안구 적출이 늘어나는 거죠. 그러니까 이게 사실 되게 모순인 거예요. 천사들은 눈을 보전하기 위해서 지옥으로 망명하는데, 그렇게 되면 필연적으로 더 많은 천사들이 눈을 적출당하니까요.

그러면 그 천사들은 어떻게 되겠어요? 마지막에 가서는 선택의 기로에 서겠죠. 장님이 되느냐, 눈 2개라도 보전해서 지옥으로 망명하느냐. 지금 추세로 보면 후자를 택하는 천사들이 더 많을 거 같지만요.

타락 천사의 고충

“악마가 되어버린 타락 천사로서 힘든 점이요? 특별한 건 없어요. 지옥 태생 순혈 악마들에게 괴롭힘이나 차별당하는 거 아니냐고 생각하시는 분들도 있지만, 지옥에는 차별 금지 조항이 헌법에 명시되어 있거든요. 헌법에 명시한 의도는 ‘지옥에서는 모두가 똑같이 고통받는다’라고 하는데, 실제로는 ‘사탄 왈 너희들 다 똑같은 놈들이니까 서로 차별하지 마, 했다간 나한테 죽어’ 정도의 의미라고 하더군요. 물론 저는 중간에 망명한 천사라 더 자세한 내막까지는 모르겠지만요.

음, 타락 천사로서 힘든 점이라……. 좀 웃기기는 한데, 저만 그런 건 아니고요, 이건 타락 천사라면 전부 그럴 건데, 타락 천사들이 천국에서 근무할 때 ‘우리사주’ 정책으로 주식을 받은 게 있거든요. 관리자, 임원급들은 천사 때려치우면서 스톡옵션 행사해서 제법 많이 받은 경우도 있고요. 어떤 이유로든 천사를 때려치워도 일단 주식은 유효하니까요. 그렇다 보니까 저도 주주라 주총 때마다 참여권이 생기는데, 보통은 안 가죠. 서신으로 투표하거나 그러는데, 가끔 진짜 큰일이 있어서 주총 현장에서 투표해야만 하는 경우가 있어요. 그런 경우는 반드시 참석해야 해요. 타락해서 악마가 된 천사가 천국 주총장에 입장한다고 생각해보세요…….

게다가 주총장 들어가려면 천사 시절에 가지고 있었던 '고리'를 머리에 써야 하거든요. 그 둥둥 떠 있는 거요. 근데 이게 천사를 그만두면서 둥둥 떠 있는 기능이 사라졌어요. 그래서 그걸 머리에 난 뿔에다가 걸치거나 끼워서 간다고요……. 뿔이 이마 쪽으로 나서 2개가 적당한 거리에 있으면 살짝 얹거나 걸치면 되는데, 이게 관자놀이 쪽에 난 뿔이면 위로 걸치기는 글러먹게 되는 거라 한쪽 뿔에 걸어놔야 해요. 예……. 애들 고리 던지기 하면서 노는 그 장난감 같아요. 저는 뿔이 관자놀이에 났거든요……. 그리고 천국에 아직 제 동기들 근무하고 있다고요. 뿔에다가 고리를 장난감처럼 걸어놓고 가면 다들 수군거리는데 그게 좀 힘들어요."

"야, 니가 물러서 그래. 나처럼 비슷한 고리 하나 가져다가 양쪽 뿔에다가 하나씩 걸어봐. 그럼 천국 동기 놈들 '너 왜 고리 2개 걸고 왔냐ㅋㅋㅋㅋㅋ 하나로는 부족하든?ㅋㅋㅋㅋㅋ' 하고 묻거든. 그러면 '아까 전에 그렇게 물어봤던 한 놈 묻어버리고 기념품으로 걸었다'라고 해주면 그놈들 쫄아서 아무 말도 못 해. 뭐? 주총장에서 퇴장당하면 어쩌냐고? 누가 퇴장을 시켜? 지들 1표가 부족해서 우리까지 부른 건데. 아쉬운 놈이 고개 숙여야지."

지옥의 화폐

"초대해주셔서 감사합니다. 서면으로 답변 주셔도 되는데……."

"아니에요, 안 그래도 이웃 저승 간 이해도를 높이기 위해서 이런 교류는 꼭 필요하다고 생각하고 있었거든요. 그리고 인터뷰만 하지 마시고 오신 김에 관광도 좀 하고 가세요. 안 그래도 지난주부터 지옥 방문의 주간, '웰컴 투 더 헬'이거든요."

"그럼 인터뷰 끝나고 쇼핑하러 가야겠네요. 아내가 반지 하나 새로 해달라고 했거든요."

"주문이 걸려 있는 마법 반지는 센트럴 팬더모니엄 광장의 아몬스 링 스토어가 가장 잘 만든답니다. 거기다가 세일 중일 거예요."

"참고하겠습니다. 그럼 본 인터뷰로 넘어갈까요?"

"예, 그러죠."

"여기 지옥의 경제구조를 보면 특이한 게 좀 있거든요? 특히 화폐제도를 보면 은본위제던데 이유가 뭔가요? 아무래도 악마들은 은이 약점이잖아요. 신성한 금속이라서요. 악마들은 금을 더 선호하지 않나요? 그리고 왜 신용화폐가 아니죠?"

"크게 두 가지 이유가 있는데, 우선 경제이론적인 이유죠."

"경제이론적인 이유요?"

"예, 지옥의 악마들은 신용이란 걸 안 믿어요."

"그래도 계약은 칼같이 하잖아요."

"담보에 안전장치가 걸려 있는 계약은 칼같이 지킵니다. 말뿐인 계약은 안 하죠. 뭐 인간들은 신용화폐와 기축통화제도를 굉장히 신뢰합니다만, 악마들은 안 그래요."

"흐음……."

"어렵게 생각하지 마세요. 악마들은 의심이 많아서 눈에 보이고 손에 잡히는 안전한 담보가 없는 한 신용이 있다고 생각하지 않는다, 그런 거니까요. 인간들이 생각하는 신용이나, 신들이나 천사들이 말하는 말의 무게 같은 건 우리에게는 한 줌 겨자씨보다 가볍고 의미 없죠. 그리고 무엇보다……."

"무엇보다……?"

"지옥에 얼마나 많은 은행원들과 트레이더 그리고 주류 경제학자들이 와 있는지 알면, 그 신용이라는 게 얼마나 가벼운지 아실 수 있을 겁니다."

"놀랍……네요."

"그죠? 사실 인간들의 신용화폐나 기축통화제도를 도입하려고 시도하지 않은 건 아니에요."

"그랬나요?"

"예, 예전에는 금본위 통화제였는데 문제가 여럿 있었거든요. 그래서 홍콩달러처럼 달러에 고정된 화폐를 발행해볼까 했는데, 인간들의 신용을 믿을 수 없다는 여론과 인간들의 돈에 경제가 예속될 수는 없다는 반발에 실패했어요."

"그렇군요."

"그런데 선생님도 아시겠지만 금본위제는 금의 희소성 때문에 주기적으로 디플레이션이 오거든요. 신용통화제에선 좀처럼 경험하기 힘든 거라 실감은 안 나시겠지만요. 여튼 이게 가장 큰 문제였습니다. 주기적으로 경제가 푹 꺼져버리는 거죠. 이 부분에서는 이견이 없었고……."

"결국 은본위제로 화폐개혁이 일어났다는 거죠?"

"예, 은이 적당했습니다. 구리는 너무 흔해서 인간들에게조차 경제 침공을 당할 수 있다는 걱정이 있었고, 닭고기는 공급량은 적당하지만 유통기한이 짧고 소비량이 많아서 디플레이션이 확 터질 수 있다고 봤죠."

"닭고기 본위제도 염두에 두었었군요?"

"예……."

"그럼 은본위제의 경제이론적인 배경은 들어봤고, 다른 이유는 뭔가요?"

"악마의 본성이죠."

"본성?"

"예, 악마의 본성은 탐욕이거든요. 그리고 혼돈이죠. 탐욕이 기본이다 보니 수단 방법 안 가리고 부를 축적하려고 합니다. 은행을 털어서라도 말이죠."

"은행 강도 말씀인가요?"

"예. 게다가 악마의 본성인 혼돈 때문에 지옥은 치안 상태가 그다지 좋지 않습니다. 당장 7개의 지옥으로 나누어 다스리는 배경에도 통일되지 못하는 혼돈이 있기 때문이고, 그런 정치적 비통일성 덕에 보편적 치안 유지가 불가능하죠. 치안 상태가 이 모양이니 은행은 항상 강도들의 표적이 됩니다."

"그래도 중앙은행은 안전하지 않나요?"

"느아아……. 은행 직원들도 다 악마잖아요."

"아……."

"그래서 은을 선택할 수밖에 없었던 거죠. 지옥중앙은행 발행권의 원천을 악마들의 탐욕으로부터 지켜내려면, 애초에 악마들이 못 건드리게 해야 할 필요가 있었고 거기엔 은만 한 금속이 없었어요."

"그런 이유로……."

"예, 그런 이유로죠……. 아니, 황당하시긴 하겠지만 지옥중앙은행이 금본위제 기간 동안 강도에게 습격당하거나 내부 직원의 강도질에 당한 기록과 은본위제 기간 동안 당한 기록을 비교해보시면 이게 얼마나 탁월한 선택인지 아실 겁니다."

"은본위제로 개혁한 다음에는 마지막 은행 강도가 언제였나요?"

"작년이었죠? 내부 직원과 작당한 놈들이었습니다. 중앙은행 6번 금고에 온갖 방호구를 입고 침투해 은을 훔치려고 했는데 버티질 못하고 타버렸어요. 음, 사실 그 은들은 천사들이 축복한 은이었거든요."

"예? 제가 잘못 들은 거 아니죠, 지금?"

"제대로 들으신 게 맞습니다. 천사들이 축복한 은인데. 아, 이게 어떻게 가능하냐면, 은본위제 개혁을 하면서 천국중앙은행과 MOU를 맺었어요. 천국에서도 지옥의 경제적 안정을 바라고 있어서 적극적이었죠. 사실 개혁을 하면서 화폐의 기축이 될 은을 어떻게 운반 관리하느냐가 문제였는데 그 부분을 천사들이 해주기로 했습니다."

"예?"

"보관 중인 은의 운반과 관리는 정기적으로 천사들이 내려와서 해주고 있습니다. 그렇게 협업을 하다가 안전장치를 하나 더 걸자고 해서 은에 축복을 하기로 했는데, 강도들은 그걸 몰랐죠."

"아이고. 그러면 중앙은행에서 은을 훔치지 않고 화폐를 훔치면 되는 거 아닌가요?"

"아, 그건 걱정하지 않아도 됩니다. 저희가 은본위제로 하면서 화폐도 CBDC로 바꿨거든요. 종이돈에서 말이죠."

"CB…… 뭐요?"

"아, 생소하시겠구나. 중앙은행이 발행하는 디지털 코인이라고 보시면 됩니다. 그러니까 형태가 없죠."

"아……."

"단말기나 QR코드 같은 걸로 주고받는데, 은행 강도들이 이걸 털려고 하면 은행 단말기에 지급 정지만 걸면 되거든요. 혹시 털어 갔다 해도 추적도 용이하고, 여차하면 해당 화폐는 부정 화폐로 블록 걸어버리고 새로 발행하면 되니까요."

"그렇군요. 그러면 은본위제의 어려운 점은 없나요?"

"아무래도 새 화폐를 발행하려면 추가적으로 은이 담보되어야 하는데, 최근에 인간 세상의 은값이 많이 비싸져서 말이죠."

"그럴 때는 어떻게 하시나요?"

"지옥에 트레이더들 많다고 말씀드렸죠? 걔들로 시세조작을 합니다."

"예?"

"말 그대로 시세를 조작하는 겁니다. 선물거래와 파생 상품 거래를 통해 선물의 가격을 강제로 다운시켜버리고, 그 여파로 현물 가격이 떨어지면 현물을 사는 거죠. 제가 말씀드렸잖아요? 인간의 신용이라는 걸 악마들은 안 믿는다고."

"맙소사……."

"아니, 사실 이것도 여기 온 인간들이 낸 아이디어라."

"정말 맙소사네요."

"그죠?"

"예……. 덕분에 인터뷰 내용이 풍성해졌습니다. 오늘 인터뷰 감사합니다."

"아니요, 별말씀을요. 그럼 이제부터 쇼핑 타임인가요? 괜찮으시면 제가 안내해드리고 싶은데요."

"감사합니다. 그럼 좀 부탁드릴게요."

"좋습니다. 그럼 가실까요?"

팬케이크

“아니, 너는 아무리 그래도 그렇지 인터넷에서 ‘세상은 거대한 케이크야’라는 영상을 봤다고, 네가 만든 세상이 케이크인지 아닌지 확인하려고 반절로 잘라버리는 그런 경우가 어디에 있니?”

“하지만 인터넷에서 세상은 거대한 케이크라고 했단 말이야. 나도 케이크일지 몰라. 인터넷은 거짓말 안 해.”

“……너는 내가 만들어서 누구보다 잘 알아. 넌 케이크 아니야. 너는 신이야. 그것도 창조 능력을 가진 신이고…….”

“엄마…….”

“그리고 ‘팬케이크’로 만들었어.”

“에?”

“팬케이크. 바나나 팬케이크로 만들었단다. 케이크랑 팬케이크는 다르잖니?”

“어, 엄마…….”

“마트에서 ‘원 플러스 원’으로 산 팬케이크 파우더가 유통기한이 임박해서 급하게 만들었단다."

"엄마……. 으…… 으…… 훌쩍."

"물론 농담이지만!"

"엄마…… 진짜 놀랐잖아! 흐아앙!"

"놀랐구나. 우리 귀여운 팬케이크 이리 오렴~(만들 때 바나나가 실수로 들어간 건 사실이지만……)."

재활용

옛날에는 물건이 오래되면 신이 깃든다고 했단 말이에요. 아주 사소한 물건이라도 시간이 쌓이면 신이 깃든다는 건데, 사실 시간이 쌓이는 게 아니에요. 사람의 기억이 쌓이는 거지. 물건에 깃드는 신이란 대부분 사람의 기억이 쌓여 탄생한 신이에요. 그리고 이런 신들은 기억이 쌓이면 쌓일수록 자아가 강해지고 우리가 상상하는 신으로 모양새가 잡히죠.

다만 불행히도 그런 신은 우리 세상이 대량생산 시대에 들어오면서 거의 모습을 감췄어요. 이제 대를 이어가면서 물건을 쓰지 않고, 공장에서 많이 만들어서 빨리 쓰고 빨리 버리죠. 물론 그렇다고 해서 신이 아주 깃들지 않는 건 아니에요. 아주 짧은 시간이라도 함께 시간을 보냈다면 기억은 깃드니까요.

그래서 저희 회사는 전국 재활용센터를 통해 버려지는 물건에 깃든 신을 찾는 일을 하고 있어요. 옷부터 신발, 핸드폰 등등 모든 물건에서 신을 찾아내려 하죠. 이렇게 발견된 신들은 상태를 확인한 다음에 수선해야 할 곳이 있으면 수선하고, 신이 필요한 곳에 수출하고 있고요.

우리야 아직 신들이 있는 곳에 살고 있지만, 어떤 곳은 신들이 완전히 사라져버렸거든요. 아무리 미약한 신이라도 필요로 하는 곳이 있다면 분명 더 큰 신으로 성장할 수 있을 테니 그 신에게도 좋은 일이겠죠.

채널 고정

"저희 조상들은 교만에 빠져, 신을 우습게 알았습니다. 그 결과, 그들의 자손과 자손의 자손들 그리고 그들의 수없는 자손들은 오랫동안 신이 없는 세상에서 살아야 했죠. 하지만 저희는 새로운 신을 얻었고, 이제 그 신께 신탁을 받습니다."

"저건…… 브라운관 텔레비전이잖아요……."

"형태가 중요한 게 아니에요. 그 안에 신이 깃든 게 중요하지."

"아, 그래서 신탁은 어떻게 받는 거죠?"

"여기 리모컨의 전원 버튼을 누르고 채널을 24번으로 돌리면……."

"뉴스 채널이잖아요? 뉴스 채널에서 신탁을 받는다고요?"

"뗵! 불경합니다! 아직 성장하지 못한 신이라 불완전한 건 사실입니다. 하지만 적어도 날씨 예보에서는 60퍼센트의 높은 적중률을 보입니다!"

"아, 예……."

“중요한 건 신이 성장할 수 있도록 우리의 믿음과 기억을 쌓는 겁니다. 우리가 신을 믿고 기억해주면 분명 우리가 바라는 모습으로 성장할 겁니다.”

“그때도 채널 24번으로 맞춰야 할까요?”

“떽! 불경합니다!”

가습기 (1)

많은 분들이 물어보시곤 합니다. '가습기를 축성하면 맹물을 넣어도 성수를 뿜어대지 않을까?'라고 말이죠. 불행하게도 가습기는 단순한 물건입니다. 축성을 한다고 해서, 그 안의 물이 성수로 변하거나 그러지는 않지요. 물을 성수로 만들 수 있는 건 사제들뿐입니다. 달리 이야기하면, '가습기를 사제로 서품하면 그 순간부터 정수기 안의 모든 물을 성수로 바꿀 수 있다'는 거죠.

저희 교단은 제561차 최고 종교회의를 거쳐 가습기가 사제 서품을 받을 수 있도록 교회법을 개정했습니다. 그래서 그 이후로 많은 가습기 사제님들이 현장에서 사목하고 계시죠. 인사하세요. 이 분은 저희 교단 소속이신 '제42형 가습기 사제'님이십니다.

[더러운 악마의 변괴야! 이 성수의 힘에 무릎 꿇을지어다!]

흐흐흠! 저희 사제님이 이렇게 좀 과격하신 면이 있습니다. 부디 이해해주세요. 지금부터 사제님께서 이 구역의 공기 중에 떠다니는 모든 악마의 변괴를 정화하실 겁니다. 가습 탱크가 완전히 말라버릴 때까지 말이죠. 그럼 사제님, 부탁드리겠습니다.

[띵동! 주변 습도가 낮습니다. 터보 모드로 진입합니다.]

[위이이이이이이이이이이이이이이이이이잉-----------.]

[띵동! 띵동! 띵동! 띵동!]

[주변 습도가 적정 수준으로 회복되었습니다. 터보 모드를 종료합니다.]

[이용해주셔서 감사합니다.]

음, 다 된 것 같군요! 빠르기도 하셔라. 하여간 굉장하시다니까요?

[거룩한 신의 이름을 찬양하라!]

흐흐흠! 이렇게 겸손하기까지 하시고요.

가습기 (2)

[순교 성인, S사 제42-C형 가습기 사제 'SH223-42-C 바르톨로메우스']

- 2341년 9월 12일 S사 제11공장 2번 라인에서 탄생.
- 대부: 박 안토니우스 / 대모: SH221-42-A 안나
- 가습 탱크의 성수가 떨어질 때까지 악마와 싸우고, 배교의 유혹을 세 번 받았으나 모두 거부하고 2359년 10월 21일 순교.
- 교단 신앙수호성은 제612차 최고 종교회의에서 'SH223-42-C 바르톨로메우스'를 성인 반열에 시성함.
- 이에 따라 교단의 신자들은 'SH223-42-C 바르톨로메우스'의 이름을 침례명으로 쓸 수 있게 됨.

[기록 영상, 'SH-223-42-C 바르톨로메우스(이하 순교 성인)'의 순교]

지옥의 대악마: 후후, 사제여……. 이제 다 끝났다. 지옥의 군세에 무릎을 꿇고 신앙을 버려라. 그렇다면 목숨만은 살려주겠다.

순교 성인: 해당 명령을 이해할 수 없습니다. 다시 말해주세요.

지옥의 대악마: 재미있는 놈이군……. 그래 좋다. 내가 너를 온 세상의 왕으로 만들어주마. 세상이 너에게 무릎을 꿇을 것이다.

순교 성인: 해당 명령을 이해할 수 없습니다. 다시 말해주세요.

지옥의 대악마: 그런가……. 그렇다면 마지막이다. 내 너를 내 오른편에 두겠다. 앞으로 올 지옥의 권세는 네 손끝에서 이루어질 것이다. 모든 천사와 성인들이 네 손끝에 고통받으며 울부짖을 것이다. 잘 생각해라, 사제여. 이를 거절하면 나는 너를 죽이겠다.

순교 성인: 해당 명령을 수행할 수 없습니다.

지옥의 대악마: 그런가. 그렇다면 이제 죽어라!

순교 성인: 이용해주셔서 감사합니다! 좋은 하루 되세요!

[기록 영상 종료]

믿음

신들은 믿음이 없으면 존재 자체가 무너져 내려요. 형이하학적 존재가 아니라 형이상학적이고 관념적 존재라 물리적 실체가 없죠. 그러다 보니까 자기 존재를 자기 힘으로 유지할 수가 없어요. 되게 모순적이죠? 세계를 창조한 신들은 대부분이 이래요. 그래서 신도들에 집착하고요.

하지만 더 이상 사람들은 신을 안 믿어요. 보통은요. 믿더라도 극소수죠. 거대한 창조신의 존재를 유지하려면 절대 다수의 신앙이 필요한데 그게 없어요. 부족하죠. 오랜 가뭄처럼 신앙도 자연과학과 기술의 발전에 따라 조금씩 메말라갔어요. 이쪽 차원만의 문제가 아니에요. 희한하게 많은 차원에서 동시다발적으로 일어나고 있는 문제죠.

그런데 보세요. 세상은 신의 창조로 만들어졌어요. 창조의 근원이 없어진 세계는 오래가지 못해요. 어떠한 방식으로든 멸망하고 말죠. 결국 세상은 신을 믿지 않지만 세상은 신을 필요로 하는 거예요. 그러다 보니 신들 사이에서 이 문제를 어떻게 해결할 것이냐, 하는 논쟁이 요즘 뜨거워졌죠. 어떤 신들은 직접 신도들에게 모습을 나타내서 자신의 신앙을 회복하고자 했는데, 신은 형이상학적 존재잖아요? 형이하학적 존재는 이해하지 못하죠. 형이상학적 존재가 아무리 하늘을 가르고 멋있게 폼 잡고 나타나도 형이하학적 존재들 눈에는 그냥 구름이 갈라지면서 햇살 나타나는 정도로 밖에 안 보인다는 거예요. 애초에 뇌에서 받아들일 수 있는 인지의 한계선이 있는데, 형이상학적 모습을 이해해달라고 하는 거 자체가 무리라고요. 그래서 이 방법은 실패.

그다음으로 이야기가 나온 게, 하나의 그릇을 정해서 거기에 임재하자는 거였죠. 신이 인간의 육신을 택하고 그곳에 임재해서 형이하학적 존재의 모습을 갖추고 형이상학적 기적을 행해 신앙을 회복하자, 뭐 이런 계획이었는데 어떻게 되었을 거 같아요? 이런 짓은 보통 자그마한 잡신들이나 하는 짓이에요. 왜 자그마한 잡신이냐면, 인간이라는 그릇은 딱 그 정도 사이즈거든요. 그마저도 버티지 못하고 신이 들어가면 미쳐버리는 게 인간이에요. 그런데 창조신이 들어간다? 그릇을 정해서? 제가 아는 몇몇 신이 그 짓을 했는데, 발가락 끝만 담갔는데도 그릇이 터져버렸어요. 처음에는 뭘 실수했나 보다 싶어서 몇 명에게 그 짓을 더 했는데 모조리 똑같은 결과가 나왔죠. 결국 그 신들은 쇼크 먹고 자기 방에 틀어박혀 찌그러져버렸어요. 맙소사, 하나 터졌을 때 안 되겠다 생각했어야지.

그 짓을 어떻게 몇 번 더 할 생각을…….

아무튼 그래서 인간을 그릇으로 삼는 것도 실패. 그렇게 여러 방법이 나왔지만 다들 고만고만한 생각이었고, 이제 세상은 신들의 답 없는 논쟁 속에 멸망만 남겨두고 있는 꼴이었어요.

그러다가 답이 나온 거예요. 아주 끝내주는 답이. 누가 어느 날 그러더라고요. "하나의 그릇에 몽땅 담으려니까 와르르 무너지는 거다. 그릇 여러 개에 나누어 담으면, 그릇은 깨지지도 않고 무너지지도 않는다"라고요. 요는 그거예요. 그릇을 왜 인간 하나로만 한정하려고 하냐. 수십, 수백, 수천수만, 수억의 인간을 그릇으로 삼으면 된다.

꽤 파격적인 방법이었고 시험 가능한 방법이었어요. 이론적으로도 타당했고요. 문제는 큰 덩어리를 여러 개의 그릇에 담는 것과, 하나의 거대한 창조신을 여러 사람에 나누어 담는 건 굉장한 차이가 있거든요. 하나의 거대한 형이상학적 존재를 쪼개는 거잖아요? 절대자를 갈라 나누는 거라고요.

당연히 신들이 싫어했죠. 자기 권위가 떨어진다고. 형이상학적 존재가 쪼개져서 형이하학적 존재들에게 '기생'한다는 과격한 비난까지 나왔어요. 그렇게 쪼개져서 존재한다면 기적을 보일 수 있을지, 그것으로 신앙을 끄집어낼 수 있을지도 의문이었죠.

논쟁이 계속되자 이야기를 꺼낸 신이 다시 말했죠.

"어차피 우리의 시대는 끝났다. 우리가 뭘 해도 신앙은 돌아오지 않을 거다. 그렇다면 그들에게 우리의 신앙을 구성했던 무언가를 남겨줘서 우리를 믿지 않더라도 신앙의 본질이 계속 융통하도록 해줘야 한다."

그러자 신앙의 본질이 뭐냐는 질문이 나왔어요. 그리고 그 신은 담담하게 이야기했죠.

"사랑." "사랑을 남기자." "그들 안에 사랑을 남기자." "우리의 몸이 수천 수억으로 쪼개져 그들의 몸에 임재하여 사랑을 남기자." "그리하여 그들이 신앙을 잊더라도 그 본질은 잊지 않게 하자." ……라고요.

그러고는 그 신은 스스로 자기 자신을 쪼개어 자기 세상의 수십억 인간들의 몸에 임재했어요. 그 세계에는 신이 없고 오직 인간과 신앙의 본질만이 남게 되었죠.

하아……. 그 후에 그 세상은 잘 돌아가고 있습니다. 꽤 오랜 시간이 지났는데도 말이죠. 그렇게 고집 있고 보수적이고 형이상학적인 존재로서 자긍심을 가진 몇몇 신들을 제외한 웬만한 신들은 모두 자기 세상에 임재하고 있어요. 그리고 바야흐로 모든 세상이 신이 없는 시대로 넘어가고 있죠.

아, 저요? 저는 그 고집 있고 보수적이고 형이상학적인 존재로서 자긍심을 가진 몇몇 신 중 하나입니다. 그리고 이제 곧 그 방법을 따를 신이기도 하고요……. 여러 방법을 찾아봤는데 딱히 방법이 없더군요. 그 방법이 결국 해답인 거 같아요. 열받지만 어쩔 수 없죠. 피조물들이 그렇다는데 뭐 별수 있어요? 피조물 이기는 창조주 없다고. 아무튼 저는 이제 제 피조물들에게 임재하러 갈 거예요. 가기 전에 이런 일이 있었다고 누군가에게는 이야기하고 싶었어요. 들어줘서 고마워요.

그리고 잊지 말아요. 당신들 모두 신의 그릇이고 자식이고 신앙의 본질이자 사랑이라고.

신의 손

몬스터 조련(테이밍)의 원리가 뭐냐고요? 쉽게 설명하면 크래커들이 컴퓨터 보안을 크랙하듯 정신을 크랙하는 겁니다. 몬스터의 정보처리 과정에 침투해서 방어기제를 뚫고, 정신의 깊숙한 곳까지 들어가 신체의 통제 권한을 얻는 거죠.

정보처리 과정 접근에는 주로 오감을 이용합니다. 가장 본능적이고 원초적인 정보처리 방식일수록 취약하죠. 후각, 청각, 촉각, 시각 같은 것을 자극하는데, 저는 손동작과 향수를 이용해서 정보처리 과정에 침투하죠. 모든 생명체는 자신의 정신을 보호하기 위한 방어기제들이 있는데, 이 방어기제들도 마찬가지로 앞서 말한 방식으로 해제합니다. 하급 몬스터는 정보처리 과정도 단순하고 방어기제도 약해서 눈빛만으로도 가능하지만, 몬스터의 급이 올라갈수록 정보처리 과정, 방어기제도 복잡하고 강해지죠. 경우에 따라서는 조련사가 직접 자신의 정신을 몬스터의 정신에 접촉해 방어기제를 깨는 경우도 있는데 아주 어렵고 위험합니다. 그렇게 방어기제를 뚫고 조련에 성공하더라도, 결국은 끝에 가서 최후의 보안장치가 작동하죠. 신의 손길이요.

우리의 영혼과 정신이 모두 신에게 연결되어 있는 거 아시죠? 그래서 우리를 비롯한 만물은 죽으면 신의 품으로 돌아갑니다. 사실 조련이라는 건 정신을 건드리는 것이기에 곧 신이 관리하는 영역을 건드리는 거예요. 신에게 연결되어 직접 관리되는 것에 접근해 크랙을 시도하는 거죠. 그래서 조련은 영원하지 않아요. 아무리 숙달된 조련사가 하더라도 분명 언젠가는 풀리죠. 그러니 몬스터의 조련이 풀리면 도망가는 게 좋아요. 그때는 몬스터를 상대하는 게 아니라 신의 손길을 상대해야 하니까요. 과연 자기가 관리하는 피조물을 마음대로 가지고 논 걸 신이 좋아할까요?

그 위에서 춤을 추다

"야, 너 정신력도 더럽게 낮잖아? 왜 네가 선봉이야? 저기 상대 선봉에 몬스터 조련사 있는 거 안 보여? 너 단박에 조련당할 거야."

"맞아. 난 조련당할 거야. 아무 저항도 안 하고."

"그건 또 무슨 소리야? 난 네가 조련당해서 나한테 덤벼들면 바로 죽일 거야."

"죽이지 말고 한 15분 정도만 같이 놀아줘."

"얘가 계속 모를 말을 하네?"

"내가 정신력이 낮잖아. 그래서 하급 몬스터 조련사에게도 당하거든? 그래서 그런지 몰라도 그걸 알아차리는 시간이 빨라. 다른 사람들보다."

"무슨 소리야 도대체. 그걸 알아차린다니? 누가 뭘?"

"신께서."

"설마……?"

"맞아, 그 설마야. 내가 조련당했을 때 신이 그걸 눈치채는 시간이 대략 15분 정도야. 정신력이 약해서 신의 손길이 개입하는 것도 순식간이지. 너무 빨라서 조련사는 눈치도 못 챌 정도야. 아마 상대 선봉의 조련사도 모르겠지."

"너, 진짜……."

"그러니까 정신 나간 나랑 15분만 놀아줘, 죽이지 말고. 그 뒤에는 내가 신의 분노를 저놈들에게 보여줄게."

"알겠어……. 하지만 장담은 못 한다. 네 면상 패고 싶었던 게 하루 이틀이 아니거든."

"훗, 오케이."

15분의 무도회, 10분의 앙코르가 끝나고

"헤헤. 잘 놀았다."

"잘 놀아? 잘 놀아? 잘 놀았다고?! 15분이라매?! 25분이나 걸렸잖아?! 난 거의 죽을 뻔했거든?! 네 근력이 내 2밴데?! 젠장! 이거! 이거! 이거! 내 갑옷 찌그러진 거 보여?!"

"그래도 안 죽고 살아 있잖아? 분명 신께서도 우리가 죽지 않기를 바라시는 걸 거야."

"퍽이나! 다음번에 또 이럴 거면 알몸으로 나가! 아무것도 입지 말고!"

"꺄아! 싫다~ 변태~!"

"미치겠네……. 역시 죽일 걸 그랬나."

핸드메이드 인간

유령

소식을 들었는지는 모르겠지만, 지금 우리 경찰서 난리 났어. 얼마 전에 그놈이 또 나타난 모양이야. 맞아. 그 프로 킬러 놈. 이번에도 법정 증인으로 설 마피아 간부를 죽이고 사라진 모양인데, 이 마피아 간부, 경찰서 유치장에서 보호받고 있었다고.

게다가 수도 중앙 경찰청에서 내려온 전뇌범죄대응팀이 보안을 맡고 있었지. 전뇌 통신 감지기에, 전뇌 작동 시 발생하는 미세한 고주파 파장 감지 센서, 패킷 분석 장치로 실시간 감시 중이었고, 게다가 군용 시각 교란 재머까지 가동시켜서 유치장에 있는 마피아 간부를 투명인간으로 만들었어. 재머가 시각 정보를 교란시켜서 거기에 누가 있는지 아무도 볼 수 없었다고. 그런데 그놈은 우리가 알지도 못하는 사이에 들어와서 마피아 간부를 죽였어. 더 황당한 게 뭐냐면, 어디에도 이놈이 건물을 들어온 로그가 없어. 패킷이 1메가도 오고간 흔적조차 없고.

세상에…… 지금 유령이랑 싸우고 있는 거야, 뭐야.

유령의 정체

건물에 들어가 보니까, 경찰이 한가득이더라고. 중앙에서 나온 전뇌 작전 뭐시깽이들도 있고. 다들 눈을 부라리며 경계를 서고 있었지. 켤 수 있는 전뇌 센서는 다 켜고 감시 중인 거 같았어.

그래서 어떻게 했냐고? 별거 없어. 걔들 사이를 비켜서 유치장 창살까지 간 다음에 석궁으로 타깃 머리에 구멍을 내주고 다시 왔던 길로 나왔지. 경찰서 건물을 나오니까 그제야 뭔 일이 난 줄 알고 다들 바빠지더라. 패킷이나 흔적은 남지 않을 테니 걱정 마. 애초에 경찰들은 내가 들어온 줄도 모를 거야.

비결이 뭐냐고? 알려줘? 알려주면 다른 사람에게도 소개시켜줄 거야? 좋아, 그럼.

별거 없어. 난 전뇌 따위 안 들어간 100퍼센트 '핸드메이드 인간'이거든. 전뇌 센서에 걸릴 일도 없고, 전뇌 시각 보조장치에 포착될 일도 없고, 패킷도 흔적도 안 남아. 세상에 나올 때부터 전뇌를 달고 있는 사람들은 그 기능을 당연하게 사용하니까 전뇌가 없는 인간은 상상 자체를 안 하더라고. 아니, 못 하는 건가? 뭐 나야 일하기 편해서 좋지.

그래서 다음 일거리는 언제 줄 거야? 원한다면 누구든지 죽여줄 수 있어. 가격만 맞는다면.

핸드메이드 인간의 공포

핸드메이드 인간들이 무서운 게 뭔지 알아요?

일단 규격 외의 인간이라는 게 가장 무서워요. 공장에서 만들어지는 게 아니니까, 법정 규격에 맞는 파츠가 들어가지도 않고, 전뇌 장치도 없이 만들어져서 일단 만들어지면 추적도 어려워요. 핸드메이드라고 하니까 지하실이나 숲속 오두막에서 규격 외 파츠로 만드는 걸 상상하겠지만, 아니에요. 핸드메이드 인간들이 어떻게 만들어지는지 알면 아마 악몽으로 밤에 잠도 못 잘걸요?

핸드메이드들은 몸에 생산 장비를 가지고 있어요. 처음부터 말이죠. 커다란 공장에서나 볼 수 있는 인간 생산 장치를 만들어질 때부터 이미 신체의 일부로 가지고 있다고요. 그래가지고 언제 어디서든 원하는 시기에 생산공정을 밟을 수 있죠.

진짜 무서운 게 뭔 줄 알아요? 이 장치들은 기계로 된 게 아니라 유기체로 되어 있어요. 맞아요, 유기체요. 단백질, 지방, 뭐 이런 꿈틀거리는 걸로 되어 있다고요. 상상이 되나요? 난 그런 걸 고전 공포영화에서밖에 못 봤어요. 세상에……. 그런 장비를 이용해서 인간을 만든다고요. 끔찍해라…….

그리고 그리고 말이에요. 이 핸드메이드 인간들은 미완성인 상태로 출하되어 나와요. 무슨 말인지 이해가 안 되죠? 우리는 공장에서 나올 때 이미 언어 교육이나 사회화 교육 소프트웨어가 인스톨되어서 나오잖아요. 바로 활동 가능하게요. 하지만 핸드메이드들은 그렇지 않아요. 정말 주먹만 한 사이즈로 완성되어서 나온다고요. 게다가 소프트웨어도 아무것도 인스톨되어 있지 않죠. 전뇌가 없으니까요. 혼자서는 걷지도 먹지도, 심지어는 배설도 못 해요.

그럼 어뜩하냐고요? 그걸 생산한 다른 핸드메이드들이 보살펴줘요. 생산 후 보통 20년이 될 때까지요. 맙소사, 20년이라니……. 우리는 공장 출고 후 20분이면 충분한데 20년이라니요! 그렇게 긴 시간을 어떻게 버텨요? 우리 삶이 길어야 25년인데? 그 긴 시간을 누군가의 보살핌으로 보낸다고요?! 맙소사!

전뇌괴담포럼에 어서 오세요

"허, 보면 볼수록 웃기는 글이네. 어떻게 사람이 미완성 상태로 나와서 20년 동안 누군가의 돌봄을 받아야 하냐? 안 그래? 이거 분명히 누가 '전뇌괴담포럼'에서 퍼 온 걸 거야. 그치?"

"근데 그거 알아? 핸드메이드들, 평균수명이 50세라더라."

"무슨 말도 안 되는 소리야? 인간이 어떻게 그렇게 오래 살아? 너도 그 전뇌괴담포럼에서 주워들은 거야?"

"아니, 내가 거기 접속하는 건 맞는데, 너도 한번 봐보라니까? 요즘에 핸드메이드들에 대한 글이 막 올라온다니까? 여기저기서 목격되고 있나 봐. 그래서 내가 추측을 해봤는데 얘들 말이야……."

"아! 됐어! 진짜. 믿을 걸 믿어야지……."

"아니, 아니, 아니, 아니, 진짜 이 글 좀 봐보라니까? 최근에 진짜 우리 동네 가게에서 있었던 일이야! 너도 알잖아? 그 초밥집!"

"뭐? 진짜? 어디 한번 보여줘봐."

전뇌괴담포럼, 핸드메이드 인간 목격담 (1)

No.125560884

ID: mr.chobobking

제목: 핸드메이드 목격 썰

진짜 무서운 일이 있었어. 얼마 전에 핸드메이드 인간이 우리 가게에 왔었거든. 그러더니 햄버거를 주문하는 거야. 우리 가게는 초밥집이라 초밥밖에 없다고 이야기해줬지. 그랬더니 '전에는 햄버거집이었는데, 주인이 바뀌었나요?'라고 말하더라고. 그래서 내가 언제 오셨었나요?, 하고 물으니까, 25년 전에 왔다고 하더라.

그래서 장난치지 말고 주문 안 할 거면 가라고 짜증 내니까, 자리에서 일어나면서 '미안합니다. 가게를 착각한 모양입니다. 당신들은 하나같이 닮아서……' 하고 나가더라고.

그 뒤로 별일 아니라고 생각하고 지냈는데 얼마 전에 가게 창고를 정리하다가 사진 하나를 발견했어. 사진 날짜를 보니까 약 25

년 전에 찍힌 사진이었는데, 여기 가게 건물을 배경으로 찍은 사진이더라고. 아마 내 가게가 열리기 전의 가게였던 거 같아.

그런데…… 그 사진에서 본 거야……. 햄버거 가게 간판을 배경으로 환하게 웃고 있는, 얼마 전에 우리 가게에서 햄버거를 주문했던 핸드메이드 인간을…….

전뇌괴담포럼, 핸드메이드 인간 목격담 (2)

No.125560890

ID: rlaakfehd9961

제목: 나도 핸드메이드 본 썰 푼다

나도 비슷한 일을 겪었거든? 뭐 정확하게 내가 겪은 일은 아니고, 내 옆 가게 주인이 겪은 일인데, 하루는 핸드메이드 인간이 와서 물건을 사려고 했대. 그런데 결제를 하려고 하는데 핸드메이드 인간이라서 전뇌가 없는 거야. 당연히 전뇌가 없으니까 전뇌 결제도 안 되고. 그래서 가게 주인이 조금 난감한 표정을 지으니까, 핸드메이드 인간도 난감했는지 주머니에서 뭔가를 꺼내서 주더래. 숫자가 적혀 있는 작은 종이였는데, 핸드메이드 인간이 그걸 돈이라고 하면서 이걸로 결제가 되겠냐고 물어보더래.

가게 주인도 종이로 된 돈은 이야기로만 들었지 실물로 본 건 처음이라 어떻게 할까 고민하다가 전뇌 결제도 안 되는 핸드메이드 인간이 불쌍했는지 "예, 이걸로 가능합니다. 그런데 거스름돈을 어떻게 드려야 할지 좀……"이라고 말했는데, 핸드메이드 인간이 얼굴이 환해지면서, "거스름돈은 됐습니다. 감사합니다" 하고 몇 번 인사하고 가게를 나가더래. 그걸 보면서 가게 주인은 '얼마 하지도 않는 통조림이었는데. 불쌍하게도 어떤 가게에서도 살 수 없었겠지……'라고 생각했고.

그러다 가게 주인도 핸드메이드 인간이 준 종이가 진짜 돈인지 궁금해져서, 다음 날 은행을 방문했는데, 은행에서 말하길 법정화폐가 맞고 화폐개혁 이전의 화폐라 교환해야 쓸 수 있다고 하더라는 거야. 그래서 가게 주인이 "그렇구나, 화폐개혁 이전 거구나" 하고 "그럼 환전하면 어떻게 되죠?"라고 물어봤는데, 은행 창구 직원이 잠시 계산하더니, 점장님을 모시고 오더래. 뭔 일인가 싶었는데 점장이 "저 그게, 이 화폐는 100만 대 1로 절상되어 개혁된 화폐라 이 금액으로 환전하실 수 있습니다. 그런데 불행하게도 저희 지점에 준비된 금액으로는 해결할 수 없는지라"라고 말하면서 가게 주인을 중앙 지점으로 안내하더래.

그래서 어떻게 됐냐고? 그 가게 주인, 중앙 지점에서 다시 한번 확인하고 환전받은 다음 매장 접고 지금 은퇴했잖아? 그렇게 환전한 돈이 그냥 평생 써도 남을 거라고 하더라고. 세상에 별일이 다 있지?

문자메시지

야! 대박! 내가 오늘 전뇌인간들 가게 가서 통조림을 샀는데, 종이돈으로 샀다고! 전뇌인간들 종이돈 안 받잖아? 근데 그 가게 사장은 받더라. 근데 어땠는지 알아? 세상에! 통조림 3개를 1000원에 샀어! 완전! 수지맞은 거지! 우리 동네에서 사려면 통조림 하나에 1만 원은 줘야 하는데!

MMS, 10월 25일, 오후 6시 29분

그래서 네 얘기 우리 아빠에게 해주니까, 아빠가 전뇌인간 마을에 가셨거든. 그 가게 문 닫았다던데? 그래서 아빠가 통조림은 못 사시고 아쉬운 김에 나 태어나기 전 총각 시절에 종종 들렸던 가게 들러서 햄버거나 사 먹어야지 하셨는데, 그 가게도 문 닫았다대? 초밥집이라던데? 야, 근데 초밥이 뭐야? 햄버거는 또 뭐고? 너 알아? 그거 통조림 같은 거야?

MMS, 10월 27일, 오후 5시 32분

아니. 처음 들어보는데 |

유령과 겨울 바다

"지난번 일 처리는 잘해주었네. 약속한 돈은 예전에 이야기한 그 계좌로 입금했네."

"고마워, 집에 가서 확인해볼게."

"그런데 궁금한 게 있는데 물어봐도 되나?"

"뭔데?"

"자네는 전뇌가 있는 것도 아니잖아? 어떻게 항상 전뇌 통신을 통한 계좌 송금으로 돈을 받는 거지?"

"전뇌인간 대가리 하나를 생으로 뽑아서 집에 놓고 다니거든. 그걸로 계좌 거래하게."

"히이익, 생각 이상으로 악취미군……."

"농담이야."

"농담은 조금 가려가면서 해주게. 자네가 그런 말을 하면 진짜 그럴 거 같아서 섬뜩하다고."

"알았어, 미안해. 별건 아니고. 애인이 좀 도와주고 있어."

"그럴 줄 알았어! 역시 파트너가 없으면 안 될 거 알았다니까! 하하!"

"혹시 지금 물어본 그걸로 누구랑 이야기하거나 내기 같은 거 했어?"

"아니, 그냥 혼자 궁금했던 거야."

"잘됐네. 누구한테 떠벌릴 생각이었다면 당신 목을 진짜 생으로 뽑아줄까 했거든. 내 애인 신상이 여기저기 퍼지면 안 되잖아?"

"하, 하하……. 농담도 참……."

"……."

"하, 하, 하하…… 알았네. 입조심하도록 하지……."

"그래주면 좋겠어. 당신은 내가 여기 와서 일하면서 믿을 수 있다 여기는 몇 안 되는 전뇌인간이니까. 그런 사람을 잃고 싶지는 않거든. 그리고, 항상 일거리도 넉넉하게 주고."

"하하, 고맙구만……. 그나저나 무리하는 거 아니야? 왜 이렇게 일에 집착하는 거야?"

"돈이 좀 필요해서 그래. 많이."

"아니, 왜……. 지금도 충분히 많이 벌었어."

"다른 게 아니고 애인 때문인데, 이제 3년 뒤면 25살이 돼."

"아……."

"죽기 전에 지구에 가보고 싶다는데, 가는 여행 비용이 많이 비싸서……."

"지구는 왜? 거기 가도 볼 게 없을 텐데?"

"바다."

"응?"

"바다를 한 번 보고 싶대. 겨울 바다를……."

Knockin' on Heaven's Door

언제부터인지 알 수는 없었다. 예전에는 화성이 아닌 지구에도 사람이 살았다고 한다. 그때가 언제인지는 알 수 없었다. 나의 어머니도, 어머니의 아버지도, 어머니의 아버지의 어머니와 아버지도, 지구에서 사람이 살았다는 시절에 대해 자신의 어머니와 아버지에게 들었을 뿐. 그때가 언제였는지, 왜 지금은 살지 않는지 알 수 없었다.

그러고 보니 언제부터 핸드메이드들이 숲에서 모여 살게 되었는지, 공장에서 전뇌인간들이 만들어졌는지도 알 수 없었다. 나의 어머니도, 어머니의 아버지도, 어머니의 아버지의 어머니와 아버지도, 그것에 대해서 알지 못했다.

하지만 이제 그런 건 아무래도 좋았다. 지금 지구에 왔다. 화물선에서 내리면서 파일럿에게 바다가 어디인지 물어보았다. 파일럿은 하늘에서 보니 저쪽으로 걸어 나가면 있을 거라고 했다. 그리고 자기는 내일 이 시간에 다시 떠날 테니 늦지 말고 오라고 말했다. 그에게 진심으로 감사를 전한 다음 그가 말한 방향을 향해 그녀와 함께 걸었다. 언덕을 올라가던 도중 그녀는 피곤하다 말했고, 나는 그녀에게 내 등을 내주었다.

언덕을 올라가면서 무언가 공기가 달라지고 있는 게 느껴졌다. 그것은 코끝으로부터 양 볼을 스치며 지나갔다. 그녀의 집에서 국수를 삶을 때 실수로 소금을 쏟은 적이 있었고, 그녀와 나는 짜디짠 국수를 먹으며 서로 웃었다. 코끝에서 그때의 짠 냄새가 느껴졌다.

그녀가 내가 사는 숲에 처음 찾아왔을 때, 그때 우리는 겨울의 입구에 서 있었다. 밤하늘에서 별이 빛났고, 그 별들은 가루가 되어 우리 사이에 살포시 내려앉았다. 우리는 서로의 입김을 보며 웃었고, 겨울의 입구에서 불어온 바람이 빨갛게 상기된 우리의 볼을 스쳐 지나갔다. 볼에서 그때의 찬바람이 느껴졌다.

그리고 마침내, 언덕을 넘었을 때.

태어나서 처음 듣는 소리. 그렇게 우렁찬 소리는 들어본 적이 없었다.

태어나서 처음 보는 광경. 눈앞의 모든 게 회색으로 가득 차 있었다. 커다란 하늘이 회색 융단으로 가득 차 있었다. 그리고 그 하늘은 저 멀리서 끊임없이 물결치는 거대한 물과 만나 마침내 경계가 사라져버렸다.

그리고…… 그것이 내 두 눈에 그대로 들어왔다. 나는 저항할 수 없었다. 그 모습을 보고 어떻게 저항할 수 있을까? 글을 배울걸. 그녀가 글을 알려준다고 했을 때, 부끄러워서 화내지 말걸. 그래서 지금 내가 느끼는 걸 시로 적을 수 있으면 좋았을걸. 눈가에 눈물이 흐른다. 너무 아름답기에…….

그녀와 함께 언덕 위에 나란히 앉았다. 역시, 하아…… 역시 열심히 일한 보람이 있었어. 확실히 우리 자기가 보는 눈이 있다니까. 정말 예쁘다. 지구의 겨울 바다란 건…….

자기야, 자? 아, 자는구나……. 바람이 추운데……. 아…….

아…… 나도 조금 졸리네……. 운동…… 한다고 했는데 역시 지구의 중력은…… 이야기로 들은 거랑은 다르네. 진짜는…… 생각보다…….

아, 가슴 무거워……. 졸려……. 자기야, 아 나도 졸린다……. 옆에 좀 기댈게. 우리 자기 안 춥게……. 헤헤…….

겨울 바다, 예쁘다……. 역시 우리 자기가 보는 눈이 있어……. 오길 잘했어……. 잘 자, 자기야…….

추천의 글

@홍락훈 초단편가의 비밀

강상준

홍락훈 작가의 SF·판타지 초단편집은 마치 SNS 트위터twitter의 성격을 반영한 듯한 독특한 형태를 띤다. 실제로도 작가는 최대 220자로 '트윗'을 작성하는 트위터의 포맷과 마니아 성향이 도드라진 오늘날 트위터의 위상을 그대로 활용해 아이디어가 떠오를 때마다 이야기를 트위터에 '게시'했다. 이후 이야기는 트위터의 '답글 타래'를 통해 계속해서 이어졌고, 팔로워들이 의견을 제시할 때마다 이를 '인용'해 재차 확장해나갔다. 대부분 구어체 혹은 인물 간 대화로만 구성해 무엇보다 말맛을 살린 점 역시 지극히 트위터답다고나 할까. 더욱이 SF·판타지 장르에서 익히 보아온 장면에 대한 전복, 이를 현대 독자의 시각에서 재해석해 위트와 풍자를 얹어낸 점 역시도 정통 SF·판타지 장르에 대한 날카로운 도전이자

흥미로운 놀이처럼 보일 법하다.

각 작품은 우선 SF와 판타지 장르에 한 발 걸친 채 각각의 세계 구석구석을 헤집는다. 판타지 왕국의 세금징수원들은 세금을 포탈하려 안간힘을 쓰는 온갖 이종족들의 불법과 편법에 대응하고자 정교하게 분업화해 분투 중이다. 여기 그간 지엄한 존재로 군림했던 드래곤이라고 납세의 의무에서 예외일 수 없다. 또 던전 탐사대의 모험보다는 생활형 고충에 방점을 찍는가 하면, 흔히 회귀자라 불리는 이들의 '무한 루프' 서사가 아닌 운명을 넘어선 혁명에 더 관심이 있다. 미래인이 바라본 우리 현대 문명의 잔재를 교묘히 묘사하더니, 이는 어느덧 신화 세계가 도래한 먼 미래로 이양되면서 기계들이 창조주인 인류를 지향하고 이를 요정과 신령이 보조하는 기이한 신세계와 병치된다.

나아가 차원 간 문이 열리면서 서로 왕래하고 때로는 차원끼리 아예 전쟁을 벌이면서 이 모든 이야기를 기어이 하나의 거대한 캔버스 안으로 끌어들이는 듯 보이기도 한다. 세금 징수를 피해 금을 숨기려던 드래곤은 우주로 나가 머나먼 행성을 비밀 금고로 삼고, 인간에게 핍박받던 뱀파이어들 또한 먼 우주에서 새로운 일터를 얻는다. 마치 씨실과 날실이 엮이듯 각 작품들은 서로에게 은근한 발판이 되어 예기치 않은 곳에서 슬그머니 고개를 든다. 덕분에 던전이 인류에게 완전히 정복된 판타지 세계가 하나의 차원을 이루는 가운데, 인류가 육체를 버리고 전자 세계로 터전을 옮긴 미래와, 아예 신인류가 새로운 주인으로 떠오른 지구, 우리의 현실 세계가 단지 게임 속 편린에 지나지 않는다는 유머러스하면서도 공포스러운 묘사가 뫼비우스의 띠처럼 서로의 안팎을 이루는 듯한 모양새다.

그렇다고 반짝이는 아이디어를 재치와 위트로만 제련한 것은 절대 아니다. 죽음도 누구에게나 공평하지 않다는 탄식을 여러 방식으로 구체화함으로써 허울뿐인 공정과 상식의 기치를 겨냥하기도 하고, '개천의 용'이나 '전쟁의 신' 같은 상투구를 역전해 공고해진 착취 구조를 은유하고 풍자한다. 당연히 마르크스의 저작에 영향을 받아 봉기한 판타지 세계에서의 공산주의 혁명 역시도 단순히 신묘한 발상에 그치지 않는다. 대부분 단편도 아닌 초단편이란 이름에 어울리는 짧은 분량임에도 끝난 듯 끝나지 않고 새로이 발아하는 온갖 세계들은 그렇게 느슨한 틀 안에서 때로는 웃음을, 때로는 쓸쓸한 여운을 남긴다.

작품의 형식 역시 다양한 서사 못지않게 자유롭다. 서간문, 인터뷰, 문자메시지, 이메일, 보고서, 자동 기록 로그 등 어디에도 얽매이지 않는다. 그러면서도 결코 적지 않은 여운을 남기는 건 바로 이런 유연함과 생동감 때문일 것이다. 이는 SF·판타지 장르 주변부에 흡사 소품처럼 자리하면서도 결국 장르의 핵심을 파고드는 작품의 태도와도 그대로 상통한다. 그야말로 촌철살인寸鐵殺人이 아닌 촌철활인寸鐵活人 소설이다.

죽음과 세금은 피할 수 없다, 드래곤 역시

홍락훈 SF·판타지 초단편집 1

발행	1판 1쇄 2023년 9월 18일 1판 2쇄 2023년 10월 27일
지은이	홍락훈
책임편집	강상준
교열	남다름
일러스트	Jen Yoon
디자인	전도아
펴낸이	정종호
펴낸곳	에이플랫
출판등록	2018년 8월 13일(제2020-000036호)
이메일	aflatbook@gmail.com
블로그	blog.naver.com/aflatbook
가격	17,500원

ISBN 979-11-89836-49-8 03810

에이플랫은 언제나 기성 및 신인 작가의 원고를 기다리고 있습니다.